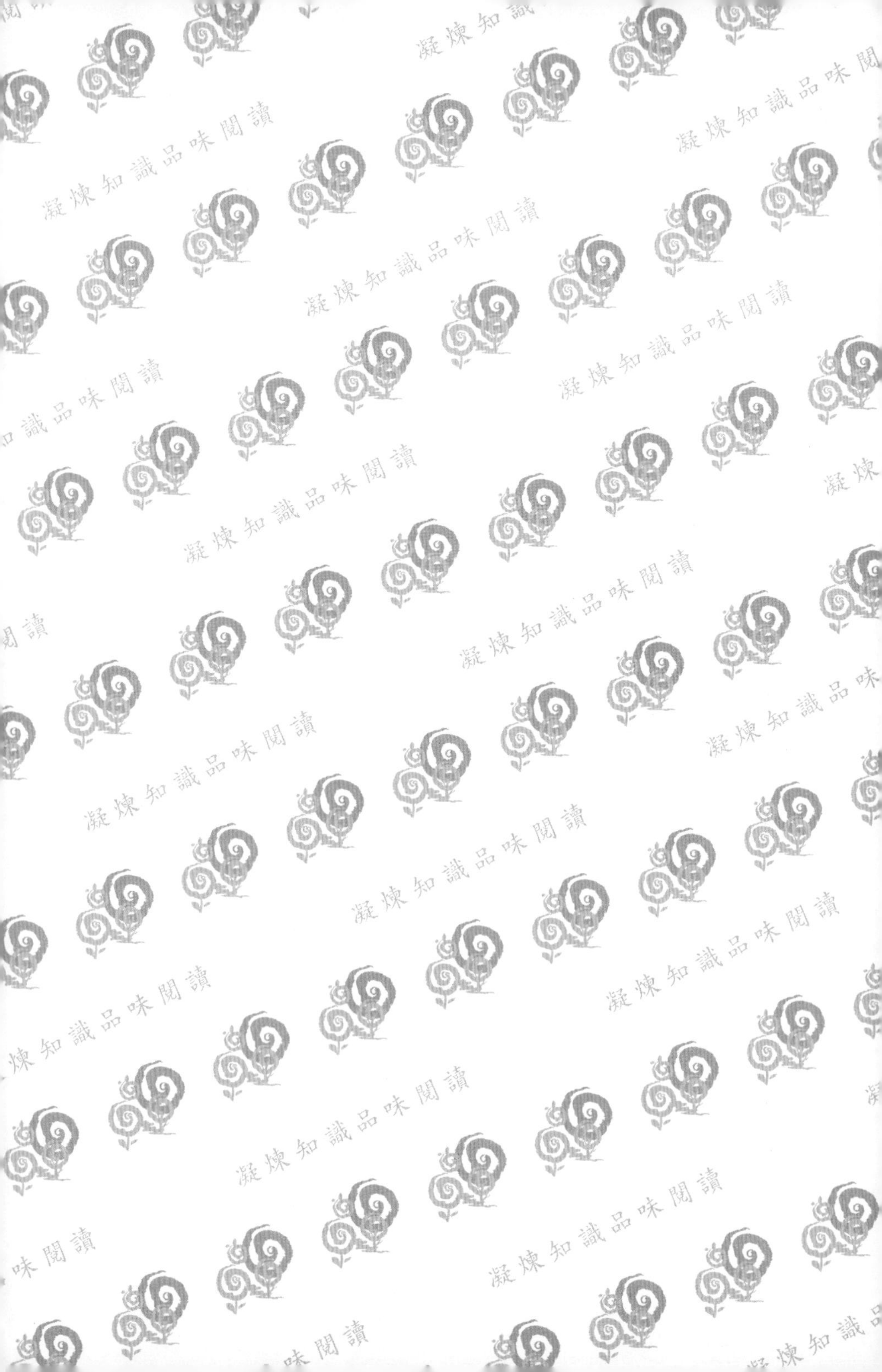
凝煉知識品味閱讀

凝煉知識品味閱讀

# 詩與詩學

杜松柏 著

五南圖書出版公司 印行

# 自序

詩與詩學，前後寫了將近七年，得五十三篇，圖為鬆散的古典詩，建立有架構，有系統的理論。這是極有意義而又極為「痛苦」的「工程」，如蚌孕珍珠，首先要受砂石入體的刺痛——儲蘊意象，發現問題，然後日夜懷之藏之，以求解答，而且要出入古今詩話，一方面探索源流，一方面披沙揀金，進而觀察詩作，務期言能當理，徵而可信，以達到承前人之慧命，予後學以津橋的目的。雖然材輇力薄，難於仰賦這一高自「位置」，但高山仰行，也竭力盡了攀爬之功，其至與否，則不敢有自信之銳。

五十三篇，計分學詩、詩體、格律、鑒賞、內涵、作法、意趣七大類，各類篇目的多寡，則相去懸絕，基於常識性的問題，明確的格律，則不必多費辭說，如「格律」一類，僅有平仄、押韻、句法；「詩體」一類，止於辨體、結構、宗派；「鑒賞」一類，僅具解詩、欣賞、鑒評。「學詩」一類則由學詩、詩才、摹擬、改詩，以至得悟而達獨創，此等歷程，殆為學詩者所不可缺也：至於詩之「內涵」，則由言情、敘事、寫景、詠物、說理、議論、思想諸篇，力求其能概括無遺。論詩者於「說理」「思想」，頗有誤解，蓋以為詩乃抒情之作，而非理性的訴求，以此為內涵，則譏為有「宋氣」，然人實有理性的一面，說理而佳，固已無害其為佳詩，加果能藏理於事物素材之中，曲達而出以藝術的表達技術，戛戛獨造，無礙其為千古不磨之作也。說理固係出於「思想」，思想與詩之密切關係，尤不止此，蓋成詩時的構思，作詩運用詩的思想層面，以至一詩主題的形成，均與思想密切相關，作詩者自不能昧於此一「課題」也：詩之「作法」，內容繁富，有論賦、論比、論興、夸飾、曲達、概括、細微、用字、選字、節縮、重疊、倒反、用典等十五篇，而附以「佛禪『法』『悟』於詩論之影響」，以見前人論詩，只在一「法」字的著眼所在，雖於此略盡歸納探求之功，惟前人所論，「萬法繁興」，「法門不一」，雖多語異而意同，復有一句半辭的逗漏，難於探論的情況，但是仍有見理之言，獨得之祕，難於偏究的。然法的運用，貴在能悟，悟則死法猶能活用，無法而能建立萬法，由十五篇所舉敘，頗足見前人用「法」之概，神而明之，由法出法，端在吾人悟後之善學而善用也；詩之意趣，固難求而又難言，故由立意、主題，意境、重意、含蓄、顯意、道破、直露、藏神諸篇，以見詩之意境的重要，而達意之法又非一端，復有著我、尚奇、求美、詩趣、風格諸篇，以見意趣之成，其道多方，言之實難。以上的篇目，形成全書的內容，當然不足以言周備，然循此以求，頗有規模、塗轍可究，體系可尋，茫淼詩海，而略現津樑矣。至於每篇均取前人詩作名句為題，則以符「詩與詩學」的命題。

前人論詩，基於工夫與體會，故著語無多，皆有實指：今人言詩，則出於理論與方法，乃議說紛出。前人之失，在昧於通觀，常一書難求，故難以見其全，得其要：今人則競引泰西之論，科學之法，附益資料，穿鑿異聞，以為薈粹百家之美，以成一家之奇矣。然往往昧於實際，不見根本上之同異，何況文學、科學，異路殊轍，借科學之法，以言文學之理，則有日鑿一竅，而渾沌死的危險。所以命筆之時，凜然於上述的情況，而有所戒懼，進而有所趨避，故追溯源流，考較異同之時，務出真心之意，期不落於門户之見，一家之言的舊習中；立論基於平實見理，求是非定而真實出，不敢求奇眩異，以趨時尚；引述資料與詩句，亦以習知常聞者為歸依，如徒刺取僻聞怪典，以見新異，苟無當於理，而徒以人所不知為尚，則亦掉書袋而已耳，不足貴也。一言以蔽之，老幹嫩芽，古樹新花，是成文時的塗轍，有合於古亦有取於今，惟在歷史的長河中，古多而今少，亦勢所然也。

拙作在青年日報斷續披露之時，引發若干讀者的來信切磋，尤其胡秀和徐瑜二位主編的敦促，才使本書有提前出版的結果，謹此致謝，並期待文友方家的指教和批評。

杜松柏

識於台北知止齋

民國七十九年十月二十五日

# 詩與詩學 目次

陸、作法

柒、意趣

# 壹、學詩

## 學 詩

### 六片七片八九片・飛入梅花都不見

我國是富於詩而善於運用詩歌的民族，在商周的時候，詩歌就已用作諷諫的工具，所以有瞽「瞽獻詩」的記載：也許是我們的老祖先早已知道了「學音樂的孩子不會變壞」的道理，所以孔子主張詩教，在「多識草木鳥獸之名」以外，達到調理性情的目的，使讀詩的人，能有溫柔敦厚的情操：唐太宗欲以詩興教，於是考試時以詩取士；王陽明主張教兒童讀詩，發洩過多的精力；把詩歌看成最有功效的教育項目。而最使人驚奇的，詩歌是周代外交官的外交教材和「工具」，故孔子云：「不學詩，無以言。」班固解釋得最清楚：「降及春秋，諸侯卿大夫，交接鄰國，當揖讓之時，必稱詩以論其志。」引詩賦詩，竟然有現代白皮書或備忘錄的效用，這種外交上的風雅盛事，眞是後無來者。也許是由於這種廣泛的用途，詩歌已融注入我們人倫日用之中，於是養

生、送死、娶嫁、喜慶有詩，客廳懸掛的書畫有詩，甚至器皿用具都有短章短句了，本屬無用之用的「東西」，竟成了無處不有的「事物」了。

在大多數人的人生旅途中，詩歌差不多是被吟唱的兒歌，「牀前明月光」、「春眠不覺曉」、「紅豆生南國」、「千山鳥飛絕」等，無不能琅琅上口。我們讀了很多詩作以後，往往不止於淺唱低吟而已，有時會油然而起創作之情，或者會無意之間，出口成章，那便是由詩的學習，跨進詩的創作進程中了，駱賓王在七歲時就能作詩：

> 鵝！鵝！鵝！曲頸向天歌，白毛浮綠水，紅掌撥清波。（全唐詩卷七十九）

相信是隨口吟成的，而天然佳妙，白鵝昂首高歌，紅腳划水的情狀如在目前，又前人口占的詠雪詩云：

> 一片一片又一片，兩片三片四五片，六片七片八九片，飛入梅花都不見。

形容下雪的景象，極爲逼肖，更是信口道來，不假苦吟而得，足以證明學詩做詩，並非難事。我的六歲兒子，剛唸了幾首唐人五絕，居然大喊：「爸爸！我要做詩了。」隨即吟出：

天上有仙人，地下有行人。神仙天上走，行人地上行。

這種不假雕琢經營的「天籟詩」，似乎每個人都有過這種創作經驗和衝動，眞是成於容易不艱辛，所以漁樵賈豎，都可能是詩的創作者，例如唐人聶夷中，曾因野老閒話有「二月賣新絲，五月糶新穀」兩句，便續成下面這首古體詩：

二月賣新絲，五月糶新穀。醫得眼前瘡，剜卻心頭肉。

以後論詩的人，認爲這首詩有三百篇之旨，不少的人，仍能琅琅上口，眞是文章本天成，妙手偶得之，學詩做詩眞不是難事。

做詩眞正的容易嗎？卻又不然，合平仄、要押韻，抒情、寫景、詠物，要傳神盡妙，使人流連諷誦，不極盡工巧，則不愛不傳。是以「二句三年得」，亦非奇事，例如一僧善詩，偶於中秋夜詠月得句云：

團團離海嶠，漸漸照庭除，今夜一輪滿。……

第四句百思不能續，直到第二年的中秋，才觸景生情，續上了「清光何處無？」復自賞自嘆道：「無以加矣。」因爲由無規律，衝口而出的學詩「初境」，到詩成法立，被賞音者心愛傳誦的極境，是有一段極爲遙遠的距離，有多少「一生心力盡於詩」的詩家，終其一生都沒有達到過這一「極境」，詩中必稱李白和杜甫，就因爲他們如泰山喬嶽，是詩中「極境」的代表，所以難能可貴。

讀了詩就會想學做詩，學詩不難，做成的詩，能中矩中規，有情趣、意境爲難；有情趣、意境不難：能成家爲難，成家而以成名家成大家爲難。開始學詩的時候，不知有法有律，於是一首又一首，毛病在成之甚易，故常一無是處，難入法家之眼。及學詩有得，才漸漸知其艱苦，等突破高原現象，日起有功之後，才會體悟學詩之樂，到了連作夢也在做詩，渾然忘我，眞是樂也何如了。

學會了做詩，不一定會成家，也不一定會有幾首幾句，傳播於人人之耳，可是畢竟如學過烹飪的人，縱然做不出滿漢全席，也不一定能治駝峰熊掌，可是畢竟是能分得出酸、甜、苦、辣是否得當的知味者，不會如豬八戒吃人參果，嚐不出味道。

天下傷心處，勞勞送別亭。春風知別苦，不遣柳條青。

不學詩的人，可能知其佳，惟有學過詩的人，才知其所以佳。對詩有興趣的人，應走入詩的國度裡，學做詩才是跨出了第一步。學詩沒有年齡、身分的限隔，高適五十歲以後才學詩做詩，他後來卻是詩中的名家，詩人之中，有不少是僧、道、妓、丐，均不害其爲詩人。

# 詩才

## 吟詩恰似成仙骨・骨裡無詩莫浪吟

天下任何事物，除飲食男女的「天賦本能」之外，大概沒有不學而能，不習而知的，以杜甫的才識，尚且說「老去漸於詩律細。」其餘的人，可想而知了。在詩的國度裡，大概有兩種相異的主張，一派極端主張學問，於是杜甫的「讀書破萬卷，下筆如有神」便成爲代表了；一派主天才，嚴羽的「詩有別材，非關學也」便成了天才派的主盟人。事實上唐末的許渾，早已有過這種極端的意見：「吟詩恰似成仙骨，骨裡無詩莫浪吟。」就作詩而求其能成家、成名家、成大家的人而言，確有至理：就學詩只求成爲懂得詩的欣賞者，或求只爲湊字成句、湊句成章的詩人，則天才論者的主張就大有問題了。以跑百米而論，能接近十秒的人，固然很少，但在二十秒左右求能跑完全程的，則指不勝屈，人人都幾乎可以。故「詩是吾家事。」也更可道「詩是大家事」。任何人做事，都有破題兒第一遭，任何賽跑，都有起步，學詩正是如此，詩話類編論學詩的步驟道：

> 學詩有三節，其初不識好惡，連篇累牘，肆筆而成；既識羞愧，始生畏縮，成之極難；及其透徹，則七縱八橫。信手拈來，頭頭是道。

這是經驗之談，所以學詩之初，要膽大臉皮厚，一首又一首地勤作多作，才能情靈振奮，詩興汩汩而來，雖然每首都該擲進字紙簍，但畢竟踏出了學詩的第一步。等到了知道好惡——對詩的創作，有了基本的認識，才會覺今是而昨非，說得好聽一點，是會歛才就法，不致於亂作：說得難聽一點，是自慚形穢，不敢獻醜。然而懂得好惡也非易事，一方面要師承，指點規矩訣竅，一方面要自悟，懂得法則是非，知道詩不易作，才會費盡心思，冥思旁索，以獅子搏球之力，吟成四句或八行，當然是「成之極難」了，於是才稍有法度可觀，章句可論，進而抉瑕去疵，化醜爲妍，像十八變的黃毛丫頭，雖然是不免粗頭亂服，也有一點樸質的少女韻味了。隨園詩話記載袁枚教他的弟子劉霞裳，先將呈的詩稿，貼在壁上，以示鼓勵欣賞，然後在山水登臨、言談相接的時候，開示了學詩的訣要，劉霞裳悟解了以後，回到書齋，盡揭所作，付之一炬，袁枚在側，連呼「可兒，可兒！」就是由師承而自悟的最佳例證。

學詩要從何種詩體學起？也是甚有爭議的問題。就詩發展過程而論，是先有古體詩而後有近體詩，學詩似應依照這一流程，先古體後近體了？實際上不然，因爲古體無一定的形式和格律，初學詩時無法則可循，結果只是做成了押韻而整齊的文句，毫無詩味可言。所以初學詩要從近體著手，近體又有五言絕句、五言律詩、七言絕句、七言律詩等分別，以前的詩家，往往主張由五言律詩入手，最好的理由是認爲：五律做好了，每句加上二字便成七言律，把五言律截斷一下便成五言絕句，因爲五言絕句有四種組織形態，(1)四句皆對，認爲截取五律中間四句即可，(2)四句皆不對，認爲截取五律的頭尾四句即成。(3)前二句對，後二句不對，認爲截取五律的後半段四句即是。(4)前二句不對，後二句對，截取五律的前半段即告成功。事實上沒有做絕句的能力，絕對沒有學律詩的本領。所以另一派主張由五絕入手，五絕雖然難做，可是易學難工，不是難學易工，五絕學好了，再學七絕，再學五律、七律、古風，最是一條簡明的捷徑，故由五絕著手，應無蹎蹶的危險。

個人認爲學詩，先宜從半句著手，例如把王維的「竹喧歸浣女，蓮動下漁舟。」保留「竹喧」和「蓮動」作爲二句的句首，然後要初學者換入另外三字、成爲略有不同的句子；再進一步做半首，取古人詩「自君之出矣，不復理殘機。思君如滿月，夜夜減清輝。」保留首句，要求初學者另作三句，這一方法，也由前人用過，效果頗佳。在做律詩以前，先作詩鐘，先做好二句「對子」，再習律詩，方不苦其難，這是由易入難的學詩方法，人人都可循著這一方法，開徑前行。

以前的私塾課時，是單日作文，雙日作詩，老師沒有太多的講解，也沒有度人的金針，只是循「熟讀唐詩三百首，不會吟詩也會吟」的法子，要學詩的人，多讀多作，日久功深，也似乎竅門大開，加上死背幼學瓊林、龍文鞭影，得到了成語典故，生呑活剝，也能湊字成句，聯句成章。由斯而學詩成功的，多不免有頭巾氣，有村夫子氣，一言以蔽之，有形式而無內容，有形似而無神似，袁枚以婦女的描花爲比擬，把這種詩稱之爲「描詩」，實在有理由的。現在大學中文系，詩選與習作，是必修課，可是每學期的習作，只有寥寥幾次，未免犯了理論多而功夫少的毛病，以致學詩的人，句不成句，章不成章，眼高手低，法則規律懂得太多了，反而畏縮不前，以致大家認爲學詩如山頂捕雲霞，無梯子可登摘，未免犯了因噎廢食、自暴自棄的毛病，無形之中，砍斷風雅的根本，殊爲可嘆可惜。

詩到了會做了，做好了以後，也不完全能「七縱八橫，信手拈來，頭頭是道。」因爲牽涉到智慧、學問、經驗、才華和表達技巧、表達時的靈感等問題。但至少會知好惡、明弊病，「兩眼自將秋水洗，一生不受古人欺。」能瑕瑜立分，妍醜立判，縱然不是傳世的傑作，也會平穩妥貼，稱得上學詩有成了。

# 摹擬

## 自古於辭必己出，降而不能乃剽賊

詩人情志蘊胸，事景赴目，內外交感，於是發而爲詩，以才分的遲鈍和迅捷而言，有的一句三年得，有的倚馬而萬言；以修辭的態度而論，有的是「秋水出芙蓉，天然去雕飾」：有的是「儷采百字之偶，爭價一字之奇。」以詩成以後的平易和深奧來說，有的求老嫗稚子能解，有的難煞古今的注家，「詩家只愛西崑好，獨恨無人作鄭箋。」就成詩的次第言，不外⑴情志的抒發，於是因之而立意：⑵意定而求字句：⑶字句定而後較音律。就表達的工拙言，關係多在字句上，就情志的抒發和意境的高下而論，關鍵則重在立意，當然立意、字句皆己出，以我手寫我心，自然能夠「生面果然開一代、古人原不佔千秋。」但是這實在難能可貴，一方面是創造上的最高境界，非成家以後不能到；一方面要依這最高標準作創作的準繩的話，則可能「人不過數篇，篇不過數句」，以韓文公所云：「自古於辭必己出，降而不能乃剽賊」而論，古人辭必己出，實則是所作甚少，才能如此，魏晉以後，作家日多，作品日衆，就不能不轉相師效，而近於「剽賊」了。再加上學詩階段的摹擬和仿效，於是形成了無法避免的「剽賊」事實。王應奎柳南

隨筆卷四云

「從軍有苦樂，但問所從誰？」王仲宣作也，而鮑明遠亦云：「客行有苦樂，但問客何行」；「雞鳴高樹巔，狗吠深宮中」古樂府語也，而陶淵明亦云：「犬吠深巷中，雞鳴桑樹顛」；「水田飛白鷺，夏木囀黃鸝」，李嘉祐詩也，而王摩詰亦云：「漠漠水田飛白鷺，陰陰夏木囀黃鸝」；「竹影橫斜水清淺，桂香浮動月黃昏」，江為詩也，而林君復亦云；「疏影橫斜水清淺，暗香浮動月黃昏」；近王阮亭集中亦多此類；如「白鳥破溪光」，劉長卿句也，而阮亭亦云：「白鳥破溪煙」，「青山帶行騎」，王摩詰句也，而阮亭亦云：「青山帶行客」，「心與浮雲閒」，李太白句也，而阮亭亦云：「心與孤雲閒」。

據此以論，是古來的大詩人自鮑照始，至陶淵明、王維、林逋、王士禎等，都有「剽賊」的確證，難道是這些名家或大家，在古人的詩作中公然作賊嗎？最合理的解釋，是古人因傳抄和刻板的原故，作品流傳不易，陶淵明、王維等根本未讀到與他作品類似的詩，不知「我手所欲書，已書古人手」，後人撥去這一因素，只見其襲用了。例如柳南續筆卷二記僧人涵云：

大涵，吳江人也。……嘗耕黃山，土堅、斸之有聲，忽聞半空有響者，仰視之，樵伐木也。因吟云：「築土登登登，伐木丁丁丁。」遂大悟，詩從此進。後以語人，人曰：何乃竊詩經語？大涵實未誦詩。索觀之，笑曰：「彼疊二字，實不如三字肖也。」

詩經有「伐木丁丁」之句，大涵未讀詩經，實不曾襲用，乃闇合於古人。今人視爲襲用，在古人實未嘗寓目，故不是「剽賊」。至於王士禎的襲用，則不在此例，因爲漁洋山人是熟讀王、李的詩，不會不知道，但也因爲太爛熟了，古人的詩，不覺出口而不自知。柳南續筆又云：

昔弇州先生，謂裒覽既富，機鋒亦圓，古語出口吻間，若不自覺。而近日李安溪相國，亦謂意之所至，豈必詞自己出，不本於性情之教，但以不沿襲剽竊為工，非至極之論也。

王世貞的「古語出口吻間而不自覺」，是極有可能的，至於李安溪所論，謂詩以達意爲主，不必詞自己出爲工，古人亦有此例，如南溪詩話云：

一日有客問曰：全詩用古人一句，可乎？公曰：然！如杜子美云：「使君自有婦」，「而無車馬喧」之類是也。

杜甫所用，前一句是漢樂府詩，後一句是陶淵明詩，當然非無心偶合，也應不是有意全抄，而是以達意爲主。這實在避免不了公然「剽賊」之嫌，連成句都未去，何足以言去陳言呢？也不合乎點化之例，因爲點化不是字句和意義全用，而是用古人的字句、意義，活脫變化，使之形貌不同，意義有差別，宋阮一閱所云：

詩家有換骨法，謂用古人意而點化之，使加工也。李白詩云：「白髮三千丈，緣愁似箇長。」荊公點化之則云：「繰成白髮三千丈。」劉禹錫云：「遙望洞庭湖翠水，白銀盤裡一青螺。」山谷點化之云：「可惜不當湖水面，銀山堆裡看青山。」孔稚圭白苧歌云：「山虛鐘響徹。」山谷點化之云：「山空響筦絃。」盧仝詩云：「草石是親情。」山谷點化之云：「小山作友朋，香草當姬妾。」學詩者不可不知此。（詩話總龜卷之十三）

所謂點化，是變化古人的詩句，使之更加工巧，但在方法上要去摹擬的痕迹，根據所舉的例子，是在點化時，只有一二個字或詞相同，太多了就完全貌似古人，接近剽賊了。如果只用一個或二個字的詞彙，那是大家都要用的工具，不是剽賊。可是阮氏所舉，是字的點化，而非意義上的點化，意義上的點化，當如下例所云：

杜少陵茅屋為秋風所破，嘆云：「安得廣廈千萬間，大庇天下寒士俱歡顏。」白香山新製布裘詩云：「安得萬里裘，蓋裏周四垠。」孟貞曜詠蚊帳云：「願為天下㡡，一夜使景清。」三詩為題各異而命意則同，蓋皆仁人之言也。故並表而出之。（柳南隨筆卷四）

三人用字無一相同，論意義則非常相近，這是才用「古人之意而點化之」的最佳例證。其實除此之外，尚有句法上的點化，如詩話總龜卷四十三所云：

> 前輩好稱僧悟清「鳥歸花影動，漁沒浪痕圓」，以為句意皆新。然余讀後梁沈君攸臨水詩：「花落圓紋出，風急細流翻。」乃知魚浪痕圓之句出於此也。

這應是句法上的點化，因爲所狀描的景物不同，用字亦有差別，又如幻住和尚詩云：「身經刀過頭方貴，尸不泥封骨始香。」後人點化之云：「題無軒冕詩方貴，囊絕錙銖手亦香。」也是不師其意，亦非師其詞，而係仿其句也。以上三種方法，都是學詩過程中的摹擬途徑，由故出新，鎔古得奇，如果運用得脫化無迹的話，才會變出新意，化成英詞，山谷論詩的所謂奪胎換骨，正係指此，江西詩派，多宗奉之，冷齋夜話記山谷之言云：

> 詩意無窮，而人才有限，以有限之才，追無窮之意，雖淵明、少陵之才，不得工也。不易其意而造其語，謂之換骨法；規摹其意而形容之，謂之奪胎法。

竟然奉爲創造的規則，實在誤人不淺，因爲詩人沒有一段眞純的至情，不磨滅的眞知，沒有事物的體察，生活的歷練，縱然把換骨奪胎法運用得很工巧，也不過是學舌的鸚鵡，縱使如楊愼所論「杜詩奪胎之妙。」也不過是學詩之一法而已。

陳僧慧標咏水詩：「舟如空裏泛，人似鏡中行。」沈佺期釣竿篇：「人如天上坐，魚似鏡中懸。」杜詩「春水船如天上坐，老年花似霧中看。」雖用二子之句，而壯麗倍之，可謂得奪胎之妙矣。（升菴詩話卷五）

言之彷佛成理，可是杜詩的不朽就在這些嗎？杜詩的佳勝可以此爲代表嗎？恐怕千古以來評杜注杜詩的人，都不會贊成。所以宋人反對這一方法道：

黃魯直論詩，有奪胎換骨，點鐵成金之喻，世以為名言。以予觀之，特剽竊之黠者耳。魯直好勝，而恥出於前人，故為此強詞，而私立名字。夫既已出於前人，縱復加工，要不足貴。然物有同然之理，人有同然之心，語意之間，豈容全不相犯哉？昔之作者，初不校此，同者不以為嫌，異者不以為夸，隨其所自得，而盡其所當然而已。至其妙處，不專在於是也。故皆不害為名家，而各傳後世，何必如魯直之措意耶。（詩法萃編卷八附）

這才是閎通之論。所以不管意義上的換骨，字句上的奪胎，句法上的脫化，只是學古或用古的方法，去創新仍有一大段距離，如果像山谷一樣奉爲作詩的規則，那首詩都會是古人的影子或樣子，如優孟衣冠，登場傀儡，會如李北海論書法所說：「學我者拙，似我者死！」死在古人的詩海裡，頂多不過是一具木乃伊。

初學詩的人，不妨運用一下奪胎換骨法，在立意用字上，才有法度可循，如學字時的描紅，習畫時的臨稿。學詩有成以後，如已學會了走路的人，則要開徑獨行，一空依傍，那麼韓愈所云：「自古於詞必己出，降而不能乃剽賊。」要引爲法戒，不要在古人的詩海中，公然作賊，縱然做到了巧黠的程度，也會被後人聞出賊味，在評論中被人「雌黃」不已。

## 改詩

### 愛好由來落筆難・一詩千改始心安

文人爲文，詩人作詩，有時候情靈搖動，落筆自然高妙，完全一片天籟，匪由思致，所謂文章本天成，妙手偶得之。這種創造狀況，今人謂之「靈感」，古人謂「天機」、「天籟」，這是可遇而不可求的情況，眞像賣愛國獎券而求發財一樣，渺渺難期。所以古今偉大的作品，不是仗恃靈感而創作，而是費盡苦心，如袁枚所云：「愛好由來落筆難，一詩千改始心安。」做到了人巧已盡，而「天工」出，達到了盡善盡美的天然境界，也就是藝術上的「巧奪天工」。古今不朽的作品，多是在這種情況下創作出來的，不然，何必說「一生心力盡於詩」呢？

一詩千改，雖不免誇張，其實就是千錘百鍊，消除凡庸，鍛鐵成鋼之意。這種功夫，不是單獨的立意問題，也不是用字修辭的問題，而是立意與表達的綜合表現。如果只求之立意，則係知本而不知末，如果只求之下字修辭則是知末而不知本，因爲詩文上的錘鍊，決不是一種單純的創作活動，前人所謂「只可意會，不可言傳」。雖不免說的過於神祕，但也大部分是情實，何況這種「隨手之變」，又是作者情志、才華、學識等等的綜合表現呢？所以在一詩千改的時候，千萬要明白，不是單方面的功夫，最低限度要從立意、用字修辭上同時著手。例如柳宗元的別弟宗詩：

零落殘紅倍黯然，雙垂別淚越江邊。一身去國六千里，萬死投荒十二年。桂嶺瘴來雲似墨，洞庭春盡水如天。欲知此後相思夢，長在荊門郢樹煙。

竹坡詩話不知「煙」字之妙，竟主張改爲「邊」，又認爲與前第一聯中的「江邊」重出，所以不得已而用煙，無異認爲柳氏的用「煙」字，是出於窮於一字，相避爲難的情況而「湊合」的，又把「欲知此後相思夢，長在荊門郢樹煙」改爲「欲知此後相思處，望斷荊門郢樹烟」。表面看來，似乎是宋人的習氣，好尋唐人的不是之處，就詩的表現而言，却是詩的「千改」和錘鍊問題，認爲如此方極其工巧。清人馬位於秋窗隨筆中云：

既云夢中，則夢境迷離，何所不可到？甚言相思之情耳？一改邊字，膚淺無味，若易以處字，望斷字，又太直率，不成詩矣。

馬氏之言，誠爲有識有理，何況「相思夢」，是一極凸出的形象，勝於「相思處」，又所爭論的不是詩的佳與不佳，而係妙與不妙，用荆門郢樹煙，不但飄逸，而且扣合了上句相思夢的迷離情境，改爲「欲知此後相思處」以後，而仍用「望斷荆門郢樹煙」的煙，則眞的是湊字了，因爲這一情況下，才眞的要用邊字，蓋以上句既是力求落實，而下句卻無理飄開，於理難合。於是我們可以斷定，宗元的詩，確係盡到了「千改」的鍾鍊功夫，才能人巧盡而天工出，後人有心吹毛求疵，卻是在妄生是非：更可見這種錘鍊功夫，是從立意用字上同時著手的。

當然詩在「千改」的時候，有時句意不變，只是用字不同，而精粗有別，例陸龜蒙詩：「殷勤與解丁香結，從放繁枝散涎香。」王安石改爲：「殷勤爲解丁香結，放出枝頭自在春」。楊萬里在誠齋詩話中，認爲王安石改的好，自在春比散涎春傳神有味，意思仍無改變，「爲解」較之「與解」更見用心之專。同理杜甫的「文章千古事」，「乾坤一腐儒」，到了陳無己的詩句中，變成了「文章平日事」，「乾坤著腐儒」。前一句是翻案法，用杜詩的句而反其意，後一句再用其意而易其字，可是卻靈者笨矣，以錘鍊的立場觀之，實在是點金成鐵了。同例樊川集有句云：

「杜詩韓籍愁來讀」，有的本子作「杜詩韓筆愁來讀。」用「籍」不如用「筆」字，這可視作用字鍾鍊之例了。又白居易琵琶行：

別有幽愁闇恨生，此時無聲勝有聲。銀瓶乍破水漿迸，鐵騎突出刀鎗鳴。

宋翔鳳於過庭錄中，根據宋本，考「此時無聲復有聲」為「此時無聲勝有聲」。很多的詩家認為有理，「勝有聲」矯健，可是以琵琶演奏的過程而論，「無聲復有聲」，正以狀樂聲的起伏，下句的「銀瓶乍破水漿迸，鐵騎突出刀鎗鳴」方自然而有著落，依此而論，錘鍊之時，頗有取捨為難之感。但大致說來，仍有規則可循：在詩文的表現上，浮泛不如切貼，平庸不如奇特，隔礙不如和諧，齟齬不如穩當，板重不如空靈，直率不如含蓄，平順不如生動，準此以求，雖不中不遠矣，心知其意，師法大家，日久功深，自知裁奪去留了。例如：

雞鳴高樹巔，狗吠深宮中。（宋書樂志）

雞鳴桑樹巔，狗吠深巷中。（陶淵明詩）

後人認為桑樹比高樹更切貼，深巷亦比深宮為得情實。又：

富貴倘來良有命，才名如此豈長貧。（張橘軒詩）

富貴逼人良有命，才名如子豈長貧。（元遺山改）

逼人比倘來深切，「如子」比「如此」更具體，義有專指，王安石「春風又綠江南岸」，綠字比「渡」、「過」、「到」都好，因爲惟綠字才切春風。「二月已破三月來。」如果老杜用「已殘」、「已過」、「已盡」，未免流於平庸，用「破」才奇特，得此一奇字而全句生意躍然了。又錘鍊改動之時，要求全篇句意和諧，而其手段則在消除隔礙，例如：

殘雪未消雙鳳闕，新春先入王侯家。（張蠙詩）

霽雪未消雙鳳闕，春風先入王侯家。（劉績改）

萬里相逢真是夢，百年垂老更何鄉。（張橘軒詩）

萬里相逢真是夢，百年歸老更何鄉。（元遺山改）

新春不能入王侯家，改爲春風方無隔礙，垂老與何鄉有乖隔，用歸老方和諧。又句意穩當，在於字與意不相齟齬，文賦所謂「或妥貼而易施，或齟齬而難安。」即係指此，例如袁枚祝尹繼善壽詩；「休夸與佛同生日，轉恐恩榮佛尚差。」尹氏認爲「恩」與「佛」有齟齬，易爲「光」字乃穩妥。又袁枚詠落花詩，無言獨自下「空山」，空山乃秋景落葉之時，與落花齟齬，故時人指出應爲「春山」方穩當。詩貴空靈，切忌板重，人所習知，其功夫，多在錘鍊，石林詩話載：宋次道改「暝色赴春愁」爲「暝色起春愁。」王安石不以爲然，仍定爲赴，並告次道云：「若是起字，人誰不到？」細味之，用赴則空靈，用起則板重，又李景文詩：

白雪久殘梁複道，黃頭閑守漢樓船。

詩成，景文於「閑守」、「空守」不能自定，晏殊代定爲「空」，理由是「空優於閑，且見雖有船不御之意，且字好語健。」「空」較「閑」意義更切貼，而又「字好」，是不是語健，則是各有所見，可是卻更爲靈動。例如王維的詩：

人閒（靜）桂花落，夜靜（寂）春山空。月出驚（聞）山鳥，時鳴（啼）春澗中。

如果用括號內的「靜」、「寂」、「聞」、「啼」等字，在詩意上無大差別，可是失去了那種空靈之美了。

詩文都貴含蓄，不貴徑情直達，曹雪芹筆下的賈寶玉和林黛玉，是生死不渝的戀人，可是寶玉的口中，決沒有「林妹妹，我愛妳！」然而旁見側出，都深含此意，例如王昌齡長信秋詞云：

奉帚平明金殿開，且將團扇共徘徊。玉顏不及寒鴉色，猶帶朝陽日影來。

沈德潛云：「含蘊無窮，一唱而三歎。」因爲全詩將失寵之怨，含而不露，所以在改詩之時，要把握含蓄優於直率的原則。

平順是學詩學文的起步，如人學步，決無不會走而學跑的道理，所以平順之後，要求生動，求奇特……？由平順到生動，實在很難說出這一歷程的奧祕，袁枚所云，可作註腳：

詩有通首平正，無可指謫，而絕不招人愛，晉人稱王安北相對不厭，去後人亦不思是也。……（隨園詩話補遺卷八）

平順、平止，無瑕疵可指，可是卻無可愛之句，無可愛而耐咀嚼之意，當然不足傳誦了。合以上幾項原則，多少會把握住改詩的方向，詩不是請人改通的，是自己想通改通的，如果下筆萬言，不事錘鍊的話，那不知有多少詩作了。

詩貴天籟，天籟的境界不可求，必出以人巧，人巧何由而得？其功夫和方法，即在「千改」之中，袁枚之言，眞是學詩者的金針。

# 得悟

## 學詩渾似學參禪．不悟真乘枉百年

成道與成學，習藝與習技，最主要的途徑，唯工夫與悟解，學詩亦然。宋代的嚴羽，主妙悟最力，其後各代詩家，多有論說與補充，因爲悟了以後，則一切疑難，渙然冰釋，成詩成篇，智珠在握，怡然理順，一通百通，一了百了。可是悟的理論，卻由禪學而來，明都穆詩云：

> 學詩渾似學參禪，不悟真乘枉百年。切莫嘔心更剔肺，須知妙語出天然。（南濠詩話卷上）

因爲禪人的參禪，在求妙悟，詩人的學詩，甚至常人的求學習技，亦莫不貴悟也。牽合這一論點而又最成功的，當然是嚴羽，滄浪詩話云：

> 大抵禪道唯在妙悟，詩道亦在妙悟。且孟襄陽學力，下韓退之遠甚，而其詩獨出退之之

上者，一味妙悟而已。唯悟乃為當行，乃為本色。然悟有淺深，有分限，有透澈之悟，有但得一知半解之悟。（滄浪詩話．詩辨）

可見嚴氏以妙悟論詩，其根源在於禪學，禪人以悟得道，詩人以悟成詩，詩作方能「本色」、方能「當行」，也如都穆所云，不必嘔心劌肺，自然能語出「天然」。談藝錄釋妙悟之意最佳：「夫悟而曰妙，未必一蹴即至也，乃博采而有所通，力索而有所入也，學詩學道，非悟不進。」更說明了悟的重要。

嚴羽分悟爲透澈的妙悟，分解之悟，和一知半解之悟，當然人人都嚮往妙悟，可見如何得悟，係極切要的問題，悟仍然係由工夫中來，嚴羽云：

工夫須從上做下，不可從下做上，先須熟讀楚辭，朝夕諷詠以為之本，及讀古詩十九首、樂府四篇、李陵、蘇武、漢魏五言，皆須熟讀，即以李、杜二集枕藉觀之，如今人之治經，然後博取盛唐名家，醞釀胸中，久之自然悟入。……（滄浪詩話）

滄浪的求悟祕訣，不外工夫純熟，所謂「熟讀唐詩三百首，不會作詩也會吟。」是一樣的道理。因爲任何的領悟，必需工夫。談藝錄云：「人性中皆有悟，必工夫不斷，悟頭始出，如石中皆有火，必敲擊不已，火光始現，故得火不難，得火之後，須承之以艾，繼之以油，然後可不滅，故悟亦必繼之以躬行力學。」這誠然是以工夫求悟的最佳補充。不唯學詩如此，其他的技藝學問亦無不如此也。可是值得注意的，以工夫純熟求悟，是一種直接領悟的方法，由爛熟楚辭、漢魏、盛唐名家的作品而求其悟入，並不是由章法、句法、字法、音律、修辭技巧一枝一葉地去領會，所以才說：「此乃從頂𩕄上做來，謂之向上一路，謂之直截根源，謂之頓門，謂之單刀直入也。」一言以蔽之，這是直接由詩求詩，以工夫得悟的捷徑，影響後人最大。

在禪學盛行之時，詩人以禪參公案的方法，以求由參得悟，「學詩渾是學參禪」的思想背景在此。宋代的禪人，把以前禪祖師悟道的個案，作爲自己悟道的徑道，就這一公案，朝參夕參，如貓捕鼠，如雞孵卵，一旦契入玄微，得到頓悟，便是學道大成之日，於是詩人以此方法求詩的悟解，吳可的藏海詩話云：

> 凡作詩如參禪，須有悟門，小從樂天和學，嘗不解其詩云：多謝喧喧雀，時來破寂寥。一日於竹亭中坐，忽有群雀飛鳴而下，頓悟前語，自爾看詩無不通者。

這一得悟的例子，有禪人頓悟的神奇，但不是參公案的方法，詩人玉屑卷六所記，則純係參公案一法的運用：

> 打起黃鶯兒，莫教枝上啼。幾回驚妾夢，不得到遼西。此唐人詩也。人問詩法於韓公子

蒼，子蒼令參此詩以為法。汴水日馳三百里，扁舟東下便開帆。旦辭杞國風微北，夜泊江寧月正南。老樹挾霜鳴窣窣，寒花承露落毿毿。茫然不悟身何處，水色天光共蔚藍。此韓子蒼詩也。人問詩法於呂居仁，居仁令參此詩以為法，後之學詩者，熟讀此詩，思過半矣。

韓子蒼名駒，呂居仁即呂本中，不但是有名的詩家，也是受禪學影響最深的人，二人均以參公案的方法參詩，然絕不是魏慶之所說的「熟讀」，因爲精熟這二首詩到任何程度，都不能得悟，只有參透此二詩，方能有啓發，竊以爲當如詩法類編卷三所云：

人各有悟性，夫有一字之悟，一篇之悟，或由小以擴乎大，因著以入乎微，雖大小不同，至於渾化則一也。

由一字之悟一篇之悟，擴而大之，入而深之，以通於其他的詩，以成自己的詩，一了百了，一通百通，這才是參一首詩的眞正效用，吳喬所言，其理亦可通用：

讀詩與作詩，用心各別，讀詩心須細密，察作者用意如何？布局如何？措辭如何？如織布機梭，一絲不紊，而後有得於古人。……（圍爐詩話卷四）

參一首詩，當然係由立意、布局、措辭、意境等各方面探求此詩佳妙之處，以求天機觸動，豁然貫通，然亦非全部心神貫注不可，呂居仁論悟入云：

須令有所悟入，則自然度越諸子，悟入之理，正在工夫勤惰間耳！如張長史見公孫大娘舞劍，頓悟筆法，如張者，專意此事，未嘗少忘胸中，故能遇事有得，遂造神妙，使他人觀舞劍，有何干涉？非獨作文學書而然也。（詩人玉屑卷五）

在全神貫注，專意一詩的情況下，不唯透過思維的法則，得到可以思索到的部分，更可由外事外物的觸發，得到意想不到的妙悟，如張旭觀公孫大娘舞劍，頓覺草書用筆的筆法，吳可因群雀飛下，得悟榮天和之詩，並能通貫其他家的詩，即是此理。

學道學詩，習藝習技，爲何貴妙悟？因爲妙悟是能徹上徹下，無欠無餘，週知一切，領悟一切，即是能由體起用，由原理產生方法技巧，胸中自有智慧，自有主張，不會迷頭弄影，不會見一蔽一，更不致隨人作轉移，謝榛詩家直說卷四云：

栗太行曰：詩貴悟解，識有偏全，斯作有高下，古人成家者如得道，故拈來皆合，拘之於迹者末矣。

這是悟後的妙用。如學佛參禪之人，悟了方能轉法華，不爲法華轉。讀各家的詩，才會受其滋潤，不會受其蔽障。

如此的重要，求悟的途徑也可指數，可是妙悟的尋求，似易而難，終身求道，而不能得道者，固如恆河沙數；終身求學，而無所得者，亦不乏人：因爲妙悟並非一蹴可幾。以大慧禪宗爲例，大悟至一十八遍，小悟不計其數，可見一悟便了然，實係難之又難，唯有積小悟以求大悟，以學詩爲例，由格律、用字、煉句、成篇，以至風格、意境，層層突破，一一悟入，方能水到渠成，得到妙悟。而且悟有遲速，與人的才性器根，環境生活，關係甚大，談藝錄云：「悟有遲速，係乎根之利鈍，境之順逆，猶夫得火有難易，係乎火具之良楛，風氣之燥濕。」所以遲悟和未悟的人不要灰心，是時有未到，自己的精神，心理狀態，未臻成熟，環境上的不利，有待克服。只要能把持不捨，念茲在茲，自有得悟之日。

詩是最精簡美妙的語言，包容多方，就詩的創作而言，有許多的個人差別因素，就詩的構成而論，有素材、法則、格律、音韻、意境、技巧諸原因，就內容而說，則詠物、抒情、議論、寫景無一不備，綜其形貌，最短不過二十字，在欣賞之時，固然可以多方分析，廣求諸家之說，以得一詩之精蘊，可是在創作之時，必不能一一依傍前人，如優孟衣冠，或者如寫字時的描紅，繡花時的學樣，所以貴妙悟，自己徹頭徹尾的領悟了，才能神而明之，極盡變化，開徑獨行，得運用之妙，存乎一心的大自在，所以妙悟的主張，實不可廢，袁枚云：「鳥啼花落，皆與神通。人不能悟，付之飄風。」成學、成道、成技皆如此，學詩更應如此。

# 獨創

## 文章最忌隨人後，自成一家始逼真

詩文貴獨創，蓋誅茅闢土，開徑獨行，一空依傍，自成世界最佳。若拾人餘唾，依門傍戶，則不能自主，為他人之奴僕矣，何能自拔立乎？

宋景文云：詩人必自成一家，然後傳不朽。若體規畫圓，準方作矩，終為人之臣僕。故山谷詩云：「文章最忌隨人後」，又云：「自成一家始逼真」，誠不易之論。（阮一閱・詩話總龜卷一）

「自成一家」，是所有詩文、藝術創作的最高取向和準則。倣摹他人，隨人之後，自然不能成一家，蓋無特有逼眞的風神面目，欲獨自樹立而不可得，何能成家乎？所以難的不是這些見解和主張，而是如何而後能自成一家？雖然詩的工拙，包含的因素甚多，但意新語工，足以得其要矣。

聖俞嘗語於余曰：詩家雖率意，而造語亦難，若意新語工，得前人所未曾道者，斯為善也。必能狀難寫之景，如在目前；含不盡之意，見於言外，斯為至矣。賈島云：「竹籠拾山果，瓦瓶擔石泉。」姚合云：「馬隨山鹿放，雞逐野禽棲。」等是山邑荒僻，官況蕭條，不如縣古槐根出，官清馬骨高為工也。余曰：語之工者固如是，狀難寫之景，含不盡之意，何詩為然？聖俞曰：作者得於心，覽者會以意，殆難指陳以言也。雖然，亦可略道其彷彿，若嚴維「柳塘春水漫，花塢夕陽遲」，花容時態，融和駘蕩，豈不如在目前乎？又若溫庭筠「雞聲茅店月，人跡板橋霜」。賈島「怪禽啼曠野，落日恐人行」。則道路辛苦，羈愁旅思，豈不見於言外乎？（六一詩話）

這是梅堯臣與歐陽修論詩工拙的對話，古今拈論者頗多。意新語工，當然可做詩之工拙的基本準則；要語新務必做到「狀難寫之景，如在目前」，是語工的最佳準則，所舉的詩例，尤極恰當。惟「含不盡之意，見於言外」，並就其所舉之例而論，則偏於詩意的含蓄不露，不足以見意新之理。

詩之重意新，因爲立意係一詩的主題，是詩人要傳達什麼？和寫什麼的問題。意新是鍊意的結果，鍊意的提出，見於「名家詩法」：「詩有四鍊。鍊字、鍊句、鍊意、鍊格」，鍊意即前人所謂的「精思」、「苦思」、「沈思」：

詩之不工，只是不精思耳！不思而作，雖多亦奚以為？（白石詩說・詩人玉屑卷一）

或謂詩不應苦思，苦思則喪其天真。此殆不然。方其收視反聽，研精殫思，寸心幾嘔，修髯盡枯，深湛守默，鬼神將通之矣。（藝藪談宗卷上）

每一題到手，茫然思不相屬，幾謂無措。沈思久之，如瓴水去窒，亂絲抽緒，種種縱橫坌集，卻於此時要下剪裁手段，寧割愛，勿貪多。又如數萬健兒，人各自為一營，非得大將方略，不能整頓攝服，使一軍無譁。（古今詩話卷三）

沈思亦指精思，由思之茫然，到意緒坌集，是運思的階段——到汰繁取精、去雜歸純，「寧割愛、勿貪多」，是鍊意的階段，鍊意之後，確立主題，使一篇之意，甚至一句之意，都有了著落，便是立意了，立意的作用，則如袁枚所云：「穿貫無繩，散錢委地。開千枝花，一本所繫。」然後由意運辭，以文傳意。

鍊意求新，即所謂的意新，詩之工拙，根本在此，可是意新的內涵如何？前人所說，各有不同，薛雪一瓢詩話云：

人未嘗言之，而自我始言之，故言者與聞其言者，誠可悅而永也。

是謂言人之所未言，發人之所未發，不但指語新，兼指意新矣。亦謂之創意：

創意：言人之所未嘗言。（廉亭論文語）

意新或創意之法，前人已有論及，白石詩說云：

人所易言，我寡言之；人之難言，我易言之，自不俗。（詩人玉屑卷一）

蓋如此方可在意義上勝人一層，因爲在鍊意上反他人之所見，否決他人之見，才可達到與人不同的地步，一新耳目，才可云「不俗」。可作言人之所未嘗言法則之一。亦即所思出人意外也，冰川詩式卷九云：

事出意外，曰意高妙。

事出意外，蓋其事其理，他人意想不到，立意自然高妙。例如李益的江南曲：

嫁得瞿塘賈，朝朝誤妾期。早知潮有信，嫁與弄潮兒。（見全唐詩卷二百八十三）

鍾伯敬云：「荒唐之想，寫起情卻眞切。」所謂荒唐之想，即所想爲人所不及也。此詩因之而流傳千古。取劉釆春的囉嗊曲相較，其工拙之故可立見矣！

**莫作商人婦，金釵當卜錢。朝朝江口望，錯認幾人船。**

立意非不佳，惟不能設想入奇，出人意想之外，故落凡下。可見創意或意新，實爲詩的靈魂。

鍊意全在於意新嗎？是又不然。在意緒紛耘，事理綜錯的時刻，要由鍊意以得一單純的主題，成爲全詩的重心，黃省曾的名家詩話云：

**意雜則詩不存。**

意雜謂一篇之內，端緒蕪雜，苟蹈此病，則不能成詩，成詩亦不能垂傳留存。主題之作用，如吳曾祺所云：

**命意之法，凡一題到手，必先明其注重之處，譬之連山千里，必有主峰，匯水百川，心有正派。**（涵芬樓文談）

這主題的確立，必需經由鍊意的過程，刪蕪取精，由多得一，以爲辭句傳達的重心。例如「思夫」一詩云：

自從車馬出門朝，便望空房守寂寥。玉枕夜寒魚信杳，金鈿秋盡雁書遙。臉邊楚雨臨風落，頭上秦雲向日銷。芳草又衰還不至，碧天霜冷轉無聊。（見名家詩法卷六引）

這首詩在立意上瑕瑜互見，全詩以「守寂寥」而思夫見意，這一主題，貫徹全篇，結以草衰又是一年而良人不歸，「碧天霜冷轉無聊」，仍在相思愁苦之中。可惜頷聯「魚信」、「雁書」，意嫌重出，「秦雲」、「楚雨」，過於浮泛，如果能在鍊意上多用功夫，去此疵累，豈不蕪累去而菁英出？可見鍊意的重要。

立意是寫什麼的問題，而鍊意則是寫什麼最好。有以救立意之失，如思入艱深，則易晦澀，飛動則易浮滑，新奇則易怪誕，平易則易軟弱；由根本救起，補救之道，就在鍊意的功夫上，使思深而不澀，飛動而不浮，新奇而不怪，平易而不弱。經精思鍛鍊之後，才能達到「人居屋中，我來天外」的效果。尤有進者，鍊意不止於作詩之時，而是貫通了創作的全程，不過進入辭句表達階段之後，鍊意則由大處而進入細微，由總攬全局而進入局部，故白石道人詩說云：

篇中出人意表，或反終篇之意，皆妙。

此則全文結束時之鍊意法則，又修辭之時，刪改之際，仍是以文傳意，鍊意在先，文辭傳意在後，質言之，由意念的改變，方引發辭句上的修改。可見鍊意有諸多作用，不限於意新而已。冰川詩式云：「思精而意深」，足以說明有鍊意上的精思，才有立意上的意深。又云：「意轉而語佳」，語佳正由於意轉之故。由鍊意而確定所立之意，則可驅遣韻辭，首尾一意，而不爲韻辭所牽制，陵陽室中語：

> 作詩必先命意，意正則思生，然後擇韻而用，此乃以韻承意，故首尾有序。……（見詩人玉屑卷六引）

否則會形成以意就韻的現象，不但形成尾大不掉，意爲韻辭所遷改，而且會導致陳義蕪雜！七拼八湊，首尾橫決——前後立意矛盾的危險。故云：「詩以意爲主」也。

# 貳、詩體

## 辨體

### 體正源清．派遠而明

詩文均須辨體，因爲經過不約而同的創作，體裁既定，便有了一定形式和結構，也有了創作的規範，如果不如辨別而冒昧成篇，便有失體成怪之嫌，所以徐師曾云：

> 夫文章之有體裁，猶宮室之有制度，器皿之有法式也。為堂必敞，為室必奥，為台必四方而高，為樓必狹而修曲；為筥必圓，為篚必方，為簠必外方而內圜，為簋必外圜而內方，夫固各有當也。苟舍制度法式，而率意為之，其不見笑於識者鮮矣，況文章乎？（文體明辨序）

詩文之所以要辨體，正是在「制度法式」，「制度」指的是形式結構，「法式」指的是創作規則。常然辨體明源，不止於文，詩亦同樣重要，馬榮祖論體源云：

**體正源清，派遠而明。耳孫鼻祖，玉振金聲。**（見詩品集解・附錄・演補）

事實上辨體殊非易易，因爲前人所謂詩體，包括了風格在內，所以有元白體，甚至人各有體，姜白石云；

**詩本無體，三百篇皆天籟自鳴，下逮黃初，迄於今，人異蘊，故所出亦異，或者弗省，遂艷其各有體也。**（白石道人詩集自序）

此外每時代亦各有其「體」，如所謂「永明體」、「元和體」。專就詩的體裁而論，亦辨之非易，姜白石又云：

**守法度曰詩，載始末曰引，體如行書曰行，放情曰歌，兼之曰歌行，悲如蛩螿曰吟，通乎俚俗曰謠，委曲盡情曰曲。**（白石道人詩說・歷代詩話下冊）

就詩的體裁而言，是有這些名目，然究其實際，決不是姜所云這樣簡單易分，例如李白的塞上曲，是完整的五言律詩，王維的渭城曲，是合法度的七言絕句，完全突破了「詩」與「曲」的界限，二人之作，都合乎律絕的法度，故「守法度曰詩」，自可云：「守法度曰曲」了，何況上述的作品，均受到一定句法的限制，決不能做到「委曲盡情曰曲」，尤其「體如行書曰行」，眞不知所云何意？白石的詩說，極受後人推崇，其論詩體，實不免望文生義，亦可見以上諸體，南宋之際，已不能明確加以分辨，故姜氏方有此失。

自詩歌的發展而言，詩經居於起源的地位，繼之而起的楚辭，承楚辭而發展的漢賦，卻混合了文與詩，而成爲駢枝。詩在此時，卻有了新的來源，漢武帝設樂府而有了源自民間，以五言爲主的樂府詩，與受這一影響而形成的古體詩，李童華云：

> 樂府有歌、有行、有詞、有謠、有引、有曲，分類既多，其餘就事命題，如「巫山高」、「折楊柳」者，不可枚舉。總之不離歌謠體制，遂得指名樂府。余謂今人作詩，何必另列樂府？緣未曾譜入樂章，縱有歌吟等篇，第作五言、七言、長短雜言可矣。（貞一齋詩說・清詩話下册）

李氏說明了歌、行、詞、謠、曲、引，均出於樂府，以後不能合樂之作，也入樂府，乃冒樂府之名，殊乖實際，所以杜甫不依樂府題名，而就事立題，號爲「新樂府」，但也被目爲古體詩，樂府與古體詩，分別何在呢？汪森論之云：

古詩之於樂府，近體之於詞，分鑣並騁，非有先後。（見詞綜序）

在體裁形式上近體詩和詞，可謂涇渭分明，然而樂府詩和古體詩，則形貌幾無分別，以古詩十九首爲例，近人論之云：

所謂古詩本來大都是樂府歌辭，因為脫離了音樂，失掉標題，纔被人泛稱做古詩。朱乾「樂府正義」曾說：「古詩十九首，古樂府也。」雖不曾舉出理由，還是可信的。（河洛、魏晉六朝詩論叢、樂府詩選序）

樂府詩脫離音樂，純然就詩的形式而論，泛稱古體詩或古詩。但是前人稱古詩十九首，而不稱樂府詩十九首，可見二者仍有差別；又樂府詩並未失去標題，郭茂倩所編，魏晉六朝及詩人的沿題之作，可爲證明；古詩和樂府詩，仍可分別，沈德潛的古詩源，可見概要。大約具有合樂的因素，風格近於民歌的，是爲樂府詩。雖然樂府詩流傳至今，已脫離了音樂，但由所具的題目，仍可得到大概。所謂風格近於民歌，取詩人所作，與樂府詩和吳歌、西曲相比較，便顯可見了。以古詩十九首爲例，已離俗就雅，有極高的修辭技巧，較嚴密的章法結構和主題藏而不露等特徵，已與民歌有別，而爲詩人所創作。依此標準以推，則後人仿樂府詩和沿襲樂府題目的，也當在古詩之列了。

詩至唐而有近體詩的出現，近體詩指的是平仄、句法、對偶、押韻有嚴格規定的五、七言絕、律，在體裁上與古體完全不同，所以才以近體詩爲名，而與古詩劃境對抗，在形式上一望可知，其來歷人所悉知，是出於齊梁小詩，經過庾信等人的大量創作，到唐代的沈佺期、宋之問方發展成爲定體。

古典詩的體裁，大約分別爲樂府詩、古詩、近體詩，體裁源流既明，三者不得混雜，沈德潛云：

> 樂府中不宜雜古詩體，恐散朴也：作古詩正須得樂府意，古詩中不宜雜律詩體，恐凝滯也。作律詩正須得古風意。（見說詩晬語）

沈氏以爲樂府詩自然而朴質，具有風土氣息，如果以詩人講究結構、修辭的古詩作法爲之，就會有損於這一詩體的風格，同理古詩中不雜律詩體，恐「凝滯」語意頗不明，殆可能古體用了律體的句法、詞彙之後，便不流暢、板重而不能轉折自由了。除沈德潛之外，很多論詩者，均僅分古體近體而已，袁枚云：

嚴滄浪借禪喻詩，所謂羚羊掛角，香象渡河，有神韻可味，無迹象可尋，此說甚是，然不過詩中一格耳。阮亭奉為至論，馮鈍吟笑為謬談，皆非知詩者。詩不必首首如是，亦不可不知此種境界。如作近體短章，不是半吞半吐，超超元（玄）箸，斷不能得弦外之音，甘餘之味，滄浪之言，如何可詆？若作七古長篇，五言百韻，即以禪喻，自當天魔獻舞，花雨彌空，雖造八萬四千寶塔，不為多也，又何能一羊一象，顯渡河掛角之小神通哉。……（見隨園詩話卷八）

袁枚之言，於古詩、近體的風格和作法，均有了比較同異後的透露，以篇幅而言，近體詩係薄物短篇，古體則多長篇鉅製，雖有短章，亦多於近體。以風格而論，近體詩以含蓄不露，神韻高超見長，而古體則主縱橫變化、氣勢雄偉。綜合前人之見，認爲古體詩篇幅可長可短，近體則受絕句四句、律詩八句的限制，古體詩句法可以略爲長短不差，甚至五七言交錯；近體詩則五言、七言有別，不能混用；古體詩可以換韻，可以通韻，近體詩不能換韻、通韻限制極嚴：古體詩的平仄無定，近體詩則嚴守平仄交錯、相粘相反的限制，後人如詩聲調譜，則更以平仄不同爲區別古體、近體的依據，認爲古體不能有近體詩的平仄聲調出現，所以主古體要三平、三仄落句，甚至四平三仄，或全平全仄：在結構上古體詩有段落可分，一段一意，近體則無此可能，通常兩句自成段落；在句法上、字法上，古體詩極爲自由，五言無上二下三，七言無上四下三的限制，而近體必須守此基本限制，近體詩以駢偶句爲主，字主華麗，而古體詩則相反，是以周子文

云：

古樂府選體歌行，有可入律者，有不可入律者，句法字法皆然。惟近體必不可入古耳。（藝藪談宗下）

選體指昭明文選中的詩，即古體詩。這一說法似乎有很大的彈性，是古體詩較自由之故，「近體必不可入古」，這樣方能見近體的本色，麓堂詩話云：

古詩與律不同體，必各用其體，乃為合格。然律猶可間出古意，古不可涉律調，如謝靈運「池塘生春草，紅藥當階翻」，雖一時傳誦，固已移於流俗而不自覺。若孟浩然「一杯還一曲，不覺夕陽沈」，杜子美「獨樹花發自分明，春渚日落夢相牽。」李太白「鸚鵡西飛隴山去，芳洲之樹河青青。」崔顥「黃鶴一去不復返，白雲千載空悠悠。」乃律間出古。（見古今詩話卷上引）

謝靈運的春草句，是古體詩，可是句法、詞彙、風格，是近體詩，雖然此時近體詩未完成，但視爲被流俗所移，孟浩然至崔顥的詩句，都不太合律詩的平仄、句法，認爲是律中間古，可見近體受古體影響之處，以致拗體也認爲是律中帶古。是謂律詩也可偶爾雜用古體。但多因人而異。

進一步而論，同係近體，絕句亦不同於律詩，周子文云：

絕句固自難，五言尤難，離首即尾，離尾即首，而要腹自不可少，妙在愈小而愈大，愈促而緩。……（藝藪談宗）

絕句只四句，首句、結句，太過緊逼，而中間二句「腰腹」的承接過程，也不可避免，五絕只有二十字，而表達的內容，又廣闊無垠，故能以小包大，以小見大，而能從容不迫，實已道出了絕句的特質，所以表達的方法異於其他體裁，其要訣在「婉曲回環，刪蕪就簡，句絕而意不絕。」同係律詩，五言與七言不同，沈德潛云：

七言律平敘易于徑遂，雕鏤失之佻巧，比五言為尤艱。貴屬對穩，遺遣事物，貴捶字老，貴結嚮高，而總歸於脈血動盪，尾首渾成。後人祇於全篇中爭一聯警拔取青妃白，有句無章，所以去古日遠。（說詩晬語）

全然基於七律的體裁不同，而創作的理論不同而發，當然這些「要訣」，也可用於五律，只是七律更難，更貴能守住這些「要訣」。以上三大體類，純係從體裁分，已有如此的差別，如果每類再配合詩所表現的內涵分，則又有抒情、敘事、寫景、詠物、說理、議論、詠史等等的分別，而創作的方法亦頗有不同，每類取歷代名家的代表作而研究之，取論詩者的理論加以印證，自能有所發明，而得到辨體的功能，如文賦所云：「亦禁邪而制放」。方能明體知法，所作不致流爲野體、鄙體、俗體。

# 結構

## 茅簷廣廈・效伎呈才

詩文之有結構，正如築宮室一樣，將建造的理想，表現在設計的藍圖之中，然後按圖興工，方可減少錯誤，達成建造時的構想。詩文的講究結構，是在立意之後，確定了全篇的主題，然後取材、表達。待最佳的結構，形成無懈可擊的藝術配合，魏謙升論結構云：

大宗細桶，必構眾材。茅簷廣廈，效伎呈才。匪徒目巧，亦恃心裁。千門萬戶，炤爛崔嵬。如五鳳樓，如銅雀臺。風雨不動，實實枚枚。（詩品集解・附錄四演補・二十四賦品）

正係以宮室營造的結構，以比論賦，詩雖然結構單純，不如賦的千門萬戶，但不能沒有結構，否則如散沙散材，雖有佳句，將成枝碎片斷。詩的結構，前人大致依起承轉合的表達過程，自然而形成。

歌行有三難，起調一也，轉節（折之誤字）二也，收結三也。惟收為尤難，如作平調、舒徐綿麗者，結須為雅詞，勿使不足，令有一唱三嘆，意奔騰洶湧，驅突而來者，須一截便住，勿留有餘；中作奇語，峻奪人魄者，須令上下脈相顧。一起一伏，一頓一挫，有力無跡，方成篇法。此是秘密大藏印可之妙。（周子文・藝藪談宗卷四）

人云：起要平直，戒陜頓；承要起從容，戒迫促；轉要變化，戒落魄；合要淵永，戒斷送。……（薛雪・一瓢詩話）

二人所論，一係古體，一係近體，但均依起、承、轉、合以論，此乃詩形成結構的必然手法，因爲任何詩篇，必然有起，或閒閒而來，或單刀直入，或依題而起；有了起段、頷聯或起句，要構成脈絡一貫，次段、頷聯或次句，必承之而加以發揮；發揮前意既盡，如「山窮水盡疑無路」，則待轉折，形成「柳暗花明又一村」，所以轉折常在第三句，或腹聯，歌行多在第二段之後，收束全篇，自然係末段，尾聯或末句了，沈德潛云：

詩篇結局為難，七言古尤難，前路層波疊浪而來，略無收應，成何章法？支離其詞，亦嫌煩碎，作手於兩言或四言中，層層照管，而又能作神龍掉尾之勢，神乎技矣！（見說詩晬語）

沈氏指出了「結局」——合的重要，要能收束和照應全篇，而又矯健靈活。係以起承轉合係基於章法自然的需要而形成詩的結構，不少的詩，在相題行事，扣合主題的需要下，完全吻合，例如杜甫的登岳陽樓詩，便係如此：

昔聞洞庭水，今上岳陽樓。—首聯—起，敘登樓。
吳楚東南坼，乾坤日夜浮。—頷聯—承，敘登樓所見。
親朋無一字，老病有孤舟。—腹聯—轉。老病思鄉。
戎馬關山北，憑軒涕泗流。—結聯—合。登臨傷感。

又李白山中答問云：

聞余何事棲碧山—首句—起。設問起。
笑而不答心自閑—次句—承。答上句之問。
桃花流水杳然去—第三句—轉。轉寫「碧山」之景。
別有天地非人間—第四句—結。總結何以不答。

這類例證，在五絕、七律中，亦極繁多；因爲係依表達需要而自然形成之故，詩話類編論之云：

律詩起承轉合，不為無法，但不可泥。泥於法而為之，則撐拄對待，四方八角，無圓活生動之意。……（卷之二・名論）

因爲有很多的情況，不必用轉，依照敘事的先後，時間的順序，形成一氣呵成之效，當然不必泥於起承轉合了。例如李君虞的喜見外弟又言別的詩，便係此例：

十年離亂後，長大一相逢。問姓驚初見，稱名憶舊容。別來滄海事，語罷暮天鐘。明日巴陵道，秋山又幾重。（見唐宋詩舉要卷四）

前人評曰：「一氣流轉」，殆指其依事情的發展，自然形成結構，無起承轉合之迹而言。因爲全詩由離別↓相逢↓述往↓再離別，故不必轉折，而起承結的痕跡，也不明顯。是以王夫之云：

起承轉收，一法也，試取初盛唐律之，誰必株守此法者，法莫要於成章；立此四法，則不成章矣。且道盧家少婦一詩作何解？是何章法？……其他或平鋪六句，以二語括之，或六七句，意已無餘，末句用飛白法颺開，義趣超遠，起不必起，收不必收，乃使生氣靈通，成章而達。……（薑齋詩話卷六）

更是反對死板地由起承轉合以形成結構的主張。所謂「起不必起」，蓋指起時數句，居於並列的地位，這當然是起時的變化，並不是不要起，「用飛白法颺開」，也不是不用「收合」，而係以轉爲合。所以起承轉合，係依自法表達的法則，而形成篇章的結構，並非一成不變的公式，而在神明變化，如果無起無結，無頭無尾，尙有結構可言嗎？還能成章而達嗎？又周子文云：

篇法有起有束，有放有歛，有喚有應。大抵一開則一闔，一揚則一抑，一象則一意，無偏用者。（見藝藪談宗卷下）

所云是除了形式之外，在章法和內容上的結構法則，「文不孤伸，意不孤立」之句，詩意要形成緊密的整體，此之謂「有喚有應」，全詩要掌握內容均衡的法則，一開一闔，一揚一抑，於是在結構上顯出「有放有斂」的效果，而不至於形成偏枯。周子文又引李夢陽之言，以明此理云：

李夢陽曰：古人之作，其法雖多端，大抵前疏者後必密，半闊者半必細，一實者一必虛，疊景者意必二。（同上）

根據此理，形成疏密相間，闊細相隨，虛實相形，不但不偏枯，而又均勻對稱。「實」是事實、實景，而「虛」則指情、理；「闊」指廣闊，文句文意，具有極大的概括性，「細」指細微，謂描述細微切貼，「疏」「密」意義與闊細相近，惟「前疏」「後密」，乃前段後段之結構，非指前句後句，前聯後聯而已也。例如杜甫的旅夜書懷，應大多合乎這種結構方式。

細草微風岸，危檣獨夜舟。星垂平野闊，月湧大江流。名豈文章著，官因老病休。飄飄何所似，天地一沙鷗。（見唐宋詩舉要卷四）

以全詩的結構而言，前四句寫景，係「實」，後四句敘事寓意寄情，屬「虛」：「細草微風岸，危檣獨夜舟」，係描繪「細微」，而「星垂平野闊，月湧大江流」，則見「壯闊」，「飄零何所似？」乃虛寫，「天地一沙鷗」，見徵實。可見周子文所舉敘之不誣，誠然是詩的結構原則。

結構是成詩的重要問題，按照起承轉合的原則，而形成詩的結構，是毋需爭論，但是這是基本的結構，可有多種的變化：如何起？如何承？如何合？也無一定的形式和定規；至於前段與後段、前聯與後聯、前句與後句，則可根據前人的意見，情景相生，虛實互用，事理兼帶，大小相形，疏密相間，以求結構的均衡。進而形成完美的藝術配合，名家詩法彙編云：

詩要首尾相應。多見人中間一聯，儘有奇拙，全篇輳合，如出二手，便不家數。此一句一字，須著意聯合也。大槩要沈著痛快，優游不迫而已。（見卷四）

充分說明了由結構以求全篇的完美，並需由字句的安排，爲之配合，以求全篇有一致的風神面貌。如果輳合成詩，高下、巧拙如出二手，尚有結構可言嗎？所以結構是在求整體的完美。

# 宗派

## 吟窗玩味韋編絕・舉世宗唐亦未公

詩到了唐朝，進入了詩歌的黃金時代和顛峰狀態，已達前朝後代，相形相較之下，難以逾越的程度，誠有如康熙全唐詩序所云；

詩至唐而眾體悉備，亦諸法畢該，故稱詩者，必視唐人為標準，如射之就彀率，治器之就規矩焉。

以詩的體裁而論，唐代發展而成的近體詩，如五言律絕和排律，七言律絕和排律，到了今天而不能廢；在唐以前完成的古體詩和樂府詩，不但有了很好的繼承，而且推展到了更高更美的境界，有了更輝煌的創作成績；詩歌的創作技巧，亦由原始、質樸的「初境」，提升到了藝術表達的妙境，以後詩歌的評論，多以唐人爲標準；學習古典詩歌的人，必由唐詩入手，「熟讀唐詩三百首，不會吟詩也會吟。」足以說明這一背景了：即使「生面果然開一代，古人原不佔千秋」的詩家，也多被時人後世，推崇為詩有「唐音」，或比之於唐代的某家某派；自宋以後，唐人的影響，誠然廣泛而深遠，今日喧騰在我們口耳的，何嘗大多不是唐人的詩句呢？李杜王孟，元輕白俗，不是我們最耳熟能詳的詩人嗎？

在詩必宗唐的主流下，如果說古今詩人皆廢，其他詩歌都黯然無光，也非情實，以詩人而言，誠如曾國藩所云：「唐之李杜，宋之蘇黃；好之者十之六七，非之者十之二三。」是謂蘇東坡、黃山谷，足與李杜抗手，又如瞿佑詠詩云：

**吟窗玩味韋編絕，舉世宗唐亦未公。**（見歸田詩話・卷上）

當然是詩必「宗唐」的反抗。因為繼唐之後的宋詩，在創作上有了很好的成績，由黃山谷主導的江西詩派，形成了詩學和詩派的主流，因而引發了唐詩、宋詩之爭，不但涉及論詩、學詩，而且是朱非素，形成了門戶之見，甚至意氣之爭，至今紛呶未已。當然深入析論，專題深究，是牽涉廣泛，關係複雜的大事。但在學詩與論詩的基本認知上，亦應有簡明正確的認知，方不致面對古人的論評，而茫然無知。

唐詩的具有優越性、師法性，是毫無疑問的。即以宋詩的代表人物而論，如蘇東坡、黃山谷，亦無不學杜甫，甚至學白居易、韓愈。即形成宋詩的內容和風格而言，亦共認係受唐人的影響和唐詩的「逗漏」。然則宋詩亦係唐詩之繼承耳，何至於分唐分宋，形成紛爭？考其基本，首在「唐詩」、「宋詩」意義和界限的不明確，所謂「唐詩」，基本意義是「唐人所作的詩」，可是在將唐人的作品區分優劣之後，「唐詩」係指唐人最好的詩；唐詩分爲初唐、盛唐、中唐、晚唐之後，唐詩又兼指和代表盛唐；在唐人選唐詩，後人選唐詩時，其所選的詩，認爲即係「唐詩」的代表，甚至唐代的偉大詩人，李杜王孟等，也代表了「唐詩」：後人廣泛地學唐詩，有了成績之後，於是將音調、風格等畢肖唐人的詩，也稱爲「唐詩」。同理「宋詩」的意義和界限，亦復紛歧，「宋詩」在基本的意義上是指「宋人所作的詩」；可是在宋詩特色形成之後，「宋詩」是指代表宋人風格的詩，就宋詩風格的形成和受影響而言，宋詩是受唐人「特別」影響而成的詩；「宋詩」的名稱確立之後，「宋詩」指的往往是蘇東坡、黃山谷：和「唐詩」「宋詩」比較優劣之後，認爲唐優宋劣，「宋詩」具有劣詩的意義；元明之後，有了學「宋」的風氣，於是「宋詩」也代表後人學宋的詩。至於唐詩、宋詩對立並論之時，指的是風格各異，各具獨特性、代表性的唐人之詩，和宋人詩。有了以上基本的詞義認知，才能免除不必要的誤會和爭議。

詩分唐宋的緣起，其原因是基於學詩，宋繼唐後，於唐詩的優越性，領會最深，也學習最切，宋人幾無不學唐人，當然是就才性之相近，作詩態度主張之相同，甚至一時風氣所播，而選擇學習之對象，與明人的詩必「盛唐」，頗有不同。等到宋詩自具面目精神，宋人自嚴羽等貶江西而大貶宋詩，深有見於宋詩的弊病，以後學詩的人，在取法乎上的心態下，自然由分唐分宋，而至尊唐輕宋；明七子的特別標榜詩必「盛唐」，一方面是確定了唐詩最優的時期，作爲學詩的對象，一方面是認爲中晚以後的詩，頗有宋氣宋調，不是純粹的唐風；由於時代的不同，一代有一代的學術思想和環境風尚，雖學盛唐而畢竟不能克肖，得貌而遺神，蛻變成「瞎盛唐」，或者「膚廓」，激成宋亦宜學宜參的風氣：在唐、宋詩形成對抗的情勢下，而調和之論以起，認爲詩只有分性情、分優劣，不能分朝代；學詩在擇善而從，唐固可宗，宋亦兼取，人由於才性的不同，所擇亦異，「高明者近唐，沈潛者近宋」；詩人的一生，由於年齡經歷的不同，才氣發露的少年時，遂爲唐體，晚年乃折爲宋調；這些同中有異，異中有同的主張，全然是出於學詩的心態，成詩之後，雖不敢侈言超唐，至少不是出主入奴，而是成一家之詩。

前人由於學詩之故，而於詩人的作品，體會最深，不但就風格氣韻表達技巧等別異上，辨唐宋詩如辨涇渭，甚至分別盛唐晚唐，各大家的作品，亦無差誤，如果所言無誇張虛假，則這種沈潛領會的功夫，極爲可佩。因而於唐宋的品評，雖係主觀和作概念式的論評，當然亦極可貴了。就詩的風格而言，唐詩高華，宋詩平淡，唐詩虛靈，宋詩徵實；就詩的內涵而言，唐詩主情，雋永有味，宋詩尚理，「以文字爲詩，以才學爲詩，以議論爲詩」；在表達的技巧上，唐人由於人巧的極致，而使作品達於自然渾成的妙境，「人巧而天工錯，徑路絕而風雲通」，至於宋詩則出奇刻露見長，「縱橫鉤致，發揮無餘蘊。」至情的詩，自然而然地求融情入景，以景語爲情語，情景雙寫，於是含不盡之情於言外，而涵蘊不盡，不著涯際見長，形成曳曳獨造，「羚羊掛角，無跡可尋」：主於理的詩，自必敘事議論，必求「奇正相生，疏密相間，開闔抑揚，各極其妙，」然必事實黏滯，徵實難巧；唐詩上承梁齊，洗刷華靡，自成高格，宋人善學唐人，自出機杼，別成宗派；宋人於學唐之餘，發爲獨特的領會，理性的反省，而評詩論詩，不但辨別源流，深明時代正變，於煉字、煉句、煉意等詩法，極盡評章論究之功，唐詩之佳勝處以明、宋人之弊劣及其特色亦因之以見，其分唐分宋，乃基於理性的省察，而非貴古賤今的盲目崇拜；唐最傑出的詩人，有李杜王孟，宋有最傑出的大家，如蘇黃王陳，然大多均受唐人的影響。可見唐詩、宋詩別異之所在，亦即其相抗並立之所在也。當然唐詩宋詩殊異的基本原因，是時代不同之故，與詩的遷變各種相關的因素，有了變化，當然也導致詩的變化，葉燮云：

> 譬之諸地之生木然，三百篇則其根，蘇李詩則萌芽由蘖，建安詩則生長至於拱把，六朝詩則有枝葉，唐詩則枝葉垂蔭，宋詩則能開花，而木之能事方畢。（原詩內篇）

所言不全然切中情實，但詩的隨時代演進的道理，卻是確切之論，唐詩宋詩不能無別異的原因在此。

古典詩至唐人而集大成，元明清遞相祖述，形成了浩博的文化遺產，大家代出，佳作如林，在我們觀摩取法，沈潛咀嚼之時，自應轉益多師，博學旁參，此外亦應視才性之所近，嗜悅之不同，或由一代入，或由一派入，或由一家入手，至於諸家之中，風格固然不同，於詩的各體，亦有獨擅、兼擅，和非其所擅的別異，非止於唐詩、宋詩的對立，初盛中晚四唐之別而已。當然，唐詩和盛唐之詩，不可或廢，不能不學，如李沂所云：

人皆知當學唐詩，而乃有云不必學唐詩者，人皆知當學盛唐，而乃有云不必學盛唐者，此好異之過也。（秋星閣詩話）

可是學之不善，當然會有得貌遺神，甚至有瞎盛唐之病，葉燮云：

唯有明末造，諸稱詩者，專以依傍臨摩為事，不能得古人之興會神理，句剽字竊，依樣葫蘆，如小兒學語，徒有喔咿，聲音雖似，都無成說，令人穢而卻走耳。（見原詩內篇）

葉氏指抉了晚明學詩之病，其實任何不善學之人，亦無不然，因爲學古人所能得者，不過法式體裁等等而已。而時代、世變、作者之生活、經驗、才性學養，必然各有殊異，所以學盛唐，未必是盛唐，學蘇黃，亦畢究不能成蘇黃。所以分唐、分宋論，尊唐、爭宋，本極有意義，但以創作的實際而言，似乎成爲無意義的戲論，因爲誰也難以得到古人的「興會神理」中的「興會神。」

# 參、格律

## 平仄

### 一三五不論・二四六分明

詩有音樂性，幾乎是一致的認定，何況自詩經以來，詩大致是可以歌唱的，而且與今日的情況相合，詩歌、音樂、舞蹈，「三位一體」，演奏的是樂曲—音樂，合樂曲而歌唱的是歌詞—詩，隨樂曲的節拍而起舞的是舞蹈。可是在樂曲與歌詞分離，或者樂曲遺佚的情況下，詩的音樂性就無定準了。尤其是不諳樂曲而作歌詞的詩人，如何掌握詩的音樂性呢？誠如劉勰所云：「吐納律呂，脣吻而已。」（文心雕龍・聲律篇）溯其初始，當然是只能求其順乎「脣吻」，等到四聲能分，韻部已定之後，於是詩的音樂性，便由一定的平仄和押韻來表達了。尤其自唐朝的絕句和律詩興起，平仄的規定有了定則定準，形成了三平三仄、二平二仄、一平一仄、句內交錯和隔句對換的情況，大致是依從沈約的音律論而發展成的，沈氏云：

若前有浮聲，則後須切響；一簡之內，音韻盡殊；兩句之中，輕重悉異，妙達此旨，始可言文。（宋書謝靈運傳論）

一句之前用「浮聲」的平聲起，則後用切響的仄聲相交錯，加上韻的變化，造成「一簡之內，音韻盡殊，二句之中，輕重悉異」的效果，這樣大概可以達到如劉勰所云的音律效果：

則辭轉於吻，玲玲如振玉；辭靡於耳，纍之如貫珠矣。（文心雕龍・聲律篇）

絕句和律詩，自沈宋以後，規格遂嚴，後人加以歸納，形成了一定的格式，絕句和律詩，各有五言、七言兩種，每種又有平起仄起的不同，故有基本的八種形式，非熟悉應用不可：

五言平起：

平平平仄仄（若首句押韻則改為平平仄仄平），仄仄仄平平。仄仄平平仄，平平仄仄平。

五言仄起：

仄仄平平仄（若首句押韻則改為仄仄仄平平），平平仄仄平。平平平仄仄，仄仄仄平平。

七言絕句平起：

平平仄仄平平仄（若首句押韻則改為平平仄仄仄平平），仄仄平平仄仄平。仄仄平平平仄仄，平平仄仄仄平平。

七言絕句平起：

仄仄平平平仄仄（若首句押韻則改為仄仄平平仄仄平），平平仄仄仄平平。平平仄仄平平仄，仄仄平平仄仄平。

以上四種基本型式，再加首句押韻和不押韻的變化，已有八種不同的規格，同樣五言律詩、七言律詩，亦有相同的八種型式，學詩的人如果死記死背，實不勝煩擾。但是記住了平仄變化的原則之後，只要知道上述四種基本型式和有押韻與不押韻的不同，便類推可知，由以上四種基本規格，我們可以得出變化的法則如下：

㈠一句之內，平仄交錯，不出三平三仄、二平二仄、一仄一平的原則。

㈡三平、三仄只在句首、句中出現，無用在句末者。七絕、七律無以三平、三仄起句者。

㈢二平、二仄，句首、句中、句末均可用，七絕七律只有二平、二仄起句的型式。

㈣一平、一仄，在適合押韻變化的需要，只用在句末，不用在句首和句中。

根據平仄交錯的原則，五絕、五律才有三仄、三平起句，三仄起，只有與二平交錯，於是形成仄仄仄平平的型式，三平起，便形成與二仄交錯的平平平仄仄的型式，二仄起，只有與平平仄交錯而成仄仄平平仄，二平起只有與仄仄平交錯而成平平仄仄平。七絕、七律只有二仄、二平句，二平起，只有與三仄、二仄交錯，加上二平和二平一仄結句，而成平平仄仄仄平平，或平平仄仄平平仄。同理二仄起只有仄仄平平平仄仄和仄仄平平仄仄平的型式，而無其他的變化。再加第一句與第二句平仄相反，第三句和第二句平仄「相粘」——平仄相同，第四句與第三句相反，第五句與六句相粘，以此類推，形成了加五絕第一句「平平平仄仄」，第二句則與之相反的「仄仄仄平平」：第二句與第三句「相粘」的「仄仄平平仄」，第四句與第三句相反「平平仄仄平」，首句平起，結句亦平起，同理首句仄起，結句亦仄起，推而至於律詩，平仄變化，亦不越此規則。於是確定五言絕律、或七言絕律是平起或仄起之後，所有各句的平仄都可確定了，不必去死記硬背。例如五言律詩爲平起，則首句平仄交錯便成「平平平仄仄」，第二句與之相反而仄平交錯，便成「仄仄仄平平」，第三句與第二句「相粘」—同爲平起，平仄交錯而成「仄仄平平仄」，第四句與之相反而成「平平仄仄平」，第五句與第四句相粘而成「平平平仄仄」，第六句與第五句相反而成「仄仄仄平平」，第七句與第六句相粘而成「仄仄平平仄」，第八句與七句相反而成「平平仄仄平」。推之七言律詩，亦無不然。依這一規則而造成的詩句，再配合五言絕律上二下三的基本音節，七言絕律上四下三的基本音節，便有吟詠鏗鏘、聲律和順的音樂性了。所謂五言絕律的上二下三的基本音節，其例如下：

白日—依山盡，黃河—入海流。
三日—入廚下，洗手—作羹湯。

不可能將之唸成上三下二的音節：白日依—山盡，黃河入—海流，如果構成上一下四的音節，如韓愈的詩「乃—一龍一蛇」，便更難平順了。七言絕律是以上四下三為基本音節，如：

葡萄美酒—夜光杯，欲飲—琵琶馬上催。
秦時明月—漢時關，萬里長征—人未還。

如果構成上三下四的音節，也有不平順之感。所謂音節，前人名之為「句法」，但未講明與平仄相配合，實際上相當重要，音節大致相當於「旋律」。平仄、音節，配上押韻，詩的音樂性便形成了。

絕律的平仄規格極嚴，唐代的大家，李杜王孟等人，也不能悉遵，於是而有「一三五不論，二四六分明」的作詩口訣，見於元劉鑑切韻指南之後。意謂七言絕律一句中第一第三第五字，可不論平仄，第二第四第六字，則必依照平仄的規定，用平聲者，必用平聲，用仄聲者，必用仄聲，不可通融，五言絕律，則一三不論，二四分明。考之前人詩，確有此現象，例如杜審言的和晉陵陸丞早春遊望：

**獨有宦遊人，偏驚物候新。雲霞出海曙，梅柳渡江春。淑氣催黃鳥，晴光轉綠蘋。忽聞歌古調，歸思欲霑巾。**（見唐宋詩舉要卷四）

第三句第三字應爲平聲，卻用了仄聲「出」字，第四句第一字應用仄聲，卻用平聲「梅」字：第七句第一字應用平聲，卻用仄聲「忽」字；第八句第一字應用仄聲，卻用平聲「歸」字。是爲「一三不論」之例，反之各句中之二四等字，則無應仄而用平，應平而仄聲字的現象，是即「二四分明」之證，末句「歸思」的思字，似應仄而用平，實際上係讀破音字，作仄聲去聲。可是眞的五言第三字不論，七言第五字不論的話，將會造成三平或三仄落句的事實，也會有孤平的出現，所以主張五絕律允許第一字不論，七絕律允許一五不論，又必須避免孤平的現象，這樣才合聲律。

持以上「一三五不論，二四六分明」的原則，以論唐人的詩，也有很多不合的，於是有「拗救」之說，所謂拗是指上句平仄不合時，下句則於不合之處，加以補救，而又多用在五言絕律的第三第四字上，七言絕律，則多在第五第六字上，例如：

蕭蕭古塞冷——本句第三字應平而仄，是為拗。
漠漠秋雲低——本句第三字應仄而平，是為救。

拗而能救，不但不是聲律之病，而且是一種新的音調或變格，黃永武、張夢機博士論之云：

拗而能救，就不算是一種「病」，反而在平板無味的陳腔濫調中，躍出新的音調與力量來。（中國詩學——鑑賞篇，因拗救的音節可以增加詩的強度。）

律絕五七言平仄有拗用者，或因拗而轉諧，或反諧以取勢。蓋一經拗折，詞格愈顯嶙峋，氣宇愈覺傲兀，神清骨峻，韻高格古。所謂金石未作，鐘聲和，渾然有律呂外意也。……（近體詩發凡）

拗救的結果，只有諧律與不諧律兩種，諧律當然仍合於原來平仄規格的音樂性，但已稍有變化；不諧於原來平仄規格的，當然不諧律，但也有另一種「嶙峋」或「傲兀」的趣味。問題有的詩根本是失律，可是後人仍以拗救目之，已遠離事實，可是仍不失爲佳詩，也不覺其有「聲病」，例如：

遙憐小兒女。（杜甫・月夜）

芳心向春盡。（李商隱・落花）

近人簡明勇先生的「律詩研究」，認爲是「出句本句自救」，因爲這二句應合「平平平仄仄」的規律，第三字第四字的平仄不合，是應平的第三字而用仄，是爲拗，第四字應用仄而用平，是爲救。可是孟浩然的「歲暮歸南山」，杜甫的「孤雁」，以此律彼，殊非拗救了：

北闕休上書，南山歸敝廬。

孤雁不飲啄，飛鳴聲念群。

既非「出句本句自救」，也非上下句的拗救，全然是失律，可是不但係佳詩，也沒有失律的聲律不諧，可見古人不全然拘守一定死板的平仄規律，也不全守「一三五不論，二四六分明」的寬鬆法則，至少除了拗救之外，有失律事實的存在。眞是不泥於法，得活法也。顯示了天才不受格律約束的一面，也顯示了詩的音樂律不全然反應在一定的平仄交錯上。

# 押韻

## 一字未穩，全篇皆疵

作詩的基本功夫，除了調平仄之外，便是押韻了，押韻彷彿極爲簡單，將韻書一翻，在同韻部的，盡可選用，無勞解說，然而並非如此簡便，因爲就韻書而言，詩有詩韻，詞曲有詞曲的韻書，詞曲韻是一韻之內，是可平仄通押的。而詩韻則四聲分部，就詩韻而言，有廣韻、詩韻、中華新韻的不同。一韻之中，又有重押，韻部與韻部之間，有通押和出韻之別。頗有規則苛細，遵循維難，案之前人，有所不合的混淆。但是在古典詩的創作上，押韻是最重要的環節，江順貽的補詞品云：

> 千鈞之重，一髮繫之。萬人之眾，一將馭之。句有長短，韻無參差。一字未穩，全篇皆疵。……（詩品集解・續詩品注・押韻）

「一字未穩，全篇皆疵」，當然道出了押韻的重要。所謂一字未穩，固然可指韻腳，然亦可指其他字，故不如沈德潛的韻腳如柱石之說，明白而具體：

詩中韻腳，如大廈之有柱石，此處不牢，傾折立見。故有看去極平而斷難更移者，安穩故也。安穩者牢之謂也。杜詩：懸崖置屋牢，可悟韻腳之法。（見說詩晬語）

所謂「牢」，所謂「安穩」，指所押韻之字，無生硬拼湊之嫌，在意義上無晦澀難解之失，因韻成句，自然工妙，不覺作者在押韻，方為佳勝，例如王維輞川閒居贈裴秀才迪：

寒山轉蒼翠，秋水日潺湲。倚仗柴門外，臨風聽暮蟬。渡頭餘落日，墟里上孤烟。復直接輿解，狂歌五柳前。（見唐宋詩舉要卷四）

高步瀛氏評此詩云：「自然流轉。」誠為確評。雖然自然流轉，非專指押韻，但每一韻腳的穩妥自然，正是最基本的條件，試案「潺湲」、「暮蟬」、「孤烟」、「五柳前」四韻腳的詞彙，非極自然乎？所以穩妥、自然，為押韻的基本要求，此外則惟逞奇鬥險，以引人入勝。

詩之押韻，由表情達意言之，固在求意念的表達明確，字彙詞句的平穩，然就詩之聲律而言，則在求字之響，凡音之啞滯者，宜加揚棄。袁枚論之云：

欲作佳詩，先選好韻。凡其音涉啞滯者，便宜棄捨。葩即花也，而「葩」字不亮：「芳」即「香」也，而「芳」字不響；以此類推，不一而足。宋唐之分亦從此起。李杜大家不用僻韻：非不能用，乃不屑用也。昌黎鬥險，掇唐韻而拉雜砌之；不過一時遊戲，如僧家作盂蘭會，偶一布施窮鬼耳，然亦止於古體、聯句為之。今人效尤務博，竟有用之於近體者，是猶奏雅樂而雜侏儒，坐華堂而宴乞丐也，不已傎乎！

（見隨園詩話卷六）

這一用韻的觀念，明白而有見。押韻要選韻，選韻以字音響亮爲原則，正可補充沈德潛「安穩」說之不足，而且把握了押韻在求詩的具有音樂性的原則。不用僻韻，當然會有上述的雙重效果，而且有明顯的例證，根據王熙元博士等所編詩府韻粹一書，在每一韻腳之下，列舉了唐宋名家的句例，用僻韻、險韻極少。而且有古體和近體的不同，古體常篇幅多，故可從寬，略用險僻韻，如韓愈的「掇唐韻而拉雜砌之」，近體詩則不可。至於用韻而有更進一步的主張，則有黃永武博士：

李白的靜夜思，用平聲光霜鄉為韻，有激動昂起的感覺，描寫失眠的情狀很諧和。孟浩然的春曉，用上聲曉鳥少為韻，有和軟舒徐的感覺，描寫春眠的情狀很諧合。賈島的尋隱者不遇，用去聲去處為韻腳，有輕飄清遠的感覺，描寫隱者飄忽的行蹤很諧和。柳宗元的江雪

詩，用絕滅雪為韻腳，有無聲寂滅的感覺，描寫雪景寒寂的情景很諧和。（見中國詩學設計篇）

指出了因韻腳的聲音，引發了欣賞時的氣氛和意境上的諧合，雖然是其主觀上的特有領會，但把押韻的作用，推拓更高的層次。合三人的主張，有以見押韻的作用所在了。

押韻時最忌者首爲落韻，尤其在近體詩中所押的韻，要在同一韻內，否則即爲落韻，可是在五律、七律中，卻常有第一句的韻，不與後四韻腳同韻部的現象，可是前人謂爲孤雁入群，謝榛云：

七言絕律，起句借韻，謂之孤雁入群，宋人多有之。（見四溟詩話）

第一句之韻，可借相通韻部之字作韻腳，其理由及限制則沈德潛有較詳細的說明：

律詩起句可不用韻，故宋人以來有入別韻者，然必於通韻中借入，如冬韻詩起句入東，支韻詩起句入微，豪韻詩起句入蕭肴是也。若庚青韻詩起句入真文，寒山先韻詩起句入覃鹽咸，雜亂不可為訓。（見說詩晬語）

所云誠然是古人押韻的實例。這些可通的韻部，是前人在做古體詩時，可視爲同一韻部而押韻的。若「依起句可不用韻」，而可「入別」韻的話，則必不限於可通的韻部才是。故筆者以爲仍係未解決的問題，眞正的理由，仍待尋究。至於律絕最後的韻腳出韻，前人也比照「孤雁入群」的例子，創出了「孤雁出群」，其實要算是落韻詩，因爲照沈德潛的說法，第一句可以不押韻才能有「孤雁入群」，而且要限押相通的韻部，那麼「孤雁出群」，非落韻詩而何？因爲古人正有落韻詩的存在，雖劉禹錫、李商隱亦不免：

曾作關中客，頻經伏毒巖。晴煙沙苑樹，晚日渭川帆。三春看又盡，今悲白雪髯。郡樓空一望，含意卷高簾。（貞元中侍郎舅氏……。全唐詩卷三百五十八）

漢家天馬出蒲梢，苜蓿榴花遍近郊。內苑只知含鳳嘴，屬車無復插雞翹。玉桃偷得憐方朔，金屋修成貯阿嬌。誰料蘇卿老歸國，茂陵松柏雨蕭蕭。（茂陵．全唐詩卷五百四十）

劉禹錫的五律，巖帆押十五咸，髯簾押十四鹽；李商隱的七律，梢郊押肴韻，翹嬌蕭押蕭韻，均係落韻了。

同一詩中，能不能重複押同一字？前人謂之重押韻。蘇軾送江公著詩曰：「忽憶釣臺歸洗耳」，又曰：「亦念人生行樂耳」，自注曰：「二耳義不同，故得重用。」（見蘇東坡全集卷十

八）

可是前人重押韻的甚多，杜工部的飲中八仙歌，押二船字、二眠字、三前字，前人認爲這一首八段，不嫌重押，可是實際上仍係一歌，所以應爲一首重押韻的例證。再查工部的園人送瓜詩，二押草字，上後園山腳詩二押梁字，贈李八秘書詩二押虛字，類此者甚多，韓退之尤好重疊用韻，以盡己意（例見詩人玉屑卷七重押韻條）。所以押重韻在古體詩中多見，在絕律中則絕對避免。

古人作詩，因詩友的切磋，聲氣的感發，於是如陸機文賦所云：「遊文章之林府，嘉麗藻之彬彬。」觸動吟情，而有和韻之作，趙翼云：

古來但有和詩，無和韻，唐人有和韻尚無次韻，次韻實自元白始，依次押韻，前後不差，此古所未有也；而且長篇累幅，多至百韻，少亦數十韻，爭能鬥巧，層出不窮，此又古所未有也。他人和韻，不過一二首，元白則多至十六卷，凡一千餘篇，此又古所未有也。……（甌北詩話卷四）

可見和韻詩的起源於唐，而大盛於元微之、白居易，和韻原先是「用韻」——用原詩押韻的韻部，「次韻」則照原詩押韻之次第而押之，「依韻」則依原詩之韻腳而不拘次第，元白以後和詩幾乎都是次韻詩了。此一押韻的方式，使作詩成爲朋友之間的應酬，多了這種約束，必限制了自己的才性，所以袁枚云：「吹韻自繫，疊韻無味，鬥險貪多，偶然遊戲。」眞是見理之言，可是袁枚也有很多這類的作品，可見積習難返了。

押韻是古典詩的形式要件，也是詩的音樂性構成條件之一，所以用韻時除了努力於意義表現的安穩，詞彙鑄造自然外，便是不能落韻，當然要避免鬥險立異的心理而形成用險韻僻字的弊病，因爲會損及閱讀的效果，如宋長白所云：

沈休文曰：「文章當從三易，易見事一也；易識字二也；易誦讀三也；然則拗體，險韻僻字，皆不宜於嚐試也。」（柳亭詩話）

因爲詩的好壞，不在險韻僻字上。何況險韻僻字，會造成以艱深的文字，文飾淺易的詩意的印象。由此以觀，押韻似易而實難，但知道了這些原則之後，便可斂才就法，巧心獨創而不受局限和牽制了。

## 句法

### 魂隨南翥鳥．淚盡北枝花

詩人成詩，無不重視造句，所謂「競一韻之奇，爭一字之巧」，無不表現在詩句中。用字造句的理論，劉勰的說法，最受重視：

> 夫人之立言，因字而生句，積句而成章，積章而成篇，篇之彪炳，章無疵也，章之明靡，句無玷也；句之清英，字不妄也。振本而末從，知一而萬舉矣。（文心雕龍．章句）

劉勰的所謂「句之清英，字不妄也」，全係指「因字成句」之時，明於小學，用字正確，以達成文能達意的清英效果，這當然是詩語文句組成的基本。事實上劉勰說的太簡單了，聯字成句，涉及多方，就句之組成而言，尚有辭性、辭位有關的文法問題：因字數多寡而形成的長句短句，驪句散句、對句，五七言詩的文體問題；又有平仄、押韻的聲韻問題；詩語文句造成之後，由於修辭方法運用當否，產生了佳句、惡詩的表達問題；當然更有基於篇章結構的起句、結句問題；至於詩人文家創造的結果，又形成了個人的習慣與句法的特色；所以句法涉及多方，劉勰僅由一端以論，未足以見其眞實。可是自古以來的詩文家，於詩句與表達的內容關係，加以究求，則更罕見，筆者以爲若在這一方面，加以探索，則於詩的作法，當大有裨益。

就詩的表顯內容而言，不外情景事理，於是在詩句的表達上，有純粹的述事句，如杜審言的「獨有宦遊人，偏驚物候新」，沈佺期的「聞道黃龍戍，頻年不解兵」，張九齡的「海上生明月，天涯共此時」，由述事以見情感的發生與興趣，及其錯綜變化，歡愉與悲戚的形成；推而廣之，也有純粹的言情句、說理句、寫景句。例如張九齡的「情人怨遙夜，竟夕起相思」，孟浩然的「欲濟無舟楫，端居恥聖明」。戴復古的「寥落悲前事，支離笑此身」，都是情感觸動的宣發：王維的「以此爲長策，勸君歸舊廬」，孟浩然的「人事有代謝，往來成古今」，李白的「升沈應已定，不必問君平」，全是事理寓涵的表達；至於杜審言的「雲霞出海曙，梅柳渡江春」，王灣的「潮平兩岸闊，風正一帆懸」，王維的「渡頭餘落日，墟里上孤煙」，乃天容時態，物色景象的描繪。不過以上舉的，是兩句相偶的例子，當然也有一句情、一句景，一句事、一句理相配合的句子，如宋之問的「故園腸斷處，日夜柳條新」，上句抒情、下句寫景；杜甫的「古來存老馬，不必取長途」，上句述事，下句說理。可是卻有一種情景雙寫，事理兼帶的句例，如宋之問的度大庾嶺：

度嶺方辭國，停軺一望家。魂隨南翥鳥，淚盡北枝花。山雨初含霽，江雲欲變霞。但令

歸有日，不敢怨長沙。（唐宋詩舉要卷四）

吳汝綸於「魂隨南翥鳥，淚盡北枝花」評云：「情景交融，杜公常用此法。」謂在此二句中，有情有景，自己的神魂，隨著南飛的鳥，愈飛而離家愈遠，眼淚因看到大庾嶺上北枝的梅花而流盡，「南翥鳥」、「北枝花」是寫景，「魂隨」、「淚盡」是抒情，所以說情景交融，並無錯誤。但不如用「情、景雙寫」一詞的切合實際，因為情景交融，有很多的方式，如王維的歸輞川作云：「菱蔓弱難定，楊花輕易飛。東皋春草色，惆悵掩柴扉。」前人謂「義兼比興」，「菱蔓弱難定，楊花輕易飛」，在此寓官場身不由己，沒有位高權重的靠山，故有弱如菱蔓，輕如楊花，不能自主的傷感。「東皋春草色，惆悵掩柴扉」，是一種觸景生情——興的手法，正如陶淵明的「木欣欣以向榮，泉涓涓而始流，羨萬物之得時，感吾生之行休」（見歸去來辭），二者皆寫景以寓情，自係「情景交融」之一法，又如杜甫的「惟見林花落，鶯啼送客聞」，全係寫景，然悼念房琯的人鬼殊途，生死永隔的傷慟，涵寓句中，亦係情景交融的手法。然依詩句的結構言，「魂隨南翥鳥，淚盡北枝花」，一句之中，是結合抒情的部分與寫景的部分而成，所以要稱之為情景雙寫。與王維、杜甫的詩句，大有不同，因為在上述的句例中，並非每一句之中，有情有景，而係融情入景，或係寫景見情，並無情景雙寫的成份。情景雙寫的句例，在唐詩中頗多，如杜甫的「感時花濺淚，恨別鳥驚心」，李白的「浮雲遊子意，落日故人情」，正同一機杼。情景雙寫，其效果與一句單寫情或單寫景的，實大有不同，因為可以收情與景互相襯托之故，或由景生情，或由情見景，自由景生情而言，則具體而生動，由情見景言，則虛微而徵實，而詩的靈動境界以出。

推情景雙寫的道理，可以確定詩句中有事理兼帶和景事共陳的句法，如杜甫的客夜詩云：

客睡何曾著，秋天不肯明。入簾殘月影，高枕遠江聲。計拙無衣食，途窮仗友生。老妻書數紙，應悉未歸情。（見唐宋詩舉要卷四）

「計拙」、「途窮」有說理的成份，「無衣食」、「仗友生」是敘事的部分，由此而成事理兼帶的句法，敘事兼及其理，使事理一如，或理以事見，或理在事中，無衣食的理由是因杜甫謀生之術太拙劣；途窮落拓，仍能存活，是仗著「友生」的幫助。孟浩然的「不才明主棄，多病故人疏」，正係同樣的結構。又敘事時而又寫景，形成一句之中，景事共陳，使敘事的背景，更爲生動如現。「入簾」、「高枕」是「敘事」，「殘月影」、「遠江聲」是寫景，所以紀昀評云：「三四乃寫不寐，非寫江月」，這一體會是對的，入簾來的，是殘月的光影，到高枕上的，是遙遠的江聲，如是而失眠的痛苦和無奈，才生動地陳現，又杜甫的「香霧雲鬟濕，清輝玉臂寒」，韋應物的「浮雲一別後，流水十年間」，都係此一句法的例證。在律詩對句之中，情景雙寫，事理兼帶，景事共陳的句例，往往是二句同一形式，但在絕句和古體中，往往是一句單用。

明白了以上的句例，不是有了好多種造句的方法了嗎？使詩句生動而傳神，比單用情景事理爲內容而成句，要好得多了，而且這種句法，可以用在詞曲、古文之中，同樣有較佳的表達效果。「魂隨南翥鳥，淚盡北枝花」，顯示了這一意義。當然這並非唐代詩人所獨創，詩經楚辭，已有這種句法了，不過唐代詩人運用的更成功，更足成爲典範而已。

# 肆、鑑賞

## 解詩

### 詩家總愛西崑好・獨恨無人作鄭箋

詩人作詩，費盡苦心，如名匠巧手，鑲金嵌珠，必使珠光畢顯，情美盡出，毫無瑕疵可求，而且欲其掩抑含蓄，義脈不露，雜用比興喻譬的手法，以致形成了詩義難明，再加上詩是極精練的語言，常多省略和節縮，不但省略主詞和受詞，甚至省略了敘事言理的部分過程，所以形成了厥義難明的事實，例如雲薖漫錄云：

昔日香山香推服劉賓客，沉舟側畔千帆過，病樹前頭萬木春之句，趙飴山嘆為有道之言；王漁洋則云我所不解。蓋飴山以演劇罷官，一蹶不振，其身世適與劉同，漁洋則雍容廊廟，平步公卿，未嘗歷病樹沉舟之境也。

事實上劉禹錫的詩，只是用了「比」，以「病樹」、「沉舟」比擬失意的一群，而以「千帆過」、「萬木春」，代表一帆風順，春風得意的一類，白居易趙飴山之所以嘆賞推崇，是自己有了這種失意的挫折，王士禎的「我所不解」，可能是「平步公卿」之故，並非詩意確實難明，劉禹錫的另一首詩，則爭議更大，明游潛云：

劉夢得遊虎丘寺生公講堂詩云：生公說法鬼神聽，身後空堂夜不扃。高座寂寥塵漠漠，一方明月可中庭。疊山選注，以為詩意笑生公也。予意生公何足笑哉？況亦言意淺直甚矣。夢得蓋以生公當時執政者，言其在日假威寵以令百僚莫敢有違，鬼神亦聽之也；次句言身後子孫不守，門牆已非；三句四句則言聲消勢盡，殊非前日華盛景盛，無復及其門者，惟明月夜深可中庭耳，與石頭城：「夜深還過女牆來」意同，可字有味。（夢蕉詩話）

游潛不但會心有誤，而且強作解人。禹錫此詩，乃依題立意，由遊虎丘生公說法之地，而引起種種慨嘆與感受，何至於借世外之高僧，以比當時的權貴呢？未免太不倫不類了。可見讀懂一首詩，亦非易事，明周子文云：

夫詩匪作之難，知之惟難；非知之難，論之尤難；識美延陵，庶其能聽，起予商賜，可與晤言。（藝藪談宗上）

知詩是論詩的基礎，不能讀懂一首詩，又何能分析論斷呢？可是子文懸的「知詩」和「論詩」的標準，也未免太高了，他認爲具備了春秋時延陵季札那樣的美識，才能聽其音而知其詩，像孔子門弟子子夏、子貢的高才，才可論詩，如其所言，欣賞詩是學者和專家的事，與常人無份了，其實不然，詩雖然難懂，但絕對不是有字天書，要讀懂一首詩比較容易，元遺山論詩云：

望帝春心託杜鵑，佳人錦瑟怨華年。詩家總愛西崑好，獨恨無人作鄭箋。

細味此詩，蓋指詩人之中，有意深語深如李商隱者，雖未必全然能懂其詩，然亦能領略其美；復指縱然李商隱詩極爲難懂，然而有人如鄭玄作毛詩箋注，則李詩亦可讀懂。當然注疏家憑其學養，恃其專精，當然能解決詩的「難知」問題，可是訴之於感性的詩歌，在根本上是不待他人的注疏講說即能讀懂的，不然何能傳之久遠，而爲人人所接受呢？可是讀懂一首詩必然要注意必要的方法或步驟，首先要盡知人論世之功，我們讀一首詩時，於作者的一切，時世的種種，知道得愈多，愈能瞭解其詩。可是這一工夫，無際無涯，無標準可言，故置而不論。其次是對作品的瞭解，可循三方面探索，一是對一首詩的周邊問題的瞭解，先由詩的題目著手，一詩的題目，即以範圍一詩的命意或主題，即題求意，雖不中不遠矣，例如朱慶餘的近試上張水部：

**洞房昨夜停紅燭，待曉堂前拜舅姑，妝罷低聲問夫婿，畫眉深淺入時無？**

如果這首詩像詩經三百篇亡佚了題目，恐怕會使人誤解爲綺語艷詩了，得其題目，方知乃試前求助投贈之作，可是容齋詩話卻云：「細味此章，元不談量女之容貌，而其華艷韻好，體態溫柔，風流蘊藉，非第一人不足當也。」如此會心，未免有匪夷所思之感，慶餘此詩，眞意在此嗎？後人解詩，類此者甚多，不就題索意，而離題生解，其結果往往是「差之毫釐，謬以千里。」縱有新解，也是說詩之意，不是作者之意。就詩與詩題而言，即使是無題詩，也是一詩的題目，更是一條線索，詩人有所隱諱掩藏，才會以之命題。其次是自注自序。主於詩人命題，常受字數多寡的侷限，又有某些情景事物，無法納入題中，故常以自注的方式，以補詩題之不足，自注仍不足以達意時，乃出以小序，例如岑參的行軍九日思長安故園，而詩云：「遙憐故園菊，應傍戰場開。」岑嘉州自注云：「時未收長安。」是安史之亂，賊兵攻陷長安，戰場指此，苟未如此說明，則全詩的意義難明；又元稹的梁州夢自注云：「是夜宿漢川驛，夢與杓直、樂天同遊曲江兼入慈恩寺諸院，倏然而寤，則遞乘及階，郵吏已傳呼報曉矣。」得此才知道「夢君同遶曲江頭，也向慈恩院院遊」的人物爲誰。駱賓王的在獄詠蟬，膾炙人口，流傳不朽，可是賓王爲何繫獄，卻是情況不明，根據郗雲卿的駱賓王文集序：「駱賓王仕至侍御史，後以天后即位，頻貢章疏諷諫，因斯得罪，貶授臨海丞。」可是舊唐書文苑傳云：「駱賓王，高宗末爲長安主簿，坐贓左遷臨海丞。」陳西橋云：「合二說觀之，蓋因爲侍御時諷諫得罪，而坐以前爲長安主簿時之贓。」前二說僅表明了駱賓王左遷臨海的原因，陳西橋於是折衷二說，認定了坐贓繫獄的事實，根據駱賓王此詩的序文云：「嗟呼！聲以動容，德以象賢。故潔其身也，稟君子達人之高行。……吟喬樹之微風，韻資天縱，飲高秋之墜露，清畏人知。……」可見駱賓王是以蟬來象德，表示己之清白，更由「飲高秋之墜露，清畏人知」，特別強調者，當即受冤坐罪的不平之鳴，坐贓繫獄，是最可能的了。至於唐太宗作了帝京篇十首，不止是詠讚帝京的壯偉，宮殿的壯觀，一己的抱負，而且在序中，表明了他的政治主張和以詩興教的見解。

> 予追蹤百王之末，馳心千載之下。慷慨懷古，想彼哲人，庶以堯舜之風，蕩秦漢之弊，用咸英之曲，變爛漫之音，求之人情，不為難矣。（全唐詩卷一）

「以堯舜之風，蕩秦漢之弊」，是唐太宗認爲漢武帝、魏明帝的宮殿興建，過於奢華，期以堯舜的土階三尺，茅茨不剪的儉樸，加以滌蕩，而「用咸英之曲，變爛漫之音。」則是以詩興教的宣示，所以接著說：「金石尚其諧人神，皆節之中和，不係之淫放。」於是對詩中的「去茲鄭衛聲，雅音方可悅。」才更能瞭解其眞義了，誦「望古茅茨約，瞻今蘭殿廣。」才知曉是太宗引古戒今，自承當時的宮殿已甚麗美，不宜再踵事增華了。可見研究一首詩時，於作者的自注自序，當倍加留意。此外一首詩雖無作者的注序，但有時人的有關記載，而內容以明的，如王維的息夫人詩：

莫以今時寵，能忘舊日恩。看花滿眼淚，不共楚王言。

如就詩題及詩內容而言，乃一首詠史詩，然而孟棨本事詩云：

寧王憲貴盛，寵妓數十人，皆絕藝上色。宅左有賣餅者妻，纖白明媚，王一見矚目，厚遺其夫，取之，寵惜逾等。環歲，因問之，汝復憐餅師否？默然不對，王召餅師，使見之，其妻注視，雙淚垂頰。若不勝情，時王座客十餘人，皆當時文士，無不悽異，王命賦，王右丞詩先成，坐客無敢繼者。王乃歸餅師，以終其志。

可是王維作息夫人，乃借古諷今，而非單純的詠史詩。又如白居易的長恨歌，有了陳鴻作的長恨歌傳，才確實地明其主題在「懲尤物，窒亂階」，時人的有關記載，眞太重要了。

以上三項，是詩的外圍層面的研究，對詩的內容的探究，關係甚大，可惜前人頗多忽略，因而詩義不明，論說有誤，如果能密切地注意，因作者的命題和作注作序以求詩義，因時人的記載，作爲佐證，便不怕無人作鄭箋了，當爲研究詩的有效而直接的方法。

# 欣賞

## 秦時明月漢時關．萬里長征人未還

凡是能識字讀書，能接受他人文字傳達的內涵，應當都是詩的欣賞者，因爲詩人全係以文字爲傳達的工具，藉以表情達意，然而前人卻云：「詩無達詁」，可見詩的欣賞，似易而難，雖係同樣用文字爲傳達工具，但其結果即極爲不同，蓋如田同之所云：

> 詩之為道，非造微不足以名家，故唐人皆盡一生之力而為之，至於字字皆練，得之甚難，但患觀者滅裂，則不見其工耳。為之難，知之更不易，其信然哉。（見西圃詩說）

前人的精緻作品，經過了千錘百鍊，琢磨入微入細，疵病悉去，如美玉精金，如果讀者粗心大意，或者才情不逮，歷練不廣，見識不足，詩法不明，則往往佳詩受坎於拙目。所以知詩—欣賞誠屬不易。

欣賞詩如果僅憑一己的好惡，能力所能領會，擇數篇幾句，吟哦品嘗，這是人人皆可躋達的境界，至於由讀懂一首詩，到領略其意境，深明其得失之所在，徹悟其佳勝之所由，則非精研的專家不可，黃永武博士云：

如果鑑賞完全是以讀者個人趣味為中心，這種印象式的鑑賞，是人人都能的；但如果要透過字義詮釋的層次、透過性向風格的層次、透過道德判斷的層次、直與作者的心弦發生生命的共振，則這種鑑賞斷非人人皆能。（中國詩學・鑑賞篇・自序—談詩的鑑賞角度）

所以詩的欣賞，應分一般讀者的欣賞，和專家論評的不同境界，前人不甚知此別異，往往混而爲一。正如藝術欣賞，任何書畫展、演奏會、戲劇演出，當然有一般的欣賞者和專家的論評，定然有見深見淺之別，有印象式欣賞、和全盤鑑賞之異。

作爲詩的一般欣賞者，也許無法遍讀任何詩家的作品，徹上徹下，沈浸在詩的國度裡：並不能盡知人論世之功、對詩家的生平、身世、學養、遭遇，瞭如指掌；更不可求其明瞭各代詩歌的進展，體裁的不同，詩法的種種。但在讀懂一首的基本意義之後，於是悠然神往，契合於心，在這刹那之間，僅由這一作品，上知古人，心領神會，雖然是印象式的欣賞，但也能與原作者的心弦所發的生命情操，共振共鳴，相應相和。有時候甚至於以一定的方法，剖析究論，如醫生使用手術刀，將人的肢體、自五臟六腑，一一呈現，反而失其精神、生命。在這認知之下，所以詩容許、接受一般的欣賞者，任其吮吸芬芳，翱翔於詩的國度裡，而且老少咸宜，粗豪不避。

詩的欣賞者，當然以讀懂一首詩爲條件。任何詩作，都有作者在，詩人的性情、才華、修養、時代風尚，以至際遇、環境、師承、創作技巧，都是創作成詩的要素，當然對作者的瞭解愈多，可能對作品的領會愈深，而有助於一詩的欣賞。詩作必然涉及情感、意境、風格、氣勢、韻味以及內涵、字句、體製、聲律、色采，這是對作品的直接領會，當然是所得愈多，領會愈深。縱然是不求甚解的欣賞者，不必深入詩論、詩理、詩法、詩派，如雲如雨的前人是非評論之中，也必由一詩的周邊關係，由詩題、詩序、自注等，以掌握一詩的主題：由字義、詞義的瞭解，明訓詁，以突破古今、南北、雅俗的限隔，對詩句透過文字傳達，而能明白所傳達的意義，所謂披文以見情；由考故實，以知道詩人所詠之物爲何物？所敘之事爲何事？所論之人爲何人？所運用之成語典故爲何義？以突破障蔽，而得其眞相，不致誤解、曲解：明瞭詩的字法、句法，進而句內求義怡，文外求意趣，以明每句每聯的確義，全詩的眞義；詩人於一詩其主題有不能、或不忍明言者，是於婉約言之，傍見側出言之，含蓄蘊藉言之，以比興和寓托的方式言之，細心領略，再三研求，作者的心意情志必然大白；經過以上努力和程序，讀懂一首，成爲詩的欣賞者當非難事，因爲詩畢竟不是有字天書，何況很多好詩，都經過前人的考據整理，注釋爬梳，可資利用；而且詩人作詩，也不是以求人不懂不知爲目的，而是希望傳播於人人的口耳，加以接受；詩人的情感、興會，也許有異於常人之處，但仍然是世俗的平常心、平常情感，絕少極爲玄微奧妙之作；文字的表達，雖然有雕章、琢句、修辭的技巧，然每句每聯，均極爲明白，以唐詩爲例，難懂的少；所以人人都能是詩的欣賞者，都能讀懂詩，縱有差異，也不過是見仁見智的不同，見深見淺的別異而已。

在成家和成大家的詩人中，幾乎各有所好，以杜甫爲例，楊大年却不喜歡他，譏爲村夫子，郊寒島瘦，那種苦澀詩人，也有知音，欣賞時各有愛好的不同，誠如劉勰所云：

知多偏好，人莫圓該，慷慨者逆聲而擊節，醞藉者見密而高蹈，浮慧者觀綺而躍心，愛奇者聞詭而驚聽，會己則嗟諷，異我則沮棄。（文心雕龍・知音篇）

凡是爲後來所欣賞的詩家，大多是性情之近、趣味的投合，並不是欣賞李杜詩的，便高出一籌，不妨各從所好，何況留名而去的詩家，都有過人之處，都有特別的風格，值得欣賞。比較特殊的，是同一詩人的作品，讀者所欣賞的篇章、聯句，會各有不同，郭麐云：

論詩各有胸懷，其所愛憎，雖己亦不能自喻。黃仲則詩，佳者夥矣，隨園最稱其前後觀潮之作；楊荔裳愛誦其似此星辰非昨夜，為誰風露立中宵；金仲蓮愛誦其全家都在秋風裏，九月衣裳未剪裁之句；余最賞其茫茫來日愁如海，寄語羲和快著鞭。真古之傷心人也。（見

靈芬館詩話卷八）

基本上是名句佳章，如翡翠、蘭苕，均極可愛，至於特別欣賞某篇、某聯，是別有會心，與古人契合，激起了共鳴：有時是基於某種立場和認知，特別能領略前人的苦心和慧光；所以對所欣賞的作品，不必屈己從人，也不必強人同己，正可各從所好，否則隨人作轉移，往往可笑。例如王世貞云：

李于鱗言：唐人絕句，當以秦時明月漢時關壓卷。余始不信，以太白集中有極工妙者。既而思之，若落意解，當別有所取；若以有意、無意，可解不可解求之，不免此詩第一耳。（全唐詩說）

案李于鱗，王世貞所評的爲王昌齡的出塞詩：

秦時明月漢時關，萬里長征人未還。但使龍城飛將在，不教胡馬渡陰山。（見唐宋詩舉要卷八）

到了最高境界的好詩，強分壓卷之作，不但多事而且多餘。鍾伯敬說的好：「詩但求其佳，不必問何首第一也。」「求意解」——由主題涵義以論詩的佳否，更係正確的欣賞之法，而王世貞認爲如果依此以求，「當別有所取」——另有其他的詩，可當壓卷之作。然就「若以有意、無意，可解不可解求之，不免此詩第一耳。」這實係印象式而又不著邊際的說法。因爲此詩的命意，誠如沈德潛所云：

> 秦時明月一章，前人推奬之，而未言其妙，蓋師勞力竭，而功不成，由將非其人之故，得飛將軍備邊，邊烽自息。……（見說詩晬語卷上）

其說甚是，何嘗無意解可求？王氏所謂「可解不可解」，係指「秦時明月漢時關」一句，然其意義亦極明顯，乃使用了雙重省略——承上省略與承下省略的緣故，因爲這一句的文辭，應爲「秦漢時明月，秦漢時關」的雙重省略而成，句前秦漢的「漢」因後面有漢字而省略，是爲承後省略的用法，句後的秦漢省略了秦字，是句前已有了秦字而省，乃承前省略，例證如下：

> 蝴蝶翩翩（飛）（飛字因句後有而省略）燕子（翩翩）（翩翩因句前已有而省略）飛，雙重省略的結果為「蝴蝶翩翩燕子飛」。

「蝴蝶翩翩燕子飛」省略的方法和省略後的形式正與「秦時明月漢時關」相同，沈德潛又

云：

防邊築城起秦漢。明月屬秦關屬漢，詩中互文。（同上）

他也認爲「漢時關」，指的是「秦漢時關」，那「秦時明月」也指的是「秦漢時明月」了，全句的意義是「秦漢時明月照著便已設了城關守備外患了」，只是他把省略，誤解爲「互文」，頗爲不當而已。縱然我們不深明這種修辭方法使用的結果，也能懂得全句的意義，如沈德潛的解釋，可見欣賞詩，相差不多，人人可能。然而要細心去領會，便能心知其意。否則不求甚解，作印象式的適心品嘗，亦無不可。

## 鑒評

### 太乙近天都・連山到海隅

詩有一般的欣賞，更有專家的論評，一般的欣賞，僅能欣賞古人，藉其作品，以作心靈的滋潤，而專家的論評則不然，不但於前人的詩作，有極深或獨到的領會，做到「沿波討源，雖幽必顯，世遠莫見其面，覘文輒見其心。」進而出入於古今的論評講釋，在衆說錯出，是非叢生的問題中，剖析論斷，求得合理而正確的結果；有的就詩的歷史發展、批評活動，綜結出詩理、詩法、啓萌發伏，極廣大而盡精微，以成一家一言；或者隻眼獨具，鋭意於某家、某派，熟讀強探，鈎深取極，辨析微芒，論評獨到，使其詩作、理論大明；又或就才性之所近，愛好之所及，集其精英，略其蕪穢，選注論評其作品，有的不限古今、體裁，以求薈萃各代之精英，有的以一朝一派，有的以一人爲限，做好了校刊箋注，精選釋說的工作；小而至於某一詩作，某家某說之某一問題，盡觀瀾索源，窮流知變之功，使是非定而疑難決；經過上述專家的研究活動，古往的作者、作品，才能得到較正確的定位，詩篇如明珠出櫝，塵翳畢除，而大放光芒，各家的論詩要指，正偏美惡，才灼然可見，於詩的國度，大有功效和貢獻，其可貴者在此。

專家於一詩的考證論評，常代表其學養、見解，甚至詩法、詩論的基本主張，例如王維的終南山詩，評釋甚多，可爲代表：

太乙近天都，連山到海隅。白雲迴望合，青靄入看無。分野中峰變，陰晴衆壑殊。欲投人處宿，隔水問樵夫。（見唐宋詩舉要卷四）

首句的「太乙近天都」，有關「太乙」「天都」的注釋，便已繁多，注疏引括地志、漢書地理志、五經要義，提出了太乙的解釋：㈠太一一名終南山：㈡終南山乃總名，太一乃一山之別號：㈢太一因「太乙精」而得名；㈣此詩以太乙爲終南。考據論證，專家不但認爲是必需，而且反覆辯難，以求確詁，一般的欣賞者，雖然不喜歡這些繁複的注釋考證，但其結論或確詁，無疑地爲讀懂此詩所不可缺少。

王維此詩的主題，無疑地是遊山詩，「欲投人處宿，隔水問樵夫」，加上「青靄入看無」，已足點明此意。大多數的論詩者，均由此會心，沈確士云：

> 近天都，言其高；到海隅，言其遠，分野二句言其大；四十字中，無所不包，手筆不在杜陵下。

從內容上確定爲遊山詩，四十字之中，概括了這許多的內容，而又足以聳動耳目，認爲是「手筆」可與杜甫相匹敵的佳詩。但是很多論詩者，不以這類解釋爲滿足，認爲太平常了，以爲是譏刺時事、或時宰的政治諷刺詩：

> 說者曰：王右丞終南詩譏時也。詩曰：「太乙近天都，連山到海隅」，言位勢盤據朝野也。「白雲迴望合，青靄入看無」，言徒有其表也。「分野中峰變，陰晴眾壑殊」，言恩澤偏也。「欲投人處宿，隔水問樵夫」，言畏禍深也。（全唐詩話，並見古今詩話）

這樣的解釋，當然是「言之者無罪，聞之者足戒」的立場而加以深求的，其時李林甫、楊國忠正是亂政敗國的奸相，應受詩人的諷刺，正有可作如斯解釋的背景。這一論釋能成立嗎？不會流於穿鑿附會嗎？吳喬云：

古今詩話云：王右丞終南山詩譏刺時宰，其太乙二句，言恩澤偏及也。欲投二句，言托足無地也。余謂看詩常須作此想，方有入處。而山谷又曰：喜穿鑿者，棄其大旨，而於所遇林泉人物，以為皆有所託，如世間商度隱語，則詩委地矣。（見圍爐詩話）

正反映了就詩論詩和深入論詩的二種立場，吳喬的說法雖近調和，未作是非的斷定，但要論詩的人，妥善地運用這二種觀念而無偏差，其用心頗苦，惟東泉詩話則認爲譏刺時事，不免穿鑿，流淤深文：

尤延之解王摩詰太乙近天都詩，以為譏刺時事，蓋本於漢書楊惲傳注，田彼南山之說。余謂詩詠南山多矣，南山之臺，南山之壽，皆頌美之詞，何獨節南山乎？當時謗口文致之可也，至後人解詩，無須深文。……（見卷一）

認爲王維此詩，並非譏刺一類，而且指出了把此詩解爲譏刺詩，是尤袤根據了漢書楊惲傳的注，他舉出了有關南山的頌美詩，以見王維此作非譏刺詩。然而楊惲傳的「田彼南山，蕪穢不治。種一頃豆，落而爲萁。」確實是譏刺時事，漢書注並未錯誤，因爲楊惲致孫會宗書，足說明此一背景，而且全詩是用「比」的方法，以南山田畝之不治，比國君朝政之不治，可是王維的終南山詩，並沒有類此背景的證據和表現方法，而且地理位置和實際而言，終南山在長安的旁邊，是遊玩之所，故而不能確定是用「比」方法時的取材。但是南山詩，並不等於終南山詩，因爲南山可以作通稱，而又不一定是終南山的節省。南山有頌美詩，也有譏刺詩，不足以證王維之作，不是譏刺詩。東泉詩話所言的缺失在此。

終南山詩亦有由詩的作法以論者，沈確士云：

或謂末二句，似與通體不配。今玩其語意，見山遠而人寡也，非尋常寫景可比。（唐宋詩舉要卷四）

全詩八句，前六句寫景，後二句敘事，或講末二句似與通體不配者指此。誠如沈確士云：有見山遠而人寡之意，但後乃敘事，言維遊山暮而投宿，問樵夫以處所，全詩到此，方有賓有主，而見所謂有我之境。又王夫之云：

工苦安排，備盡矣；人力參天，與天為一矣。「連山到海隅」非徒為誇大語，讀禹貢自

知也。結語亦以形其闊大，妙在脫卻。勿但作詩中畫觀也，此正是畫中有詩。（見蘆齋詩話）

王夫之認爲此詩已到了最高的境界，而且根據前人評王維詩中有畫的意見，認爲此詩又係畫中有詩。透過這些專家的評論，不但對王維的終南山詩，有了更多更深的瞭解，也可據以論定是非，得出自己的看法。

專家名論於詩的論評，有時一言解惑，是非立斷，然亦有是非糾錯，理證難得，而難論定者。例如匏廬詩話云：

陳獨漉姑蘇懷古詩；寶劍賜來吳命短，美人恩重父仇輕。汪上湖詩學纂聞，謂「吳命」當作「吾命」，引越絕書子胥謂馮同曰：王不親輔弼之臣，而親眾豕之言，是吾命短也。余謂獨漉詩美人恩重父仇輕，乃指夫差，非指子胥言，則當作吳命為是，不必定用越絕書也。……（見卷中）

所論誠是，何況無版本上的根據，理由不足，又非明顯的誤字，正不可輕易懷疑，改易原作。此一是非，當可確定。以問題較簡明之故，否則不易論斷矣。例如李白之蜀道難，前人評論其作此詩的時機與背景，便有很多的說法：㈠出於古樂府。㈡太白集繆本原注曰：「諷章仇兼瓊也。」㈢此詩李白至長安時爲賀知章所激賞，乃至長安前所作。㈣爲房琯、杜甫因嚴武之跋扈，擔心二人之安危而作。㈤爲唐明皇入蜀而作。㈥太白蜀人，自爲蜀詠，不必實有所指。都各有理證，分辨不易，而詩之內容也無可證明，但是提出了許多的線索，有助於對此詩的研究與瞭解。

詩欣賞易而論評難，作欣賞的讀者易，作論評的專家難。專家不是沒有錯誤的時候，但至少提供了他們研究探索的結果；專家也難有同然之見，但在紛歧的意見中，實有重要而寶貴的析說，引領啓發著後人和欣賞者。詩的作者和作品，正如品級不同、優劣雜陳的貨品，賴專家爲之出菁英、略蕪穢，作出公正而明確的論評，祛疑解惑的釋說，所以論詩者與作詩者眞堪並肩而立，欣賞者同樣予以接受，予以敬佩和欣賞。

# 伍、內涵

## 言情

### 品畫先神韻・論詩重性情

詩以抒情爲主，所以「詩以道性情」，幾乎是昔人一致的認定。袁枚所言，頗具代表性：

品畫先神韻，論詩重性情。蛟龍生氣盡，不若鼠橫行。（畫品・小倉山房詩集卷二十九）

袁枚看重性情於詩的重要，認爲是詩的生命，故以蛟龍失生氣，不如老鼠的橫行以比之。袁枚又云：「福壽能兼還有母，性情以外本無詩」。足以顯示袁枚對性情的重視。略爲細入研求，雖然同樣主張「詩以道性情」，但有的認爲性情是詩的根本，詩因此而生；有的認爲性情是詩的主要內涵或感發，是創作上最重要的環節。在基本的體認上有此不同。

在詩大序以前，主張詩以道志，尙書有「詩言志」之說，禮記云：「詩，言其志也」，「詩以道志」，是先秦以前多表認同的主張，「志」乃心意之義，所以鄭玄注云：「詩所言人之志意也」，志意，心意，自然包括了情感和理性。至詩大序特別拈出了情字，毛詩序云：

詩者，志之所之也，在心為志，發言為詩。情動於中而形于言，言之不足故嗟嘆之，嗟嘆之不足故永歌之，永歌之不足，不知手之舞之，足之蹈之也。（見毛詩正義）

志與情，是二而非一，然如何調和？有無矛盾。前人似未加細論。最合理的解釋是詩大序繼承了「詩言志」的主張，而又補充了「情動於中而形於言」的說法，自此之後，「詩以道志」，逐漸爲「詩以道性情」的主張所取代。

視性情爲詩之本，詩乃性情之發揮，性情與詩，有如哲學家體用一如的觀念，如文天祥所云：

詩所以發性情之和也。性情未發，詩為無聲，性情既發，詩為有聲。閟於無聲，詩之精；宣於有聲，詩之迹。（文文山先生合集卷九・羅主薄一鶚詩序）

純然就詩與性情的發生關係而論，性情「未發」之時，詩句未成，而「詩質」已成；性情已發，成而爲詩，是詩作的完成。尤侗更認爲詩的表現，也由性情決定：

詩之至者，在乎道性情，性情所至，風格之焉，華采見焉，聲調出焉。無性情而矜風格，是鷙集翰苑也；無性情而炫華采者，是雉竄文囿也；無性情而奈聲調，亦鴉噪詞壇而已。（西堂雜俎三集・卷三）

性情是根本，決定了詩的佳否。袁枚「有性情便有格律」的主張，亦同此意。然而性情是一是二？性情之發有眞摯、虛僞、偏激、中和之爭，則涉及的範圍太廣，暫不論究。

將性情視作詩的創作因素之一，而不是根本，前人亦多有此主張。自作詩的動機言，性情只是一種感發，因爲性情之動，形成物我雙會，情景交融，不得不形於言，於是而有詩的創作。詩大序所云：「情動於中，而形於言」，即係此意，陳繼儒則有進一步之發揮：

詩者，性情之律呂，當其情境相融，如風與濤并，氣與竅發，雖欲不詩，而不可得者，即作者亦不得而知也（陳眉公全集上册，靜嘯齋集序）

性情於詩，是一種風起濤生的激動關係，必待情境相融爲條件，而且有表現上的才能與技巧的問題，王士禎云：

司空表聖云：「不著一字，盡得風流」，此情之說也；揚子雲云：「讀千賦則能賦」，此學問之說也。二者相輔而行，不可偏廢，若無性情而侈言學問，則昔人譏點鬼簿，獺祭魚者矣。學力深，始能見性情，此一語是造微破的之論。（師友詩傳錄，清詩話上册）

雖然王士禎對司空圖「不著一字，盡得風流」之意，頗有誤解，但認爲性情、學問，二者同是成詩的最重要因素，而不認爲性情爲唯一因素，顯然意在彌縫前人的缺失，因爲詩的作成，有「不成章不達」的表現部分，自然非學問不可。此一簡單的事理，主性情之說者，不可能不通曉，如果要就詩作的完成，提出更多的要素，則徐禎卿之言，更爲周延：

> 情者心之精也。情無定位，觸感而興。既動於中，必形於聲，故喜則為笑啞，憂則為吁歔，怒則為叱吒。然引而成音，氣實為佐，引音成詞，文實與功。蓋因情以發氣，因氣以成聲，因聲而繪詞，因詞而定韻，此詩之原也。然情實眑眇，必因思以窮其奥；氣有粗弱，必因力以奪其偏；詞難妥帖，必因才以致其極；才易飄揚，必因質以禦其侈，此詩之流也。（談藝錄）

其言頗爲當理，性情，學問，才氣等，均不可缺，然就根本而言，則性情而已。黃子雲云：

> 一曰詩言志。又曰詩以導情性。則情志者，詩之根柢也；景物者，詩之枝葉也，根柢本也，枝葉末也，三百篇下迄漢魏晉，言情之作居多，雖有鳥獸草木，藉以興比，非僅描摹物象而已。（野鴻詩的）

其言明確而有理，道出了詩以道性情的眞義，性情是主，構成詩的內涵——景物，均不過寄寓性情的素材。當然性情與詩的工拙，亦密切相關，田同之云：

> 詩非無為而作，情因景生，景隨情變，感觸之下，即談語亦自有致。彼無情之言，縱懸幡擊鼓，亦安能助其威靈哉！況掇拾事物，以湊好句者，則又卑卑不足道矣。（西圃詩說）

性情之所感發，性情之所寓托，才是詩的生命，徵書引典，徒重詞藻佳句，乃其末事。其實性情與詩人的風格亦息息相關：儲泳曰：

性情褊隘者，其詩躁；寬裕者，其詞平；端靜者，其詞雅；疏曠者，其詞逸；雄偉者，其詞壯；醞藉者，其詞婉。涵養性情，發於氣，形於言，此詩之本源。（周履靖・騷壇秘語卷下）

就詩人形成作品的風格而言，人的性情有以上的殊異，而個別的風格以成，劉勰認爲是「才有庸儁，氣有剛柔」，實不如儲泳所言之得其情實。方東樹於詩以道性情，與創作之關係，另有所見：

詩道性情，只貴說本分語，如左丞、東川、嘉州、常侍，何必深於義理，動關忠孝？然其言自有味，說自己話也。不似放翁、山谷矜持虛憍也。四大家絕無此病。（昭昧詹言卷十二）

就性情之率眞，不虛僞而言，其詩方有味，此蓋爲理學家認爲性情有貞淫正變之別而發。詩以導性情，前人的論說雖如雲如雨，然多雷同空闊之論，偏激無理無證之言。故特就深切中理者，加以抉發，以見眞義，而求有助於詩之創作。詩以道性情，這一主張落伍了嗎？不合近人之論了嗎？方東樹之言，誠爲有理：

> 夫論詩之教，以興觀群怨為用。言中有物，故聞之足感，味之彌旨，傳之愈久而常新。臣子之于君父、夫婦、兄弟、朋友、天時、物理、人事之感，無古今一也。故曰：詩之為學、性情而已。（昭昧詹言卷一）

說明性情無古無今，如果從詩摘除了性情，便如從宇宙中摘掉日月星辰。「性情以外本無詩」，並非偏激。

## 敘事

### 看花滿眼淚・不共楚王言

就詩的根本而言，是以抒情爲主，有如白居易所云者：

感人心者，莫先乎情，莫始乎言，莫切乎聲，莫深乎義。（與元九書）

雖然有的是發揮詩大序的主張，但於詩所以動人的因素，有了極明確的主張。當然「莫始乎言」的範圍，相當的廣博，概括了辭句表達的範圍，但是情感的抒發，離不了敘事，如魏泰所云：

詩者述事以寄情，事貴詳，情貴隱，及乎感會於心，則情見于詞，此所以入人深也。如將盛氣直述，更無餘味，則感人也淺，烏能使其不知手舞足蹈？又況厚人倫、美教化、動天地、感鬼神乎？（臨漢隱居詩話）

爲詩的敘事，提出精闢的見解，敘事的目的，在以見情，因爲情隨事現，由事的起訖、變化、曲折、艱難、久暫，方足以見情感的發生、精誠、摯切等等。敘事的目的在此。而其所貴，在能情藏事中，此「事貴詳，情貴隱」之意。王維的息夫人詩云：

莫以今時寵，能忘舊日恩？看花滿眼淚，不共楚王言。（見唐宋詩舉要卷八）

眞能敘事以見情，而又情藏事中。蓋王維櫽括左傳莊公十四年楚滅息，取息嬀以歸，生堵及成王，而不與楚王言之事，成二十字的五言絕句，全詩均在敘事，足以見「事貴詳」之意。王維全詩所欲表達之情如何？不但主題隱藏事中，而且隱密難知，是以漁洋詩話云：

益都孫文定公（廷銓）詠息夫人云：「無言空有恨、兒女粲成行」。諧語令人頤解，杜牧之「至竟息亡緣底事」云云，則正言以大義責之，王摩詰「看花滿眼淚」云云，更不著判斷一語，此盛唐所以為高。（卷下）

所謂「未著判斷」，是指王維的詩，未作明確的論斷，情餘言外，對息夫人的無可奈何的遭遇，對前夫的懷念，充滿了同情，杜牧的「至竟息亡緣底事，可憐金谷墜樓人。」當然顯示了正面不滿的批評，故引石崇寵姬綠珠的跳樓而死，以責刺息夫人的苟生，然就敘事的作用而言，則係敘事以見理，敘事以見議論之例。至於孫文定公的詩，則敘事以見諧謔和譏刺，可見敘事的作用很多，而以寄情寓理為主，王昌會詩法類編云：

乍敘事而間以理言，得活法者也。（卷之三．名論下）

即係敘事以寓理之意，而且在敘事之際，可將所言之理，一併表現，如「漢文有道恩猶薄」、「臥龍躍馬終黃土」、「北極朝廷終不改，西山寇盜莫相侵」之類，推而論之，乍敘事而間以情言，亦繫有其例，如「花近高樓傷客心」、「一片花飛減卻春，風飄萬里正愁人」等，恰是此種用法。與這種用法相對的，就是冰川詩式的主張：「以事爲意，以意融事。」所謂以事爲意即意藏事中，如王維的「君自故鄉來，應知故鄉事。來日綺窗前，寒梅著花未？」通首四句，句句敘事，而意藏事中，於故園事物的關懷，訊息獲得的渴望，窗前梅的開花與否，都在掛懷依戀之內，而此一故鄉人，交非泛泛，連王維家窗前的梅花，也能熟知，這些意義，都藏附敘事之中，即以事爲意的例證，以意融事，乃將所欲表達之意，融入事中，如杜牧的「至竟息亡緣底事，可憐金谷墜樓人。」上句認爲息的亡國，緣於息嬀的美色，下句則敘綠珠跳樓而死，與石崇的金谷園共存亡，以責息嬀的不死節，故而選用綠珠的「墜樓」一事，以「意融事」，顯而易見。以事爲意，可譬爲烘雲托月，以表現主題或詩句之命意，以意融事，乃如著鹽水中，融意入事，總之詩之敘事，在以見意，以形成義脈內注方佳。沈德潛云：

> 古今流傳名句，如思君如流水；如池塘生春草；如澄江淨如練；如紅藥當階翻；如月映清淮流；如芙蓉露下落；如空梁落燕泥；情景具足，足資吟詠。然不如南登霸陵岸，回首望長安。忠厚悱惻，得遲遲我行之意。（說詩晬語）

雖然舉敘的多是描繪景物的詩句，但認爲敘事句在貴能涵蘊理意方佳，非徒然生動切貼而已，這是應遵守的原則。

詩必敘事，固有整首敘事而成篇的，可是尤多一句敘事，一句說景的「搭配」情況，吳可藏詩話云：

> 鋪敘詩要說事相稱，卻拂體，前一句敘事，後一句說景。如惆悵無因見范蠡，參差煙樹五湖東。又如我今身世兩相違，西流白日東流水。

吳可所引，係張嘉父所言。敘事之詩，常有相與寫景之句相足的事實，因爲要借景以明事而起情。如「惆悵無因見范蠡，參差烟樹五湖東」，下句寫景，在明其惆悵懷念之情，在參差烟樹五湖東之地，而悵懷范蠡。下聯因至感身世相違，而以白日西逝、江水東流，以作襯托。此敘事、寫景之配置法，其運用之情況如此。其實敘事在詩中的主要作用，在寄情寓理，一句敘事，一句言情，或一句說理的配置，更爲常見而合理，例如：「勸君多采擷，此物最相思。」、「江流石不轉，遺恨失呑吳。」、「無將故人酒，不及石尤風。」、「早知潮有信，嫁與弄潮兒。」皆一句敘事，一句言情，於是產生了情事相應的效果，情因事見，情因事顯，使所抒發的情感，才不至於直說、虛說，而由事說理相配合，亦能收到因事見理，理由事顯的效果，如「醉臥沙場君莫笑」，是敘事，沙場非醉臥之地，尤非醉臥之時，可是以「古來征戰幾人回」作爲說明，則沙場醉臥，乃一種無奈、逃避，或者消極的反抗，無可奈何的適應，於是沙場醉臥，便令人同情了。又如「勸君更進一杯酒」，加以「西出陽關無故人」，則友情之可貴，出關以後的寂寞無友，則更盡一杯酒，決非浪飲了。「黃沙百戰穿金甲」，不是好戰成狂，而是「不破樓蘭終不還」，有立功異域、振揚國威的理由。這是詩最常見而合理的配置，決不止於前一句敘事，後一句說景。如果這種用法值得表揚的話，僅係在詩中罕見而已。

詩中敘事，其困難之處，在約而能明，簡而見意，蓋不能如小說、散文或記敘文等之具首尾、曲折、變化，以及故事背景之說明，甚至人名、時代等基本資料，亦不能在敘說中出現，蓋因近體詩中字數最多的當推七律，亦不過五十六字，縱使全篇敘事，亦必極爲簡略，例如杜甫聞官軍收河南河北一詩：

> 劍外忽傳收薊北，初聞涕淚滿衣裳。卻看妻子愁何在？漫卷詩書喜欲狂。白日放歌須縱酒，青春作伴好還鄉。即從巴峽穿巫峽，便下襄陽向洛陽。

古人評爲「神來之作」，浦起龍云：「八句詩，其疾如風，題事只一句，餘俱寫情。」全首均敘事以見意，而切題事者只首句，且又把河南、河北包括在薊北之事，與工部密切相關者，則爲河南之收復，如其末句自注所云：「余田園在東京」，唐以洛陽爲東都。杜甫雖世爲襄陽，但祖依藝爲鞏縣，遂徙家河南，父閑爲奉天令，徙杜陵，田宅尚在洛陽，等等複雜的事情，自然難確敘說，而以收薊北概括之。前人知道詩的敘事極爲困難，而有如何敘事的理念：

> 王子衡曰：詩貴意象透瑩，不喜事實黏滯，古謂水中之月，鏡中之影，可以目睹，難以

實求是也。（王昌會詩話類編一）

詩指其一而不可著，復不可脫。著在落在陳腐科臼中；脫在失其所然。必究其形體之微，而起乎神化之奧。（名家詩法卷・事）

是皆為詩之如何敘事而發，「不喜事實黏滯」，指敘事不能徵實詳盡，如王維「息夫人」詩，並未落實到楚王伐息，取息嬀以歸的眞實過程，也是不「可著」——落實敘事之意。當然也不能全然脫離事實，如果「脫」——遠離事實，則便不知其所以然。如王維敘事時，苟連楚王看花落淚的事實全然略去，便失去息夫人事實的眞實，而「不以今時寵」，則指息夫人受楚王之寵，「難忘舊日恩」，係指息侯的恩情，是「不著」，是「不喜事實黏滯」的佳例，而又不離事實，這是近體詩敘事時，應該如此，也是不能不如此和難以如此的說明。

古體詩，篇幅的限制小，不必如近體的「壓縮」和「簡化」，故而敘事的理念大有不同，吳喬云：

歐公古詩，敘事處累千百言，不枝不衍，宛如面談，惜其意盡言中，無復餘味，而曲折處變化亦少。（圍爐詩話卷五）

較之近體詩，古體長詩，可多敘事，孔雀東南飛一詩正係「累千百言」之例；可以有曲折變化，可以詳盡如面談，而且可以有章法上的開闔變化；甚至於有倒揷、反接、實接等法。其所以有如此的不同，乃詩之體裁不同，篇幅有異之故，不可不分別而究論之。

敘事是詩的表達的基本。細味王維的息夫人一詩，應知敘事如何不脫、不著，寄情於事，或以意融事之道了。如味於這些，不過是詩家會說故事的「老太婆」。嘮叨、無味、缺乏主題。

# 寫景

## 詩如化工・即景成趣

大自然的天容時態，風景物色，不惟是詩家創作時取法的本源，也是取材描繪的對象，劉勰云：

> 是以詩人感物，聯類不窮。流連萬象之際，沉吟視聽之區；寫氣圖貌，既隨物以宛轉；屬采附聲，亦與心而徘徊。故灼灼狀桃花之鮮，依依盡楊柳之貌，杲杲為出日之容，瀌瀌擬

雨雪之狀，喈喈逐黃鶯之聲，唯唯學草蟲之韻。……（文心雕龍物色篇）

生活在自然環境之中，隨著四時的推移，眼看景物的變化，誠然會起「物色相召，人誰獲安」之情，心有悲喜感慨等悸動，隨著景物的觸發，於是興起了創作的動機，進而繪描景象，模寫自然，而且力求其維妙維肖，故曰：「寫氣圖貌，既隨物以宛轉，屬采附聲，亦與心而徘徊。」「巧言切狀，如印之印泥，不加雕削，而曲寫毫介。」然而不如袁枚所云爲佳：

詩如化工，即景成趣。（見續詩品・即景）

這一主張，雖不同於李賀的「筆補造化天無功」，但已超過了劉勰「巧言切狀，如印印泥」的忠實描繪的主張；也與韓愈所云：「文字覷天巧」不同。在景物推移變化之中，袁枚主張把握「新」與「變」的因素，做到「因物賦形、隨影換步」的地步，袁枚云：

逝者如斯，有新無故。因物賦形，隨影換步。彼膠柱者，將朝認暮。（同上）

「因物賦形，隨影換步。」則能不失其眞，「彼膠柱者，將朝認暮。」脫出這一局限則能掌握時變，能如此以所感而描繪景色，則能即景以成趣矣。拈出一「趣」字，則著重詩人的感變，而非景色的直接反射。當然劉勰也有「味飄飄而輕舉，情曄曄而更新。」「物色盡而情有餘者，曉會通也」的主張，也不是純粹地「巧言切狀，如印之印泥」。景色表現在詩人的作品中，雖然俯拾皆是，但有以下三種情況的不同，而趣味有別：

一、外接貯象的觸發　詩人依時據景，在「歲有其物、物有其容」的情況下，緣耳目感官的外接，佳時美景，感動於心，於是產生了攝象和貯象作用，發生了「情以物遷，辭以情發」的創作實際，其所得往往是眞實景物印象的傳達，例如前人論杜甫詩云：

永嘉士人薛韶喜論詩，嘗立一說云：老杜近體律詩、深奧妥帖，雖多至百韻，亦首尾相應，如常山之蛇，無間斷齟齬處。而絕句乃或不然。五言如：「遲日江山麗，春風花鳥香。泥融飛燕子，沙暖睡鴛鴦。」「急雨捎溪足，斜暉轉樹腰。隔巢黃鳥并，翻藻白魚跳。」「江動月移石，溪虛雲傍花。鳥棲知故道，帆過宿誰家。」「鑿井交椶葉，開渠斷竹根。扁舟輕纜，小徑曲通村。」「日出籬東水，雲生舍北泥。竹高鳴翡翠，沙僻舞鵾雞。」「釣艇收緡盡，昏鴉接翅稀。月生初學扇，雲細不成衣。」「舍下筍穿壁，庭中藤刺簷。地晴絲冉冉，江白草纖纖。」七言如：「糝徑楊花鋪白氈，點溪荷葉疊青錢。筍根稚子無人見，沙上鳧雛伴母眠。」「兩箇黃鸝鳴翠柳，一行白鷺上青天。窗含東嶺千尋雪，門泊東吳萬里船。」之類是也。

予因其說，以唐人萬首絕句考之，但有司空圖「雜題」云：「驛步低縈閣，軍城鼓振

橋，鷗鳴湖雁下，雪隔嶺梅飄。」「舴艋猿偷上，蜻蜓燕競飛。樵香燒桂子。苔濕掛蓑衣」之類亦然。（洪邁・容齋詩話卷五）

洪邁所引，牽涉到寫景詩的大問題，㈠所引杜甫、司空圖的詩，均係景色的直接傳達，雖然經過了詩人主觀的外接後的攝象、貯象作用，也有了「刪除」和「凝住」的過程，但並無作者情志的滲揉，是為純粹的寫景詩。㈡此類詩因無作者情志寓托之故，因此不像一意貫通的詩，有主題規範全篇，所以薛韶才說：「雖多至百韻，亦首尾相應，如常山之蛇，無間斷齟齬處。」因其不知以上諸詩，四句一章，如畫圖般之組合，每句如一圖畫，各自並列，雖關聯而不呼應銜結（見詩詞例話・情景相生篇）。縱有主題，亦係出以烘托之法。㈢此類之詩，極為特殊，故而少見，經洪邁查證的結果，萬首唐人絕句之中，不過添了司空圖的二首而已。因為詩人雖然流連景物，可是創作之時，常借景起情，或情景相生相足，純然以「巧言切狀、如印之印泥」者極少的原故。與此相類，而意境有不同的，則有杜甫的春夜喜雨：

好雨知時節，當春乃發生。隨風潛入夜，潤物細無聲。野徑雲俱黑，江船火燭明。曉看細濕處，花重錦官城。

全詩以春夜春雨而喜為主題，一氣流轉，其他的景色，都居陪襯的地位。浦起龍讀杜心解

云：

起有悟境，從次聯得來。於隨風、潤物，悟出發生，於發生悟出知時也。五六拓開，自是定法，結語亦從悟得。乃是意其然也。通身下字，箇箇咀含而出。喜氣都從罅縫裡迸透。（卷三之二）

這首詩有主題，有綿密的章法，字字經過錘鍊，喜雨之意，又藏而不露，「野徑雲俱黑，江船火獨明」，更旁見側出，以寫夜雨，雨到天明而止，紅濕、花重，正見夜雨之功和夜雨的微細而可喜，與容齋詩話所話及的，完全不同，應是袁枚所謂即景成趣的代表。田舍一首，亦約略相同，乃純粹的寫景：

田舍清江曲，柴門古道旁。草深迷市井，地僻懶衣裳。欅柳枝枝弱，枇杷樹樹香。鸕鷀西日照，曬翅滿漁梁。（同上）

全首在寫田舍之景，以見田舍的風貌，閒適之意，因之以見，仍重在景物的傳達。總之，這二類的詩，是「體物爲妙，功在密附。故巧言切狀，如印之印泥。」惟前一類沒有全首通貫的主題，後一類則一意貫通。

二、內情外景的感發　詩人情蓄於中，因景色的感召，發而爲詩，於是或情景相融，或一景一情，天容時態，風景物色，不是單獨的存在，而成爲詩人表達情感，襯明情感的素材，袁枚云：

> 黃黎洲先生云：「詩人萃天地之清氣，以月露風雲花鳥為其性情。月露風雲花鳥之在天地間，俄頃滅沒，惟詩人能結之于不散。」先生不以詩見長，而言之有味。（見隨園詩話卷三）

事實上詩人不能以月露風雲花鳥爲其性情，而是以之見性情，詩人結之於不散，亦係藉之以見性情之意。可是在表現之時，有一種是情寓景中，王夫之云：

> 不能作景語，又何能作情語乎？古人絕唱多景語，如「高臺多悲風」、「蝴蝶飛南園」、「池塘生春草」、「亭皋木葉下」、「芙蓉露下落」皆是也。而情寓其中矣；以寫景之心理言情，則身心中獨喻之微，輕安拈出。（薑齋詩話卷上）

借景抒情，情融景中，其所舉的例子，皆此一類；謝靈運的「登池上樓」：「池塘生春草，園柳變鳴禽。」寓藏了詩人對春天的喜悅之情；張協的「雜詩」：「借問此何時？蝴蝶飛南園。」

乃身去邊塞，遙想故園，正是南園飛蝶的春天，而寄寓思鄉思家之情；謝靈運「歲暮」一詩：「明月照積雪，北風勁且哀」，正借積雪和北風，上明其哀時自傷；柳惲的「搗衣詩」；「亭皋木葉下，隴首秋雲飛。」搗衣婦人在亭皋木葉下搗衣時，不禁想到隴首雲飛的遠處行人：蕭愨的「秋思」：「芙蓉露下落，楊柳月中疏」，借秋景以寄胸懷的絲絲愁緒。均情揉景中，寫景即以寫情，所以景語即情語，正如詩經中的采薇：「昔我往矣，楊柳依依。今我來思，雨雪霏霏。」依依雖以狀楊柳，正以寄不捨的離情；雨雪霏霏，霏霏以形容雪景，正以寓心情的雜亂和寒涼；例如杜甫的歸雁：

東來萬里客，亂定幾時歸？腸斷江城雁，高高正北飛。（讀杜心解卷六之上）

「高高正北飛」，正所以寄工部欲歸不得之情。又一景一情或一情一景，而收景情相映相生之效的一類，王夫之云：

情景雖有在心在物之分，而景生情，情生景，哀榮之觸，榮悴之迎，互藏其宅。人情物理，可哀而可樂，用之無窮，流而不滯，窮且滯者不知之爾。「吳楚東南坼，乾坤日夜浮。」乍讀之若雄豪，然而適與「親朋無一字，老病有孤舟」相融浹。……（薑齋詩話卷上）

舉的是杜甫登岳陽樓詩：「吳楚東南坼，乾坤日夜浮」，是當前所見洞庭湖的景色；興起的是「親朋無一字」的寂寥，「老病有孤舟」的飄泊等情，而景情相生。這類的例子，舉不勝舉，前人所爭論的，在是否應一景一情，或一情一景，形成公式的問題，事實上律詩有四句寫景，四句寫情的；也有六句寫景，二句寫情；六句寫情，二句寫景的；也有二句寫景，二句寫情交雜運用的，很難有一定的規律。

三以實寓虛的抒發　景實而理虛，借景物的有限，以表達無限虛空之理，亦係詩人的巧妙手法。沈德潛云：

杜詩「江山如有待，花柳自無私。」「水深魚極樂，林茂鳥知歸。」「水流心不競，雲在意俱遲。」俱入理趣。……（說詩晬語卷下）

這是借景物寓理的例子，借觸目可見的景，以顯虛空難知的理。如談藝錄所云：「乃不泛說理，而狀物態以明理。」很多寓理成趣的好詩，其中有借景物爲寓托的一類，如沈德潛所云。又如寶覺祖心的讀傳燈錄詩：

九十芳春日，游蜂競採花。香歸蜜房盡，殘葉落誰家？（見寶覺祖心禪師語錄）

傳燈錄是禪宗的歷史和公案記載的書，他以游蜂採花，比喻禪師的悟道有得：「香歸蜜房盡」，花的精華已被游蜂採吸至蜜房去了，剩下的不過殘葉殘花，以寓托傳燈錄不過是文字記載而已，徒存糟粕，這類以景物寓理的，亦所在多有。

景物詩的發展和運用，上述三類，已超出了劉勰所論的範圍。合此三大內容，才能窺見景物詩的全貌。在寫作的技巧上，固然其基礎在：「巧言切狀，如印之印泥。」以傳達眞實爲原則。但是尤貴於情景的合一，或者情景相生，或者借景物爲寓托比擬。於是景物既是創作時的主題，也是作品內容中的材料了。

# 詠物

## 認桃無綠葉・辨杏有青枝

詩有詠物一類，詩人在外物震撼之下，情靈搖盪，不能自已，當然會有「情以物遷，辭以情發」的衝動，於是捕捉物態，入之詩中，如詩經周南的「桃之夭夭，灼灼其華」，衛風的「其雨其雨，杲杲出日」，召南的「喓喓草蟲，趯趯阜螽」。都是詠物詩的起步，雖然沒有完整的篇章，但確實是在「外物感心」，「情以物遷，辭以情發」下的產物。其後替詠物詩建立理論基礎的，當以鍾嶸、劉勰爲首，鍾嶸詩品序云：「氣之動物，物之感人，故搖蕩性情，形諸舞詠。」

已道出了心物交感而形成詩篇的道理；劉勰的文心雕龍有物色篇，更建立了周密的理論，他上溯詩經，降及楚辭、下及齊梁，說明詠物詩的發展，其論外物與詩人內心的感發道：

是以詩人感物，聯類不窮，流連萬象之際，沉吟視聽之區，寫氣圖貌，既隨物以宛轉，屬采附心，亦與心而徘徊。

他認為詠物詩是有其廣大的天地，所以才說「詩人感物，聯類不窮」。細味所言，是包涵了複雜的景物與簡單某一實物而統稱之為「物」，與後世的詠物詩，乃指單一的某一物，頗有不同；詩人在詠物之時，貴在能如畫家的描眞而傳神，使氣象與形貌畢現；要能達到這一地步，除了流連景物，盡到了觀察物情物態的功夫之外，尙要有非凡的表達技巧，使赴目注心的景物，能活生生地呈現。

詠物詩最基本的要求，首在工切，要做到「巧言切狀，如印之印泥」。因為詠某物，如果能如印之印泥，讀詩時必知是某物，產生了「瞻言而見貌」的效果，才算是詠某物的詠物詩，前人是以能達到這地步為詩的妙處的，江進之云：

大凡詩句要有巧心，蓋詩不嫌巧，只要巧得入妙，如唐人詠鷓鴣云：「遊子乍聞征袖濕，佳人頻唱翠眉低。」詠鴛鴦詩云：「乍過煙塢猶回首，只渡寒塘亦共飛。」詠鷺鷥云：

「立當青草人先見，行傍白蓮魚未知。」（雪濤小書）

以上舉的，都是詠物詩，而且能夠用「旁見側出」的手法，表現所詠之物，也全未道破所詠之物爲鷓鴣，爲鴛鴦，爲鷺鷥，而讀者卻能知其爲某物，應是絕妙的詠物詩了，可是吳喬云：

詩貴活句，賤死句。石曼卿詠紅梅云：「認桃無綠葉，辨杏有青枝。」於題甚切，而無丰致，無寄託，死句也。……詠物非自寄則規諷，鄭谷鷓鴣、崔珏鴛鴦，已失此意，何況曼卿宋人耶？梅詢退位而熱中，其姪女詠蠟燭以刺之云：「樽前獨垂淚，應為未灰心。」詢見之有愧色，視紅梅何如？（圍爐詩話卷一）

似針對江進之所論而來，以有無「自寄」與「規諷」的標準，來論定詠物詩的高下。事實上純就詠物詩的層面而言，能如張宜謙所云：「詠物諸詩，皆以自己意思，體貼出物理情態，故題小而神全，局大而味長，此之謂作手。」已不失爲佳章妙構，江進之所推許的三首詠物詩，誠然已做到了「題小而神全，局大而味長」的地步；至於石曼卿的紅梅詩，誠然差了一步，其關鍵不在有無「自寄」與「規諷」，而在過於求形似，如袁枚所云：「因物賦形，隨影換步。彼膠柱者，將朝認暮。」許印芳說得更明白些：「詩家詠古詠物，用典措詞，粘帶題面，譬如雕塑人物，縱然摹象逼眞，只是土木形骸，那有一毫生氣。」準此以論，石曼卿的詩，便近於謎字詩了。因爲句句著題。不能離字傳神，如計發所云：

> 昔人論體物詩，全在一離字傳神，至落葉落花諸題，尤要翻脫前人窠臼，譬之畫山水，其烘托多以雲氣為有為無，所謂意在似，意在不似也。（魚計軒詩話）

意在似，才能不脫題，意在不似，才能「離字傳神」，不致粘在題上，膠柱鼓瑟，石曼卿所差的是過於求似，以繪畫爲例，形似之處是夠了，神似之處猶嫌未足。就詠物的表現層面而言，只有似與不似，形似和神似的問題。

詠物詩要有寄託和規諷，是詠物詩意境上的發展，有寄託簡單地說是託物以自況，如仇滄柱所云：「不離詠物，卻不徒詠物，此之謂大手筆。」便是此意。如駱賓王的在獄詠蟬詩：「露重飛難進，風多響易沈。無人信高潔，誰爲表予心。」是借蟬以自況，他蒙冤受屈，打擊重重，卻抱恨難伸，告愬不爲人所信，蟬的「露重飛難進，風多響易沈」，就是駱賓王心聲的傳達。此詩在物與人之間，尚有對立而相比的痕跡存在，此外泯去物我對立的跡象，完全借物自況，如張九齡的感遇詩：「孤鴻海上來，池潢不敢顧。側見雙翠鳥，巢在三珠樹。矯矯珍木巔，得無金丸懼？美服患人指，高明逼神惡。今我遊冥冥，弋者何所慕？」陳秋舫曰：「孤鴻自喻，雙翠喻林甫、仙客。」其論極是，李林甫不學無術，而張九齡以文學德行爲唐明皇所重，於是李林甫乃引牛仙客以排擠九齡，九齡左遷荊州大都督府長史，離開了政治傾軋的漩渦，才說「今我游冥冥，弋者何所慕？」孤鴻實在是九齡的化身。詠物自況以外，尚有詠物以寄感慨的，如李君虞隋宮燕云：「燕語如傷舊國春，宮花欲落旋成塵。自從一閉風光後，幾度飛來不見人。」詩旨與作者的本身無關，只是借燕子的飛來不見人，以寄託興亡的慨嘆而已。復有詠物寄悲嘆的，如蘇子瞻的中秋月：「暮雲收盡溢清寒，銀漢無聲轉玉盤。此生此夜不長好，明月明年何處看？」因中秋的月亮而興起的是月不長圓，人不長好的悲嘆。這些都是詩人借物自況和起情的常見手法。

詠物詩而有規諷，乃是借物以爲比擬和比論，形成了言在此而意在彼的規諷效果，「樽前獨垂淚，應有未灰心。」即是借蠟燭以刺梅詢的熱中仕宦。又人所悉知的劉禹錫詠桃詩：「玄都觀裡桃千樹，全是劉郎去後栽」，以桃千樹來比喻小人的倖進在朝，全是在他罷黜而去之後；「種桃道士歸何處？前度劉郎今又來」，是以種桃道士比擬以前的權貴人，現在垮台了，在宦海中沉沒了，而飽受打擊的「劉郎」卻依然無恙，再度入京，重點在借種桃道士以見意；又明朝嚴嵩當權之際，有趨附阿黨者，其友人畫一枯樹睡猴，題詩於上以警之云：「猴兒要醒如今醒，莫待籐枯樹倒時。」不著一字，而規諷的主旨卻完全顯露；又前人詠筷子云：「一世鹹酸中，能知味也否？」無特定的規諷對象，讀之亦令人怵然心驚，由此類推，白居易的詠「草」云：

離離原上草，一歲一枯榮，野火燒不盡，春風吹又生。遠芳侵古道，晴翠接荒城。又送王孫去，萋萋滿別情。

已不辭道破，然其佳妙，乃在意寓規諷，言小人之如春草，去之爲難。詠物詩到了這一地步，於是情與物合之外，又有以物見意的另一重作用，充實了詩的內涵，提高了詠物詩的境界，無怪前人以此爲重了。

小清華園詩談卷下云：「從來詠物之詩，能切者未必能工，能工者未必能精，能精者未必能妙。」可見詠物詩有四者之不同，惜詩談未有進一步的說明，筆者以爲「認桃無綠葉，辨杏有青枝」，可作「切」之一類的代表；「遊子乍聞征袖濕，佳人頻唱翠眉低。」可作「工」一類的典型；「今我遊冥冥，弋者何所慕。」自是「精」者，一流的模範。「露重飛難進，風多響易沉。」、「野火燒不盡、春風吹又生」誠係詠物詩之妙品矣。自詠物詩的起步而言，自然是以「刻劃維肖」爲基本；進一步才能「淡遠傳神」。至於心有所感，情有所寄，方能借物以寄意，託物以規諷，開闢無數的法門了。至於李重華所云：「詠物詩有兩法；一是將自身放頓在裡面，一是將自身站在旁邊。」（見貞一齋詩說）前者是詩人「物化」的手法，將自己化身爲所詠之物，後者乃客觀的「觀物」的方式，前者多寄託，後者多「切物」，是極其自然的結果。如李氏所云，事實上尚缺乏以物比擬、比論的一類，那才是詠物詩發展至最高層次的結果，已至矣盡矣，無以復加矣。

# 說理

## 問渠那得清如許・為有源頭活水來

詩者吟詠性情，以發抒情感爲主，故不尙說理，論詩的人，多持此論。的確，詩是感性的，是訴之於情感的，不是理性的，不宜以理性析論的，嚴羽云：

> 遂以文字為詩，以才學為詩，以議論為詩，夫豈不工，終非古人之詩也，蓋於一唱三嘆之音，有所歉焉。（滄浪詩話・詩辨）

所謂以「文字」、「才學」、「議論」爲詩，均各有所指，歸於指斥當時詩人的弊病，訴之理性。而未主於情，欠缺了一唱三嘆的效果。詩主情不主理之說，可以嚴羽爲代表，然歷代繁有其人，立論大都相似。可是細入深究，詩不宜說理，實有不然，以詩的起源而論，即有主於理的詩，袁枚云：

或云詩無理語，予謂不然。大雅「於緝熙敬止，不聞亦式，不諫亦入。」何嘗非理語？何等玄妙？文選：「寡欲空所缺，理來情無存。」唐人「廉豈沽名具，理宜近物情。」陳后山訓子云：「勉汝言須記，逢人善即師。」文文山詠懷云：「疏因隨事懶，忠故有時愚。」宋人「獨有玉堂人不寐，六箴將曉獻宸旒。」亦皆理語。……（隨園詩話）

詩有主於理的一面，袁枚言之極有根據，自詩經迄於現代，不乏其例，因爲人有理性的一面，故能接受有說理之詩，然其先決條件在寓理成趣，而不貴以理語成章，沈德潛云：

杜詩：「江山如有待，花柳自無私」。「水深魚極樂，林茂鳥知歸」。「水流心不競，雲在意俱遲」。俱入理趣。邵子則云：「一陽初動處，萬物未生時」。以理語成詩矣。王右丞詩不用禪語，時得禪理。（說詩晬語）

沈德潛的說法比嚴羽深了一層，他主張說理的詩，是要寓理成趣，不是直用理語，杜甫的後游一詩：「江山如有待，花柳自無私。」是寓有大自然的無私，江山花鳥景物，待人欣賞。「水深魚極樂，林茂鳥知歸。」在寓說環境影響的重大，杜甫的江亭：「水流心不競，雲在意俱遲。」上句寓心中自有主張，不受外物的影響，下句卻有心隨物轉的涵義，均是寓理成趣的例子，至於邵雍則用了理學家的理語成詩了。所謂寓理成趣，是不用理語，而把所說之理，寓藏於素材之中，如融鹽於水，投蜜入乳，使人不覺其說理，朱子的觀書有感詩云：

半畝方塘一鑑開，天光雲影共徘徊。問渠那得清如許，為有源頭活水來。
昨夜江邊春水生，蒙衝巨艦一毛輕。向來極費推移力，此日中流自在行。

前一首以半畝方塘比心，天光雲影指觀書時心靈的感受，心靈的清澈不染是由於源頭活水不斷的輸灌，源頭活水正是讀書的功效。後一首則寓說讀書的始難而後易，是因爲功夫到了，一旦豁然貫通，便能自在無礙。蔡覺軒跋朱子的感興詩云：

古今之書，惟詩入人最易，三百篇之後非無能詩者，不過詠物陶情，舒其蕭散閑雜之趣而已。獨朱子奮然千有餘歲之後，不徒以詩為詩，而以理為詩，齋居感興是也。蓋以義理之奧難明，詩章之言易曉，難明者難入而難感，易曉者易入而易感也。朱子切於教人，故因人之易入易感者以發其所難入難感者爾。（見南溪詩話）

此係爲說理詩作鼓吹，詩人之中也有這一類，如理學家的詩，禪家的詩，甚至如泰戈爾等，都可作爲代表，他們也誠然有借詩歌能入人，能感人的方便，以發抒其哲理，可是說理詩的被人接受，並不是採用了詩的形式就夠了，而是仍然要具備詩的本質，具有表達上的藝術性，首先是不要下理語以直接說明所要說的理，其次是要把理隱藏在材料之中，滅去說理的痕迹，最重要的是要有詩趣詩味，做到下面所說的：

乃不泛說理，而狀物態以明言，不空言道，而寫器用之載道，拈形而下者，以明形而上者，使寥廓無象者，託物以起興，恍惚無朕者，著迹而如見。譬之無極太極，結而為兩儀四象，鳥語花香，而浩蕩之春寓焉，眉梢眼角，而芳悱之情傳焉，舉萬殊之一殊，以見一貫之無不貫，所謂理趣也者此也。（談藝錄二七〇頁）

說理詩的表達原則誠然如此，所以朱子的感興詩二十首雖被時人所推重，但卻未被後人所廣泛地接受，以致知道的人不多，就是沒有做到如他的觀書有感詩能藏理無迹，寓理成趣之故。以理語入詩，以說理構成詩的內容，雖然具備了詩的形式，但是實有令不愛不吟的弊病，例如邵康節的詩：

觀易吟

一物其來有一身，一身還有一乾坤。能知萬物備於我，肯把三才別立根。天向一中分體用，人於心上起經綸，天人焉有兩般義，道不虛行只在人。

觀事吟

> 一歲之事慎在春，一日之事慎在晨。一生之事慎在少，一端之事慎在新。

不是理不佳，病在無詩味理趣，不能爲人所接受。寄園詩話舉的例子，雖不免粗豪，卻能寓理成趣：

> 蜀中一耆儒，贊張果老倒騎驢圖曰：「舉世多少人，誰似這老漢。不是倒騎驢，凡事回頭看。」

一方面是能寓理於事中，一方面是饒有理趣，把本是倒騎驢的張果老，說成了是凡事回頭看的細謹典型，所以有趣有味。蘇東坡的題西林壁詩，也是如此。

> 橫看成嶺側成峰，遠近高低各不同。不識廬山真面目，只緣身在此山中。

謂人迷於表象，不知眞實，是借形而下的山水，來寓無形迹的形而上的道理。可惜的是理趣多而詩趣少，未能臻於完美的地步，與永覺元賢的偶成作一比較，則優劣立可顯現：

> 花上春來未可尋，暫忘分別便相親。著眼看時偏障眼，紛紛蝴蝶過西鄰。（見永覺元賢禪

師廣錄）

春從枝上花開顯示出春來了，但是卻不能執花尋春，以爲春光在此，暫時忘記了什麼是花、什麼是春的分別，便能親近和能體會到什麼是圓滿無缺的春景，實際是藉以寓說悟道貴在無分別心；有執著的時候，便是障礙，故意著眼去看，反而眼目被遮障住了，只看到紛紛的蝴蝶飛過西鄰的庭院，看到的只是春的現象。東坡是名高千秋的詩人，永覺元賢只是悟道有得的禪師，在詩的成就上本不能與東坡比，然而這一首是壓倒了坡公，因爲理趣詩趣，雙美並佳，超東坡而過之，另天封慈禪師的蜜蜂詩亦係如此：

千花蕊上刺香時，百草頭邊得意歸。一竅透穿通活路，遊行無礙去來飛。（見禪宗雜毒海卷六）

全詩是借蜜蜂的刺花取蜜，寓禪人的求道而悟道，「一竅」透穿了，才通活路，比喻某一時節因緣澈悟了，才能通向那條「活路」，上天下地如蜂的飛行無礙，某女尼的悟道詩，即同一意境：

盡日尋春不見春，芒鞋踏遍隴頭雲。歸來手撚梅花嗅，春在枝頭已十分。（見鶴林玉露卷

六）

鶴林玉露說這首詩是「道不遠人」，「道在邇而求諸遠」。雖無大錯，即隔了一層，因爲這首詩是求道而悟道有得的透露，「春在枝頭已十分」，正是悟道以後，無欠無餘的圓成境界的顯示，與「遊行無礙去來飛」同一旨趣。詩人以詩寓理，哲學家以詩寓道，禪家以詩寓禪，毫無問題，都是說理的詩，其成功失敗的關鍵，不在寓理的深淺，而在詩趣的有無，能否寓理而不說理，例如永覺元賢禪師的小塘云：

**窗前閒半畝，開作小方塘。雲過暫留影，月來時有光。灌花春借色，洗硯墨流香。唯有塘中水，澹然卻自忘。**（見永覺元賢禪師廣錄卷二四）

這首詩與朱子的觀書有感所用的素材：方塘、雲影、月光是相同的，而意境全然有別，他是借「塘中水」來喻說「本體」的諸般作用，而卻不自以爲功，淡然忘懷。

明白了詩的寓理的道理，可以掃除不少的誤解，圍爐詩話認爲「而理實無礙於詩之妙。」確實如此。孟郊的「慈母手中線，遊子身上衣。臨行密密縫，意恐遲遲歸。誰言寸草心，報得三春暉。」恐怕抵得上一篇陳情表。王維的「人閑桂花落，夜靜春山空。月出驚山鳥，時鳴春澗中。」這一能靜能動的境界，胡應麟評云：「詩之身世兩忘，萬念俱寂，不謂聲律之中，有此妙詮。」

看來前人貶說理詩爲旁門，實係誤解，說理詩如果做到了「不說理而眞說理」便是詩中妙品。

## 議論

### 焚書種下阿房火．積鐵還餘博浪椎

詩宜抒情，不宜說理，偏偏有極多而傳流不朽的說理詩。在說理詩的當中，更有議論詩，完全是「眞心直說」，多沒有透過比興的手法，更少寓理成趣，卻能激動人心，爭相傳誦，猶如文中有說理的議論文，以西方的純文學觀點作評斷，恐怕要排斥於文學的園圃之外。然而這一詩文中的別調，正如異草奇花，珍禽怪獸，既然創造了，產生了，誰能取消呢？又何必排斥？

前人詠秦始皇云：「焚書種下阿房火，積鐵還餘博浪椎。」這二句議論詩，誠然抵得出一篇史論，把奏始皇焚書、聚天下的兵器等暴政，作了最好的表達，而且與秦的滅亡，作了因果關係的論斷，「焚書種下阿房火」，正是論說秦的亡國，是焚書的因，種下了項羽火燒阿房宮的果，「積鐵還餘博浪椎。」證明反抗的力量，不是高壓的手段所可壓抑的，始皇收天下的兵器，旨在消除反叛的武力，可是張良卻得到大力士在博浪沙以大鐵椎行刺，暴政使秦覆亡，誦此詩句，便油然而興感嘆。這類主議論的詩，沈德潛論之云：

> 人謂詩主性情，不主議論，似也而不盡然，試思二雅中何處無議論？杜老古詩中「奉先咏懷」「北征」「八哀」諸作，近體中「蜀相」「咏懷」「諸葛」諸作，純乎議論。但議論須帶情韻以行，勿近傖父面目耳！戎昱「和蕃」云：「社稷依明主，安危托婦人。」亦議論之佳者。（說詩晬語卷下）

德潛以詩經的大小雅和杜甫詩爲例證，指出議論詩所在多有，不止古詩爲然，即近體中的絕句和律詩亦有之，但是他提出了議論詩的寫作法則：「須帶情韻以行，勿近傖父面目。」勿近傖父面目，在避免庸俗鄙下之見和詞句，這是所有詩歌創作的通則，除了以俗爲雅一類外，詩是不能犯這一毛病，不然便貶入打油詩一類了。至於「須帶情韻以行」，如果「情韻」係指詩的韻味則可，如果是指要有情感而形成「情韻」的話，則混淆了抒情和說理、議論的範圍，因議論詩是主於理的，依其所舉戎昱的和蕃詩爲例：「社稷依明主，安危托婦人。」並不見得有訴於情感的「激情」之處。

議論詩的爲人激賞，除了聲律押韻等形式上的因素，在內容上應與議論文一樣，主於見識和裁斷，形成論點，或者深中人心，有同一的感受；或老出人意外，有拍案驚奇的痛快；或者意深詞婉，有橄欖餘味般耐得住咀嚼，「焚書種下阿房火，積鐵還餘博浪椎。」暴政必亡，不是人同此心嗎？至於所思出於意外，則杜甫的八陣圖可為例證：

**功蓋三分國，名成八陣圖。江流石不轉，遺恨失吞吳。**

李子德云：「遺恨失吞吳，是大議論。」事實上這首詩是諸葛亮一生的論定。關於「遺恨失吞吳」這一大議論，卻有幾種不同的解說，傳統的解釋是「以不能滅吳為恨」。蘇東坡「以蜀有吞吳之志，以此為恨耳。」認為吳蜀唇齒相依，不當自相攻伐，以此為遺恨；楊倫：「不能諫止征吳之舉，致秭歸挫辱，為平生遺恨。」高步瀛：「失吞吳，猶言未能吞吳耳，以武侯能布圖陣，而不能吞吳，眞千古遺恨。」這五種解法，都各有理由和證據，以限於篇幅，不能詳引細說。舉其大要，試如論斷，高步瀛以就詩解詩的立場，以武侯能布八陣圖，如此才華而不能吞吳，眞千古遺恨，以解「遺恨失吞吳」，似極為有理。可是杜甫此詩乃以小見大，所論不是八陣圖一事，而是諸葛公的一生，不然「功蓋三分國」與八陣圖有何關係呢？何況諸葛公從未征討東吳，就其戰略主張，重在聯吳伐魏，不止是劉備伐吳時加以諫阻，先主死後即捨私仇而與吳修好，可見是遺恨於失計吞吳了，武侯為丞相，不能謀議決斷於廟堂之上，任先主以報關公被害的私仇興兵，破壞了聯吳滅曹的大計，招致幾乎亡國的大禍，最後賴八陣圖以阻東吳的追兵，故而工部以此立意，這才是大議論。再進一步說，蜀國君臣，是以恢復漢業、剿滅漢賊曹操為志事的，諸葛公的六出祁山，死而後已，依此而言，應該是「遺恨失吞魏」了，所以楊倫的說法，應是正解，能夠得到工部立論的要點。李商隱之賈生一詩，亦以立意立論出人意表見工：

> 宣室求賢訪逐臣，賈生才調更無倫，可憐夜半虛前席，不問蒼生問鬼神。

賈誼貶爲長沙王太傅，文帝思念之餘，徵召還朝，延見於未央宮前殿的正堂，時文帝方受釐，因問鬼神之事，君臣傾談，至於夜半，商隱即檃括此事而立論，後人解此詩，以爲有所譏刺，或係借賈誼以自比，但是「可憐夜半虛前席，不問蒼生問鬼神。」明明是議論中的史論，故全唐詩話評云：「措意如此，後人何以企及！」在讚許其立意立論的高妙，文帝爲有道之君，賈誼爲傑出之臣，半夜所問，竟然不及蒼生疾苦，僅止於鬼神荒誕，豈不可哀乎？所以謝疊山云：

> 夜半前席，世以為美談。「不問蒼生問鬼神，」此一句道破，文帝亦有愧矣，前人無此見。

可見此詩之妙，是在前人「無此見」。人人意想不到，只有拍案欣賞了。

又商隱項王廟詩：「勝敗兵家那可期，包羞忍辱是男兒。江東子弟多豪俊，捲土重來未可知。」項羽勢窮力蹙，烏江自刎，天下歸於劉邦，成功與失敗，已決定於此刻，而竟云：「江東子弟多豪俊，捲土重來未可知。」不但是翻歷史上的案，而且論斷爲古人所無，故有出人意表的感覺，而傳誦不已。

以上諸詩，爲直發議論，少了一重迴環曲折，諫果回甘，橄欖細嚼的餘味，張安道的漢興歌風臺詩便饒此趣：

落魄劉郎作帝歸，樽前一曲「大風」詞。才如信越猶菹醢，安用思他猛士為？（阮一閱詩話總龜卷十五）

漢高祖掃平天下，榮歸故鄉，與沛縣子弟流連宴飲，作大風歌：「大風起兮雲飛揚，威加海內兮歸故鄉。安得猛士兮守四方。」於是成爲名勝古蹟，後人仰慕遺風，紛加題詠，而此詩之佳，在意含譏刺，而又隱藏不露，韓信、彭越，百戰功高，其結果是「狡兔死、走狗烹。」以叛逆的罪名被「菹醢」，猛士如此二人等，尚且被殺，何用再思得猛士，以守四方呢？只因多了一種轉折，故譏刺之意，隱藏不露，有耐得住咀嚼之感。此外雖主議論，而議論全部隱藏於材料之中，如刀劍的鋒芒，韜藏於鞘套之內，與議論詩的有曲折者又復不同。紀昀云：

王安石「登大茅山頂」：「一峰高出眾山巔，疑隔沙塵道萬千。俯視雲煙來不極，仰攀蘿蔦去無前。人間已換嘉平帝，地下誰通勾曲天。陳跡是非今草莽，紛紛流俗尚師仙。」紀昀批：「二馮稱此詩為史論，太刻。必不容著議論，則唐人犯此者多矣。宋人以議論為詩，

漸流粗獷，故馮氏有史論之譏。然古人亦不廢議論，但不著色相耳！此詩純以指點出之，尚不至於史論。（方回「瀛奎律髓」卷一）

王安石此作，前半寫景，後半議論，非純粹的議論詩，後半議論又以「指點」出之，未曾據理直說，故紀昀評其「不著色相」，不係史論一類的作品，即因其議論隱藏於材料之中，大茅嶺爲道教聖地，相傳此處的山洞，可潛通仙人洞天，而求仙的人，最著名的無過於秦始皇，他聽說把臘月改爲嘉平月，就可招來神仙，於是遂加更改，然而他畢竟死了，而且換了朝代，故云：「人間已換嘉平帝，地下誰通勾曲天。」大茅嶺的山洞可通仙人洞天，可是僅係傳說而已，誰進入過神仙府呢？雖然古代求仙的事蹟和是是非非的傳說，今天只見遍地草莽，可是世人還不警醒，仍然在學仙，不見直發議論，而議論在其中，故謂不著色相也。

綜上所述，可見議論詩有三種型態，一是全詩直接論說。二是夾議論於敘事用典之中，三是議論藏而不發，假事物以見。雖是訴之理性，只要不粗獷、庸鄙，仍是好詩，不能廢除。

# 思想〈上〉

## 詩如鼓琴・聲聲見心

所有的文學作品，均以抒情爲主，但是無不與思想有關，因爲任何情況下情感的發抒，均會受到理性的制約，不然，只是情動於中，不知手之舞之足之蹈之而已，如何能立題命意，安章裁句，修辭就法呢？是以袁枚的「齋心」云：

詩如鼓琴，聲聲見心。心為人籟，誠中形外。我心清安，語無烟火，我心纏綿，讀者泣然。……（見續詩品）

袁枚的所謂齋心，指的是思想上的成熟和涵蘊，形成詩人的人品、人格，而影響作品的意境和風格，有諸內而形諸外，所以才說「詩如鼓琴，聲聲見心」。其實就思想與詩人的關係而論，與作品的形成，似疏而密，因爲詩人受思想的引領，形成其人生觀，影響其入世或出世、淑世或離世的基本觀念，例如歸本儒家的杜甫、奉佛的王維、崇信道教的李白，其風格的殊異，作品意境的不同，受此基本思想的影響極大，往往思想的殊異，形成詩的立意不同，甚至決定了作品的高下，例如䂬碧溪詩話云：

> 劍閣云：吾將罪真宰，意欲鏟疊嶂。與太白搥碎黃鶴樓，剗卻君山好。語亦何異？然劍閣詩意在削平僭竊，尊崇王室，凜凜有忠義氣，搥碎剗卻之語，但覺一味粗豪耳。故昔人論文字以意為上。

這一論定，容或有爭議性，但「昔人論文以意爲上」，則評詩論文的共同主張，已說明了作家的思想形成了文意的重要關係。甚至作不作某類的詩？用不用某類的題材，也往往受作者思想的裁定，例如李白的永王璘東巡歌十一首，杜甫若處同樣情景，決不會作；奉官守儒的杜工部，決不會說「我本楚狂人，狂歌笑孔丘」；自思想的影響程度而論，這一推論，應可相信。

詩人如何運用詩歌，當然也屬思想性的層面，例如詩大序所主張，詩在成就其人倫、教化之功：

> 故正得失，動天地，感鬼神，莫近於詩。先王以是經夫婦，成孝敬，厚人倫，美教化，移風俗。（見毛詩會箋）

此乃詩人的作詩主張，詩歌不止於個人情感的發抒，表達藝術的尋求，而定位在爲人生、社會教化上。以後的詩人多受其影響，白居易的「文章合爲時而著，詩歌合爲事而作，」「非求宮律高，不務文字奇。惟歌民生病，願得天子知。」當然是運用詩歌的思想。甚至以後的「格律」、「神韻」、「性靈」等主張的提出，也在這一範疇之內，是詩人作詩時的主張，其所以有此主張，係由其思想理念所決定，例如甌北詩話卷十一論杜牧云：

杜牧之作詩，恐流於貧弱，故措詞必拗峭，立意必奇闢，多作翻案語，無一平正者。方嶽深雪偶談所謂好為議論。大概出奇立異，以自見其長也。

杜牧作詩，力求拗峭奇闢，而白居易則不然，惠洪冷齋夜話云：

白樂天每作詩，令老嫗解之。問曰：解否？嫗曰解。則錄之，不解則易之，故唐末之詩，近於鄙俚。

由詩成之後，求老嫗能解的觀念，必形成深入而淺出的通俗效果，正與杜牧的主張相反，而詩成之後，風格意境必然各異了。可以說詩人的作詩主張，是形成各家的作品，風神面貌千差萬別的基本。

詩人作詩之時，亦受思想和思想方法的引導，由立題、扣題、立意、取材、辨體、結構、修辭、意韻，均賴思想爲之裁制。方能成篇，是以朱紱的名家詩法彙編卷二云：

作詩先命意，如構宮室，必法度形制已備於胸中，始施斤鋏。……

「法度形制」是成詩時的思想觀念，雖然成詩時所需要的思想裁制，不是如此的簡略，但是「法度形制」所包括的已相當的大，而且決不是「性情」的範圍。又黃省曾的名家詩法卷一云：

詩有四鍊。鍊字、鍊句、鍊意、鍊格。鍊句不如鍊字，鍊字不如鍊意，鍊意不如鍊格。

四鍊的進行，必然要靠思想和思想方法，方能愈鍊愈精，愈出愈奇。任何詩作，由構思到成詩，思想的裁制情形，有如稽留山樵的古今詩話卷三所云：

每一題到手，茫然思不相屬，幾謂無措，沈思久之，如瓴水去窒，亂絲抽緒，種種縱橫坌集，卻於此時，要下剪裁手段，寧割愛，勿貪多。又如數萬健兒，人各自為一營，非得大將軍方略，不能整頓攝服，使一軍無譁。

足以說明成詩的過程，是要經過相題、立意的程序，由意念的紛馳，要靠思想的精警和裁定，由亂雜而整合，由紛繁而定於一——得出全篇的主題，然後遣辭選韻，首尾有序。這是詩人作詩之時，受思想影響的大概。

詩人偉大的創造成就，完全視臨文之際的表現而定，雖然有隨手之變的莫見定準，但每一首詩，都有其思想屬性的存在，因為一詩到手，必然要相題行事，扣合題旨，以得適切的主題，而形成一詩一題的中心，這便是一詩一題的思想屬性，袁枚的續詩品「相題」云：

地殊景光，人各身分。天女量衣，不差尺寸。

地的風景光采不同，人的身分各異，則同一詩題，所主不同，必求絲絲扣合，袁枚於此有進一步的發揮：

即如一客之招，一夕之宴，開口便有一定分寸，貼切此人此事，絲毫不容假借，方是題目佳境。若今日所詠，明日亦可詠之，此人可贈，他人亦可贈之，便是空腔虛套，陳腐不堪。（見隨園詩話卷一）

如此扣題，自係「天女量衣，不差尺寸。」可是前人認為能達此意境，不歸之於先天的才性，即認爲係後天的修養，甚至以爲係一時的靈感興會。其實是思想上的體認和辨析，才能由至當不移的貼切，提升至出神入化，即使在表達之時，興會不足，亦可免於陳腔濫調。一詩一題的主題，即係由思想上的心營意想所創獲，而形成每首詩的思想層面。

明白了上述的道理，必能了解思想與詩的重要性和密切性。如果認爲詩的創作，是抒情的、感性的、藝術的，與以理性爲主的思想無關，實不足以言詩。前人論詩，頗有迷離彷彿之談，多半是缺乏這些認識，試以杜甫的江漢爲例，由思想的屬性，加以析說，以明上述之理：

江漢思歸客，乾坤一腐儒。片雲天共遠，永夜月同孤。落日心猶壯，秋風病欲蘇。古來存老馬，不必取長途。（見唐宋詩舉要卷四）

就詩人的思想而言，杜甫係以奉儒爲思想的綱領，「乾坤一腐儒」，正是夫子自道，而非門面語；「腐儒」有自嘲自謙之意，但落落難合，不爲人知的痛苦，和篤信不移的自恃自傲，已寓於字底行間；「永夜月同孤」，正係擇善固守，寂寞自甘的寫照。就此詩寫作的態度而論，不是吟風月，狎池館的無病呻吟，而是身世之感，流落之痛，和晚年感受的抒發，「古來存老馬，不必取長途」，更是「烈士暮年，壯懷不已」和自我肯定的價值判斷，於江漢之上，所感所發，均有時地的因素，無「今日可詠，明日亦可詠」的浮泛。至於就一詩的思想屬性而言，此詩有雙主題，一是思歸未歸的愁思，一是「腐儒」自信的感慨，而老病相尋，構成詩之材料和內容。明白了這些與思想層面的關係，則於前人評此詩爲「倜儻英偉」，必不滿意，因爲落在迷離彷彿的論評中，可見詩受思想層面影響之深之甚了。

# 思想〈下〉

## 誰憐一片影・相失萬重雲

詩以抒情言志爲主，但必然有其運思的創造過程，故而必涉及思想的層面；詩人的身世，所處的時代，所受的教育，所形成的人生觀，無形中流灌在詩作之中，所以詩的內涵，必有思想傳達的部分潛藏暗隱；每一首詩，自然有其表達的主題，不然則流於無病呻吟的文字遊戲，這一主題的形成、確定，必然經過睿思獨運。一言以蔽之，詩胎孕於情感，而成於理性思想。

詩人作詩，近人認爲要靠靈感，前人則認爲係「神思」——神妙的思考作用所致，陸機的文賦，描繪由思緒初運，到作品的完成，最入玄微：

其始也，皆收視反聽，耽思傍訊，精騖八極，心遊萬仞；其致也，情曈曨而彌鮮，物昭晰而互進；傾群言之瀝液，漱六藝之芳潤，浮天淵以安流，濯下泉而潛浸；於是沈辭怫悅，若遊魚銜鉤而出重淵之深，浮藻聯翩，若翰鳥纓繳而墜曾雲之峻。……（文選卷十七）

創作之時，由意緒的茫然和紛雜，到主題確定，旗幟顯明，以致題材的取用，詞彙的運用，表達的完美，都係思想的運作和裁判，當然涉及了作者的理性程度，能否虛靜；作者的思考態度，是否合理，而無偏失；作者的思想方法，是否細密週詳：思想運作的結果，主題的確定，材料的選取，文詞的表達，是否適切；甚至超出思想範圍的靈感，亦係以此爲觸動，劉勰的「是以意授於思，言授於意。」（文心雕龍・神思）扼要地說明思想的重要性。純就創作時的運作而言，思想是詩作的設計師，誰也不能否定這一觀點。

不朽篇章的產生，必然以作者的思想成熟，人格健全爲前提，其思想觀念，自然形成了作品的內容、意境，黃徹云：

老杜「茅屋為秋風所破歌」云：自經喪亂少睡眠，長夜沾濕何由徹？安得廣廈千萬間，大庇天下寒士俱歡顏，風雨不動安如山。嗚呼！何時突兀見此屋，吾廬獨破受凍死亦足。樂天「新製布裘」云：安得萬里裘，蓋裹周四垠。穩暖皆如我，天下無寒人。「新製綾襖成」：百姓多寒無可救，一身獨暖亦何情？心中為念農桑苦，耳裡如聞饑凍聲。爭得大裘長萬丈，與君都蓋洛陽城。」皆伊尹自任一夫不獲之辜也。或謂子美詩意寧苦身以利人，樂天詩意推身以利人，二者較之，少陵為難。然老杜飢寒而憫人飢寒者也，白氏飽暖而憫人飢寒者也，憂勞者易生於善慮，安樂者多生於不思，樂天宜優。或又謂白氏之官稍達，而少陵尤卑，子美之語在前，而長慶在後，達者宜急，卑者宜緩也。前者倡導，後者和之耳，同合而論，則老杜之仁心差矣。（蛩溪詩話）

杜甫、白居易上敘的作品，自然係其思想觀念的傳達，後人依其意境的高下，以評論作品的高下，並指出二人同受孟子論伊尹的影響，以行仁推愛的立場，憫人飢寒，在詩的意境上，杜甫立意在先，白居易顯係受其影響，故黃徹以爲杜甫此詩「差賢」——要好些。均係基於作品的思想內涵以論評作品，無疑地作品中的思想觀念，係作者思想的反射。任何作品，均不例外。

每一篇章，均有其主題與意境，均與作者平時的思想觀點，創作時的思想觸發，有極密切的關係，例如「孤雁」，崔塗、杜甫，各有所作，後人重杜輕崔，例如：

范元實「詩眼」云：嘗愛崔塗「孤雁」詩，云幾行歸塞盡者八句。豫章先生使余讀老杜「孤雁不飲啄」者，然後知崔塗之無奇。（郭知達「九家集注杜詩」引趙彥材說）

崔塗的「孤雁」與杜甫的作品，同係五言律詩：塗詩云：「幾行歸塞盡，念爾獨何之？暮雨相呼失，寒塘獨下遲。渚雲低暗度，關月冷相隨。未必逢矰繳，孤飛自可疑。」（全唐詩卷六七九）將孤雁的失群，飄泊無依，情景雙寫，甚能傳神，范元實的愛賞，不是無因的。可是與杜甫所作比較之下，立見高下的不同：

杜甫「孤雁」：孤雁不飲啄，飛鳴聲念群。誰憐一片影，相失萬重雲。望盡似猶見，哀多如更聞。野鴉無意緒，鳴噪自紛紛。飛鳴念群，一詩之骨，片影重雲，失群之所以結念也。惟念故飛，望斷矣而飛不止，似猶見其群而逐之者；惟念故鳴，哀多矣而鳴不絕，如更聞其群而呼之者。寫生至此，天雨泣矣。末用借結法。（浦起龍「讀杜心解」卷三之五）

相互比較之下，崔塗的詩，失之浮泛，雖然能扣住孤雁的題意，但均係在外圍的景物上用力，以收映襯之效；杜詩則深入一層，以飛鳴念群，形成全詩的主題，浦起龍的解析，合理而得其意；自思想的深密而言，杜甫自勝一籌，「野鴉無意緒，鳴噪自紛紛。」尤有寓意，浦起龍又云：

寓同氣分離之感，兒女相聚則嘲之，弟兄相暌則痛之也。精神全注一孤字。（同上）

「同氣分離」之感，自得杜甫之意，崔塗的「未必逢矰繳，孤飛自可疑。」則油滑而無指歸了。比較之下，方顯見崔塗的「孤雁」，在意境上實大有不如，范元實「然後知崔塗之無奇」的評論，當係指此。至浦氏謂「兒女相聚則嘲之」，未必係野鴉「鳴噪自紛紛」之意，兒女相聚，有何可嘲？何況野鴉鳴叫，未必以譬嘲兒女相聚，殆以野鴉無意緒的啼叫，比喻常人的呼朋引類。以襯托出孤雁的同氣分離之感的高意境。作者的思想，影響一詩的實際，已可顯見。所以抒情的詩，不是訴之理性方面的思想，但思想影響其意境、主題與表達甚巨。

此外作者作詩的思想觀念，也影響詩篇，如以溫柔敦厚爲主的詩人，必然不會嬉笑怒罵；以「篇篇無空文，惟歌生民病」的作者，自然會反映社會百態；以唯美爲目的的作品，大抵盡力求詩的表達合乎藝術性。總而言之，思想是詩歌創作時心營意造的主宰。

# 陸、作法

## 論賦

### 關關雎鳩・在河之洲

詩經是我國的最早詩歌總集，而關雎篇又是詩經的首章。對於「關關雎鳩，在河之洲。窕窈淑女，君子好逑。」凡是中國人，幾乎都耳熟能詳，信口可道。詩經雖入經學之內，可是卻係詩的大源，影響後世匪淺。除了體裁、內容、技巧、風格等之外，影響後世最大的，當推詩的作法——賦、比、興了。不但涉及詩經的欣賞和了解，而且時至今天，仍是極有用的創作方法。

關雎這一章四句，如果二句一節，則每節都是用賦的方法寫成；如果就一章四句而論，則前二句寫景，後二句抒情，形成了觸景生情的「興」的作用。關於「賦」的解釋，以鄭玄的注釋最早最權威：

賦之言鋪，直鋪陳今之政教善惡。（見周禮大師教六詩注）

雖然以後的學者，對這一釋說並不十分滿意，因爲「賦」是作法，與內容上的「政教美惡」並無一定的關涉。但「賦」是直接鋪陳的表現法，則多無異辭。近人把「賦」詮釋得最生動的，當推徐復觀氏了，徐氏云：

把與內心感情有直接關聯的事情說了出來，這即是所謂詩經上的賦。由賦所描寫出的情像，也是直接地情像。這種直接地情像，同時即是詩的主題。譬如一個少婦思念她遠離的丈夫，思念得連日常一切生活都不感興趣，甚至把愛美的天性都放在一邊，於是唱道：自伯之東，首如飛蓬，豈無膏沐，誰適為容？（衛風伯兮）這是由她思念的情感所形成的直接形象；這裡面所說的事物，都與她的思念之情有直接關聯，所以都構成主題的一部分。它之所以成其為詩，是因在這裡的事物，不是純客觀地、死地，冷冰冰的事物，而是讀起來感到軟軟地，好像有一個看不見的生命在那裡蠕動著的事物；這是賦的真正本色、本領。（釋詩的比興）

對「賦」的解釋承受了「直接鋪陳」的說法，卻加添了新的意義，所謂「這種直接地情像，同時即是詩的主題。」當然，「直接鋪陳」的「賦」，有時確係將一詩的主題，直感直說；可是也能將主題匿藏於「直接鋪陳」的事物中，如所舉的伯兮一詩，思念遠離的丈夫是主題，可是卻未直接說出，而匿藏在「豈無膏沐，誰適爲容」之中。明顯可見的，「賦」所「直接鋪陳」的是情景事物的明確傳達，不包括主題的說不說明在內。其次在用「賦」的時候，選用的材料——事物，是「純客觀地、死地、冷冰冰地」，抑是「讀起來感到軟軟地，好像有一個看不見的生命在那裡蠕動著的事物。」那是材料選取的當否，能否賦予這種「生命在蠕動」的感受，和是否能表達主題的問題，不純然是「賦」的眞正本色、本領。因爲很多的「惡詩」，有的全然是用「賦」的方法寫成的，如其所云，必然不會是「惡詩」了。例如詩經「芣苢」一詩，雖非「惡詩」，全首更是用「賦」寫成的，讀來卻無徐氏所云的感覺：

采采芣苢，薄言采之。采采芣苢，薄言有之。
采采芣苢，薄言掇之。采采芣苢，薄言捋之。
采采芣苢，薄言袺之。采采芣苢，薄言襭之。

不但無「讀起來感到軟軟地、溫溫地，好像有一個看不見的生命在那裡蠕動著的事物」，而且主題係隱藏在詩句之中，可見「賦」並不一定揭出主題。質而言之：賦只是一種「直接鋪陳」的表達方法，詩的或神妙、或拙劣，與它無必然的關係。要能出神入化，則待與其他的方法雜用，與其他的技巧相配合才行。

論賦、比、興的文章甚多，下界說的不知凡幾，可是從結構上說明其別異的尚未見到。筆者以爲賦是最基本的結構，「比」、「興」都是以「賦」爲形貌和結構；並不是除了賦之外，「比」和「興」另有形貌或結構的。例述如下：

采采卷耳，不盈頃筐。嗟我懷人，置彼周行。（賦）
于以采蘩，于沼于沚。于以用之，公侯之事。（賦）
螟蛉有子，蜾蠃負之。教誨女子，式穀似之。（比）
文王曰咨，咨女殷商。如蜩如螗，如沸如羹。（比）
關關雎鳩，在河之洲。窈窕淑女，君子好逑。（興）
桃之夭夭，灼灼其花。之子于歸，宜其室家。（興）

上述之詩，依「賦」、「比」、「興」舉例，前人均無爭議。就以上「賦」、「比」、「興」三組六章而論：㈠三組都用直接鋪陳的賦的表達法，形成同樣的結構。㈡比、興方法的形成，是以賦的結構爲基石，透過句法的對比和運用而形成，如「螟蛉有子，蜾蠃負之」，是與「教誨女子，式穀似之」作對比，以螟蛉、蜾蠃比人對子女的教養；「關關雎鳩，在河之洲」是寫景，與「窕窈淑女，君子好逑」的抒情，形成一情一景相激發的「興」，每二句爲一節，成爲完整的述事或抒情，其形式全係直接鋪陳的「賦」。㈢經過以上的比較，可見「比」、「興」如果沒有直接鋪陳的「賦」，就不能形成；而且是經句子與句子的對比，或句群和句群的對比所致。也非修辭方法的運用。例如「麻衣如雪」，「兩驂如舞」，是修辭學上的比喻；而前面三組所舉的「比」的例子；是主體的相比擬，韓愈的雜說四，以千里馬與伯樂，比君相和人才的發現，正是此一方法的運用，自然不是辭句修飾的範圍，可以證成此理。有了這些認知，則劉勰文心雕龍比興篇所云又可得而解：

> 詩文弘奧，包韞六義，毛公述傳，獨標興體，豈不以風通而賦同，比顯而興隱哉！

「比顯而興隱」，黃季剛氏的「札記」析釋甚詳，應無異說。惟「風通而賦同」，以語簡而義多，故厥義難求，注家多以「風通六情」解「風通」，「賦同」的注釋，則引毛詩正義解賦的說法（見范文瀾增訂本文心雕龍注），實與「賦同」的意義無關。惟王更生氏的文心雕龍讀本注云：

> 通，疏通，風與雅、頌並稱，指詩體；風與賦、比並稱，指作用，故曰通。同，是指賦與比的鋪敘手法，同具有讚揚、諷刺的雙重用途，故曰同。

王氏對於「風通」的注釋，發前人之未發。至於「賦同」的說明，竊以爲仍有可議：㈠「

興」亦具有如此作用。㈡「賦」、「比」、「興」是作法，不宜與作詩的目的混論。㈢劉勰此篇係專論比、興不宜只涉及賦、比的作用，而置興於不顧。在探明了賦、比、興的結構同以賦爲形貌之後，所謂賦同，應該解釋爲：「賦的結構，同於比、興」，方符實際。

自古以來，認爲「賦」的意義和運用，並無問題：於「賦」、「比」、「興」的結構和形式，沒有很多的抉發。故特加爬疏證究，以明眞實，因爲「賦」一直是詩歌上運用最多的方法。

# 論比

## 若將西湖比西子・淡粧濃抹總相宜

用比擬、比喻，應是古今皆然，雅俗均通。尤其在詩人的手裡，更是相習成風，自詩經以至現代，可謂俯拾皆是。以詩經爲例，在小雅天保篇中，連用了九個比擬：

天保定爾，以莫不興。如山如阜，如岡如陵，如川之方至，以莫不興。……如月之恒，如日之升，如南山之壽，不騫不崩，如松柏之茂，無不爾或承。

把天命所歸，福壽永亨的概念，透過九個比喻，便形象突出，印象極爲生動，於是後人競相援用，便如劉勰所云：「故比體雲構，紛紜雜遝，倍舊章矣。」

蘇東坡的「飲湖上初晴後雨」詩云：

**水光瀲灩晴方好，山色空濛雨亦奇。欲將西湖比西子，淡粧濃抹總相宜。**

常人用比喻，總是以人比物，所以美人比花，蓮比君子，菊花比隱士，牡丹比富貴人，東坡却反過來以物比人——把西湖比西施，西湖的晴和雨，正如西施的濃抹與淡粧，總是相宜而美，如是西湖彷彿更生動而又更艷麗了。東坡得意之餘，又下了「西湖眞西子」、「祇有西湖似西子」、「西湖雖小亦西子」等佳句。似乎在矜爲獨得之祕。其實關於用比的道理，用比的方法，前人已說得十分詳明，從意義上說，鍾嶸云：「因物喻志，比也。」比是利用明顯的事物，來表達情志或主題，與劉勰的說法：「比者附也……附理者切類以指事……附理故比例以生。」沒有太大的差異。至於在使用的方法上，朱子說的最簡切：「比者，以彼物比此物也。」陳啓源又說得更具體些：

**比者，一正一喻，兩相譬況，其詞決，其旨顯。**（見毛詩稽古篇）

至於把「比」的用法，由情感活動，到理智的「心營意想」，然後作了妥貼的安排，則以徐復觀氏所說，最爲周詳：

> 但情動以後，有時並不直接以情的本性直接發揮出來，卻把熱熱的情，經過反省而冷卻後所浮出的理智，主導著情的活動，此時假定因語言技巧或環境的需要，而須從主題以外的事物說起時，此主題以外的事物與主題之間，是經過了一番理智的安排，即是經過了一番「意匠經營」，使主題以外的事物，通過一條理路而與主題互相關連起來，此時主題以外的事物，因其經過了理智所賦予的主觀意識、目的，取得了與主題平行的地位，因而可以和主題相提並論，所以拿來和主題相比。比有如比長絜短一樣，只有處於平行並列的地位，才能相比。……（中國文學論集）

關於「比」的說明，恐怕沒有比徐氏所說更詳細明白的了。至少是他個人使用「比」時的心路歷程的詳細說明，「比是由情感反省浮現出的理智所安排的。」自是堅強不易之理，可是比不是「比長絜短」的比較之義，而是以此物擬彼物的比擬之義：而且表顯主題的比擬之物，也不全是與主題平行並列的，因爲主題是主，比擬之物是賓，以東坡的詩爲例，西湖是主，西子是賓，不能賓主一律，主是在主要的地位，賓在襯主。在使用單一的比擬時，似乎主題與所比擬之物，是相提並論的平行地位，可是在使用複數比擬時，則這相提並論的情勢有了改變，例如「天保」

篇使用九個比擬物，若減少了一個二個，或再增一個二個，均不影響主題；又主題與比擬物之間，在性質、內容、程度不相同、相等，西湖與西施，相同相等之處太少了，可見主題與比喻之物，至少不是處於平行的地位。明白了這些，在使用比喻時，會減少不少的束縛。

關於「比」的使用，劉勰文心雕龍云：

> 且何謂為比，蓋寫物以附意，颺言以切事者也。故金錫以喻明德，珪璋以譬秀民，螟蛉以類教誨，蜩螗以寫呼號，澣衣以擬心憂，席卷以方志固，凡斯切象，皆比義也，至於麻衣如雪，兩驂如舞，皆比類者也。（文心雕龍比興第三十六）

劉勰將比分爲「比類」，王更生氏云：「所謂比義，就以具體比抽象，所謂比類，就以具體比具體。」（見文心雕龍讀本下篇）仔細審觀「寫物以附意，颺言以切事」的涵義及所舉的例子，王氏所解，甚爲確實妥當，依其所言，則天保篇所用之「比」，是以具體比抽象的「比義」，蘇東坡的西湖比西子，是以具體比具體的「比類」。可是劉勰在論及比的運用時又云：

> 夫比之為義，取類不常，或喻於聲，或方於貌，或擬於心，或譬於事，宋玉高唐云：「纖條悲鳴，聲似竽籟，此比聲之類也；枚乘菟園云：「焱焱紛紛，若塵埃之間白雲」，此比貌之類也；賈生鵩鳥云：「禍之與福，何異糺纏，此以物比理者也」；王褒洞簫云：「優

柔溫潤，如慈父之畜子也」，此以聲比心者也；馬融長笛云：「繁縟絡繹，范蔡之說也」，此以響比辯者也；張衡南都云：「起鄭舞，蠒曳緒」，此以物比容者也。

所說的「或喻於聲，或方於貌，或擬於心，或譬於事。」四類與前所云的「比義」、「比類」，是分類的疏密不同，抑前疏後密所致呢？抑或前二類是就詩經舉例，後四類是就漢賦而言，漢人用比有不同呢？可是細讀詩經：「虺虺其雷」（國風邶風・擊鼓），等於「聲似竽籟」，是「喻」於聲的「比聲」之類；邶風簡兮篇：「公庭萬舞，有力如虎」，正是「猋猋紛紛，若塵埃之間白雲」，乃方於貌的「比貌」之類；小雅小旻：「如彼泉流，無淪胥以敗」，與「禍之與福，何異糺纆」均屬以「物比理」之例；可見詩經時代，已繁有這些用「比」的方法，不待漢賦了。又劉勰在這一段論用比的方法中，犯了解說上的錯誤，「繁縟絡繹，范蔡之說也，此以響比辯者也」，「繁縟絡繹」是棉絮線絲之類，絕對不是聲響上的「比」，「起鄭舞，蠒曳緒」，云「此以物比容者也」；正好相反，應該是以「容比物」，張衡所云：南都之人的起舞，輕盈飄逸，如蠒之曳絲！所謂「容」是舞姿的意義，「以容比物」才算妥貼。

由此看來，比是用兩類不同的事物，相互比擬，不求這兩類事物的性質相等相同，而是取其某一部分可以比擬的特性，其目的在把深奧的事理，表達得更生動，抽象的主題，形容得更具體，呆板的情景，描繪得更靈動，例如：

芙蓉如面柳如眉，對此如何不淚垂。（白居易・長恨歌）
離恨恰如春草，更行更遠還生。（李後主・清平樂）

白居易以芙蓉比擬楊貴妃的臉，細柳擬眉，楊貴妃的艷麗，便躍然紙上，比「沈魚落雁、閉月羞花」，或者「妳漂亮極了」，在形象的突出和靈動上，不知強出多少。而李後主把無形無迹的離恨，比之無盡的春草，眞有巧手雕龍，使之爪鬚俱動的本領，又：

春蠶到死絲方盡，蠟炬成灰淚始乾。（李商隱・無題詩）
黑雲堆墨未遮山，白雨跳珠亂入船。（蘇軾・望湖亭詩）

二人用比之法，與白居易、李後主同樣巧妙，可注意的，是把用比的形式語辭的「如」省略了，應該說「黑雲如堆墨」，「白雨如跳珠」，可是省略以後，仍然人人知是用比。至如李商隱的用比，更爲靈活，竟把比擬的主題「相思」省略了，而且二句都在比擬同一主題，上句言相思之無盡，下句言相思之痛苦，單宇論前人用比的奇妙云：

白樂天女道士詩云：「姑山半峰雲，瑤水一枝蓮。」此以花比美婦人也；東坡海棠云：「朱唇得酒暈生臉，翠袖捲紗紅映肉」，此以美婦人比花也；山谷荼蘼云：「露濕何郎試湯

餅，日烘荀令炷爐香」。此以美丈夫比花也。山谷此詩出奇，古人所未有，然亦以荷花是六郎之意。（菊坡叢話下）

三大詩家的用比，各顯其妙，可惜單宇未闡明其所以妙，白居易用比，省去了主體「女道士」，而以「姑山半峰雲」比女道士的鬢髮的多而美，「瑤水一枝蓮」比其嬌艷。至於蘇東坡，則極力形容用作比擬之物的美，以顯出主題物之美，這是用比的神妙手法，黃山谷亦係如此，可是又加上了用典，用了「何郎」「荀令」二位美男子的故事，再加以形容刻畫，在表達上多了一層曲折，如果用之不善，則失奇成怪。但也引發用比的另一問題，除了劉勰所云的「比義」、「比類」之外，應該增加「比事」——用故事為比的一類，李重華云：

比不但比物理，凡引一古人，用一故事，俱是比，故比在律體中尤得力。（貞一齋詩說）

事實上比的運用，貴在得當，不必顧忌類別上的限制。

# 論 興

## 撩亂邊愁聽不盡・高高秋月照長城

「興」是詩經時代即已使用的表達方法，應該是法式俱存，衆爭可息，然而竟是非錯出，紛呶未休，多是由於定義未明、舉例欠當之故，因爲這一方法關係到詩的欣賞和創作甚大，故深入析說，以明其義例。

關於興的定義，前人下了很多不同的界說，但最正確的，應推朱子和李仲蒙。朱子曰：

興者，先言他物，以引起所詠之詞也。（詩集傳卷一關雎）

李仲蒙曰：

索物以托情謂之比，情附物也；觸物以起情，謂之興，物動情也。（見周子文藝藪談宗卷下引）

一言以蔽之，興者，觸景（物）生情之謂也，於是由所「觸」之景，將所「生」之情，「捕捉」入詩，便是「興」的妙用，景情之間，可以有關聯，可以無關係，徐復觀先生論興的發生的心理過程極善：

未觸發時的感情，有的像潛伏的冰山，尚未浮出水面；有的則像朝嵐暮靄，並未凝成定形。一經觸發，則潛伏的浮了出來；未定形的因緣觸發的事物而構成某種形象；它和主題的關係，不是平行並列，而是先後相生，先有了內蘊的感情，然後才能為外物所觸發；先有了外物的觸發，然後才能引出內蘊的感情，所以興所用的事物，因感情的融合作用，而成為內、外、主、客的交會點。此時內、外、主、客的關係，不是經過經營、安排，而是觸發，只是「偶然的觸發」。（見中國文學論集・釋詩的比興）

把興的心理感發過程，說得非常的詳明細密，興的觸景生情，情附於物，實係如此。在情景觸發時，最大的可能是「偶然」，但是在表現之時，當然要經過心營意想，仔細安排。例如王昌齡的從軍行：

琵琶起舞換新聲，總是關山離別情。撩亂邊愁聽不盡，高高秋月照長城。

徐復觀先生特加拈出，認為是以興作結的例子，誠然是明眼人的慧識，徐氏的析論甚詳甚多，最精要之處云：

並即以眼前澄空無際的秋月所照映下的荒寒蕭瑟地長城作指點。這種交會，是朦朧而看不出接合的界線的，所以它是主客合一，是通過有限而具體的長城，來流蕩著邊愁的無限。此時「高高秋月照長城」之所以來到詩人的口邊筆下，只是一種偶然的儻來之物；他內在的感情，不知不覺的與此客觀景象湊拍上了，並不能出之以意匠經營，此之謂神來之筆，這是一首最標準的絕句，也是興體發展的最高典型。(同上)

徐氏的分析，深得用興奧祕，但是確定此時「高高秋月照長城」，只是一種「偶然的儻來之物」，則大有問題，因為王昌齡作此詩時，是否到了長城之畔，或者眞正地看到了月照長城，是一件不能斷定之事，也極可能是「以心造境」的意想中的景物，依徐氏自己的說法，「也可是心中忽然浮起的——把它觸發的太多了，如營壘、烽火、關塞」其選用長城，很可能長城最恰當，那是國防要塞，表現邊愁最明顯之物。依徐氏所言，興的寫景是起於無意的；依筆者的看法，更可能出於有意。此一手法，在創作上言，有奇峰突起，出於意外的神來之筆的效果；在欣賞者而言，則有「稱名也小，取類也大」，景情之間，可以無必然的聯繫，如朱子所說「詩之興，全無巴鼻」的神祕感；就詩的意義通貫言，則礙而實通，故興的用法，似易極難，劉勰之時，已有

「興義銷亡」之嘆，以後才有以興爲近於訕的誤解。

「興」的意義既明，剩下的便是使用方法的問題，興可以先景後情的方法發端，用於一詩之首，如「關關睢鳩，在河之洲。窈窕淑女，君子好逑。」由睢鳩求偶飛鳴的景，因而引發潛存的求匹配之情。當然也可先情後景，用於一詩的結束，如上面所舉王昌齡的從軍行，當然也可以用在詩的中段：如杜甫秋興八首的「信宿漁人還汎汎，清秋燕子故飛飛，匡衡抗疏功名遠，劉向傳經心事違。」先景後情，是「興」用於詩中段的古人用興之例。是二句寫景，二句寫情，或者一句情、一句景，使情景相生。却無法凝縮在一句之內，因爲寓情於景，是另外一種以形寫神的表現方法，如果把情景縮爲一句的話，則情與景之間，溶合爲一，沒有引發的距離，產生不了觸發的效果。

關於賦比興三者的關係，興與賦同用，是必要的，因爲在觸景生情的狀況下，要用賦的方法寫景，也要用賦的方法敘情，以「關關睢鳩」爲例，前二句寫景是用賦的方法，後二句敘情仍是賦的方法，景情相生，才構成「興」。「興」也可以與比同時運用，如盧僎的途中口號：

抱玉三朝楚，懷書十上秦。年年洛陽陌，花鳥弄歸人。

卞和獻玉，二次被楚王刖去左右腳，最後抱玉而哭，方爲楚王所重，便是天下知名的和氏璧；蘇秦說秦王，書十上而不用，這是「抱玉三朝楚，懷書十上秦」所用的典故，當然係敘事，且有誇張仕途乖舛之意，爲賦的用法，盧僎顯然是借以自比，此乃賦而兼比，「年年洛陽陌，花鳥弄歸人。」以景起情，有不如歸去之嘆，正係以興作結，可作全詩用賦比興的例子，至於在二句之間，同時使用賦比興的，亦有其例，如：

惟草木之零落兮，恐美人之遲暮。（離騷）

從二句一景一情的結構而言，是「興」的用法，就「惟草木之零落兮」一句而言，是賦的用法，可是在「恐美人之遲暮」而言，其中「美人」是在比屈原自己（或說比楚王），當然是比的用法，二句之中，同時用了三種方法。此類句例，爲數極少，可是徐復觀氏卻說：「更有將三種要素（賦、比、興），凝鑄於一句之內。」就興的結構——一情一景而言，已不能成立；徐氏又云：「而實際則是賦比興的混合體，尤其是此時的興，常不以自己的本來面貌出現，而是假藉賦比的面貌出現。」興的面貌，自然是情景雙寫，如果喪失了這一面貌的話，還能說是興嗎？又依徐氏之說，這三種用法同時用於一句之中以後，「很難指明它到底是賦、是比、是興；而實際上則是賦比興的混合體。」（見釋詩的比興）如其所言，則詩作之中，應當有此一句「三位一體」——由賦比興同時使用而形成的「怪胎」了，可是徐氏根本上找不出這樣的例句，相信以徐氏的淵博，也必然經過搜證的努力，仍然未找出這一例句，可見這一「怪胎」，實不存於天壤之間，也就是說，賦比興三者，無同時凝鑄於一句的可能。因爲賦是直接鋪陳的方法；此是彼物比此物的方法；興是觸景（物）生情的方法，結構不同，面貌各異，三者能同時運用於一首詩之中，甚至二句之內，但卻絕不可能同時用於一句中。就基本的結構言，賦是基本的敘說方法；比興可附加於賦之上，賦而兼比，是使用賦之後，在賦的使用基礎上，添加了比的方法，增益了文句的內涵；興的使用，是用賦的方法，一景一情，產生觸發興感的效果，即使在比興同用之時，仍然是用賦爲基本方法，一句之中，可以比賦同用，但是不能賦興同用，因爲失去情景相生的狀態之後，興已不能成立或存在了，所以一句之中，無同時使用賦比興三者的可能。

誤解了興的義例，論詩便不能圓融，指瑕抉勝之時，往往產生了誤解，吳喬云：

> 明人多賦，興比則少，故論唐詩亦不中窾。如薛能云：「當時諸葛成何事，盡合終身作臥龍。」見漢室之不可扶而悔入仕途，興也；升庵誤以為賦，謂其譏薄武侯。義山云：「侍臣最有相如渴，不賜金莖露一杯。」言雲表露未能治病，何況神仙？托漢事以刺憲、武，比也；于鱗以為宮怨，評曰：「望幸之思悵然。」呂望何等人物？胡曾詩云：「當時未入兆熊夢，幾向斜陽嘆白頭。」非詠古人，乃自況耳。讀唐詩須識活句，莫隨死句也。（答萬季野詩問）

吳喬批評明人之失誤，誠然有理。但是薛能的「當時諸葛成何事？盡合終身作臥龍。」楊升庵以爲係譏薄武侯，以爲係直陳其事的賦，顯然有誤，吳喬以爲係興，惜以起情，比之楊氏，較爲正確，但是興而雜用了比，蓋辥能除感嘆之外，並寓有自比之意。胡曾的詩，固然係以呂望自況，可是「幾回斜陽嘆白頭。」正是以起情的「興」的方法作結，所論未能無失，是未深明「興」的義例之故。然而句的死活，在詩的意義和意境，與表現手法關係不大，亦當辨明。

「興義消亡」了嗎？答案是否定的，只是引用不多，有了誤解而已。在撥去迷霧之後，我們應該能得其指歸了。

# 夸飾

## 白髮三千丈・緣愁似箇長

誇張彷彿是文人的天性，詩人的習氣，以李白的「白髮三千丈」爲例，誠然是這種修辭手法的顯示，如果求之實際的話，則決無是理，根據現在生理學家的意見，人的頭髮，最長也不過長到二公尺左右，如果把太白的詩改爲「白髮二公尺，緣愁似箇長。」是切合事實了，其結果如何呢？實在收不到聳動見聞的效果，同樣杜工部的「白頭搔更短，渾欲不勝簪。」也違反事實，因爲白頭髮不管如何搔，只會掉不會短的，劉申叔云：

又唐人之詩，有所謂白髮三千丈者，有所謂白頭搔更短者，此出語之無稽者也，而後不聞議其短，則以詞章之文，不以馮虛為戒。

事實上這不是「馮虛」，而是歷古相傳的修辭法，文人騷客，莫不競相援用，那會引以爲戒呢？

常人的心理，譬人不增美，則不能動聽，罵人不添惡，則不足以愜心，移用至文學創作上，才會如文心雕龍所云：「文辭所披，夸飾恆存。」以尚書而言，係政事之記，可是記洪水泛濫道：「湯湯洪水方割，蕩蕩懷山襄陵，浩浩滔天！」已經是一種誇大，尚書僞武成云：「罔有敵於我師，前徒倒戈，攻于後以北，血流漂杵。」這一誇大，眞可與「白髮三千丈」媲美！因而引起了孟子信書不如無書的誤會，以詩經而論，是中國詩人的寶典，誇山岳之高，則曰「峻極於天」，言河之狹，則曰：「誰謂河廣，曾不容刀。」論子孫之多，則曰「子孫千億」。以修辭學的立場視之，眞是「辭雖已甚，其義無害也」。所以詩人援用這一修辭的例子，不勝枚舉，而論詩的人，也要知道這一點，不以文害辭，不以辭害意，沒有人眞正地去計量白髮是不是眞正有三千丈，沒有論杜工部的白頭搔更短爲不合理。

至於誇張的法則，無非就事物的特性，加以誇張，言數目，則三、六、九，以至千、萬、億，不過以表多數；論高遠，則泰山、喬岳、入雲、齊天、乾坤、宇宙、天下、四海以爲形容；談顏色，則雪白、火紅、碧綠、黧黑等以言其極致；秋毫、鴻毛、毫釐、滄海一粟、九牛一毛以指其小；如此類推，可知大要，曹植與吳季重書，是極好的例子：

當斯之時，願舉太山以為肉，傾東海以為酒，伐雲夢之竹以為笛，斬泗濱之梓以為箏，食若填巨壑，飲若灌漏巵，其樂固難量。

這一連串聳動耳目的形容，都是誇大其事物的性質，予人以非同小可的印象。又宋玉的登徒子好色賦云：

東家之子，增之一分則太長，減之一分則太短，著粉則太白，施朱則太赤，眉如翠羽，肌如白雪，腰如束素，齒如含貝，嫣然一笑，惑陽城，迷下蔡。……

事實有這種標準美人嗎？「增之一分則太長，減之一分則太短」，是以一七〇公分爲標準的嗎？當然無非誇張此一東家之子的身材合度，美麗非凡，與「沉魚落雁之容，閉月羞花之貌」可等量齊觀。以詩而論，全首以誇張的方法而作成的，當數李太白的早發白帝城：

朝辭白帝彩雲間，千里江陵一日還；兩岸猿聲啼不住，輕舟已過萬重山。

白帝城再高，也不可能高入彩雲之中，舟行再遠，也不會一日千里，巫峽雖多猿啼，相信也不致多到如排衙站班一樣接續而啼，巫山雖重巒疊嶂，也不致有萬重之多吧！當然我們欣賞論評之時，不會找詩仙去這樣算賬的，而高步瀛唐宋詩舉要引盛弘之荊州記云：

或王命急宣，有時朝發白帝，暮到江陵，其間千二百里，雖乘奔御風不為疾也。……

彷彿眞的可以用木船奔行千里餘，又似在坐實了於古有之，太白之言，於古有據，故而升庵詩話更把牢了這一點而論之云：

盛弘之荊州記云云，太白述之為新語，驚風雨而泣鬼神矣！太白娶江陵許氏，以江陵為還，蓋家室所在。（升菴詩話卷四）

如楊氏所論，太白作此詩，是根據盛弘之的荊州記了，然而太白到底讀到了此文沒有？也無實證，又太白回江陵，不是如荊州記所說，是迫於「王命」，而是家室所在，所以升庵詩話最後來上這一段「蛇足」式的說明，事實上蜀才是太白的故鄉，信如楊氏所說，則太白的千里奔還，不過是戀家室妻子而已了，這是太白的個性嗎？其所以如此，是注評家都認爲「千里江陵一日還」是用典故，而不是誇張修辭，至如這首詩有「驚風雨而泣鬼神」的力量，楊氏不免誇張了一些，也正足以說明太白使用誇張修辭法的效果。

太白的詩，以豪逸勝，使用誇張的修辭法，隨處可見，如「黃河之水天上來」，「蜀道之難難於上青天」，「高堂明鏡悲白髮，朝如青絲暮成雪。」至於杜甫之於詩，則嚴謹多了，但是仍然用了很多的誇張修辭法，如贈花卿：

**錦城絲管日紛紛，半入江風半入雲。此曲祇應天上有，人間能得幾回聞。**

所謂「日紛紛」，無非極言其多，「半入江風半入雲」，狀其歌吹的盛大，「此曲祇應天上有」，形容所奏歌曲，非人間所有，「人間能得幾回聞」，極言其罕聞罕見。可是升菴詩話云：

**花卿在蜀，僭用天子禮樂，子美作此諷之而意在言外，最得詩人之旨。**

老杜這首詩歷來都認定花卿是指蜀將花驚定，武將稱卿，已係少見，根據唐書所載，花氏不過乘亂掠劫的悍將，即使要用天子禮樂，何能得到樂工、器物呢？恐怕是楊氏誤會了「天上有」，乃「天子有」之意，故如此說，也是誤坐誇張爲事實。又杜牧之的江南春絕句云：

**千里鶯啼綠映紅，水村山郭酒旗風，南朝四百八十寺，多少樓臺煙雨中？**

千里鶯啼，自然是誇張的描繪，泛指江南廣大地區，而升菴詩話云：「千里鶯啼誰人聽得？千里綠映紅，誰人見得？若作十里，則鶯啼綠紅之景，村郭、樓臺、僧寺，酒旗皆在其中矣。」如果將千里改爲十里，那才是笑話，所以何文煥云：「即作十里，亦未必盡聽得著，看得見！」其言誠是，如楊氏所云，實在是刻舟求劍，以之論析古人的詩作，有死在句下的危險。

另外有大小、強弱、遠近、輕重的懸殊，相互映襯，而又出以誇張的方法，亦在詩中多見：

**儒坑未冷驪山火。**

秦始皇焚書坑儒，到驪山阿房宮的被燒，不是相連的事，這一遠一近的史實，連用在一起，「未冷」二字，便是一種誇張，東坡詩云：

**杳杳天低鶻沒處，青山一髮是中原。**

用一髮形容青山之遠，大小之比的懸殊，也是誇張法。

使用誇張法，一方面是聳動聽聞，一方面是形成雄偉的氣勢，例如王維詩：

**萬壑樹參天，千山響杜鵑。山中一夜雨，樹杪百重泉。**

詩中有了萬、千、百等數量的誇張修辭，而形成了雄渾的氣勢，所以後人評讚這首詩具有好氣勢。當然這種修辭法，也貴用的得當，不能濫用，也不能太過失眞，因爲言山必千巖萬壑，說水必汪洋、浩瀚，談軍旅必雄師百萬，連篇累牘，也必失眞、礙目，犯了「誇過其理，則名實兩乖」的毛病。所以在使用誇張法的時侯，要去泰去甚。如紀曉嵐所云：

文質相扶，點染在所不免，若字字摭實，有同史筆，實有難於措筆之時，彥和不廢誇飾，但欲去泰去甚，持平之論也。

其言實爲有理，誇飾在詩文的表現上，不過如畫家的點染，不能專以此取勝，尤戒太過。

## 曲達

舊時王謝堂前燕・飛入尋常百姓家

詩人作詩，有直說、有「曲達」，而又以直說者多，詩經中的賦，即是直說，最爲多見。後之詩作，亦多直說，而少曲達，因爲直說易而曲達難。施補華云：

詩猶文也，忌直貴曲。少陵云：「今夜鄜州月，閨中只獨看。」是身在長安，憶其妻在鄜州看月也。下云：「遙憐小兒女，未解憶長安」，用旁襯之筆，兒女不解憶，則解憶者獨其妻矣。「香霧雲鬟」，「清輝玉臂」，又從對面寫，由長安遙想其妻在鄜州看月光景。收處作期望之詞恰好，末句「雙照」，緊對「獨看」，可謂無筆不曲。（峴傭說詩）

這首杜工部有名的五律月夜，是否如施氏所云「無筆不曲」，雖仍有諍議者在，但很多處用了「曲達」之法，則係事實，且標出了「忌直貴曲」的主張，能令人接受。

所謂「曲筆」、「曲達」，是在表達句意題旨時，多一層轉折，由表達的一層意義，轉生另一意義，如迴欄九曲，轉而愈新。曲達與含蓄不同，含蓄是茹而不吐，隱而不露；也與婉轉有別，婉轉雖與「曲達」相近，只是多了一層轉折，卻未必轉生另一意義。如尚鎔所云：

鳥之飛也，必回翔而後下；水之流也，每渟蓄而後行，袁蔣多一氣直下，而不耐紆徐，此皆少韓昌黎迎而距之一段功夫也。（三家詩話）

其所謂的「紆徐」，與婉轉之意相近，不是「一氣直下」，當然「一氣直下」，決不會「曲達」，但「曲達」也不止於「紆徐」或「婉轉」，因爲「紆徐」是回翔取勢，不能用於薄物短篇，必然受內容的限制，很難開閒而來；婉轉係不直接觸及主題，如烘雲托月，而月的形狀以現，例如金昌緒的春怨：

打起黃鶯兒，莫教枝上啼。啼時驚妾夢，不得到遼西。（全唐詩卷七六八）

詩詞例話分析道：

如金昌緒的「春怨」，是寫古代社會不合理的兵役制度和對外戰爭給婦女帶來的痛苦，可是它不從正面寫，卻打從一件小事講起，把黃鶯兒趕走，不讓在枝上啼叫，從而引出怕它啼叫時把夢驚醒，使她在夢裡到不了遼西。這樣表達出她迫切地想夢到遼西的心情。這樣寫是婉轉曲折的，也是含蓄的，所以耐人尋味，比明白說出更有味，會給人更深的印象。（婉轉）

這是由婉轉的手法。達到含蓄效果的最佳詩例。但是不能稱「曲達」，因爲透過這種表達方法，只是傳達了厭苦戰爭的主題，而未多一重曲折，由表達的意義，轉出另一層意義，而另一層意義，方是眞正的主旨，卻未直接說出，例如王昌齡的出塞詩：

秦時明月漢時關，萬里長征人未還。但使龍城飛將在，不教胡馬度陰山。（唐宋詩舉要卷八）

龍城飛將指的是漢朝的名將李廣，他帶兵禦胡，匈奴畏憚，號曰「漢之飛將軍」。全詩所表達的是「但使龍城飛將在，不教胡馬度陰山」，由此轉出而「曲達」的一層意義，則如沈德潛所云：

秦時明月一章，前人推奬之而未言其妙。蓋言師勞力竭而功不成，由將非其人之故，得飛將軍備邊，邊烽自熄。（說詩晬語卷上）

謂「使龍城飛將在，不教胡馬度陰山」，所曲達之意是在「師勞力竭而功不成，由將非其人之故。」誠爲確論。當然「曲達」也有含蓄的效果，手法也近於婉轉。劉禹錫的烏衣巷詩，同係「曲達」的佳例：

朱雀橋邊野草花，烏衣巷口夕陽斜。舊時王謝堂前燕，飛入尋常百姓家。（唐宋詩舉要卷八）

「舊時王謝堂前燕，飛入尋常百姓家」，是表達眼前所見之景，而所要曲達的更深層意義，則如施補華所云：

> 若作燕子他去便呆，蓋燕子仍入此堂，王謝零落，已化作尋常百姓矣。如此則感慨無窮，用筆極曲。（見峴傭說詩）

這誠然是極佳極當的論評，而且提出了「用筆極曲」的稱賞。是「曲達」的範例。又陳陶的隴西行云：

> 誓掃匈奴不顧身，五千貂錦喪胡塵。可憐無定河邊骨，猶是春閨夢裡人。（唐宋詩舉要卷八）

「可憐無定河邊骨，猶是春閨夢裡人」，所傳達的是塞外征人，身死骨枯，而家人不知，另有曲達的意義。臨漢隱居詩話所云，謂脫化於弔古戰場文：

> 李華引古戰場文曰：「其存其沒，家莫聞知，人或有言將信將疑，睊睊心目，夢寐見之！」陳陶則云：「可憐無定河邊骨，猶是春閨夢裡人」。蓋愈工於前也。

正道明了陳陶所云的意義，可是其「曲達」的更進一層意義，則是戰爭之殘酷與所造成之悲劇。若主題相同，缺乏了這一「曲達」的手段則結果遠有不同，吳喬云：

若如宋張舜禹之「青銅峽裡韋州路，十去從軍九不回。白骨如坡坡似雪，將軍莫上望鄉台。靈州岸上千條柳，都被官軍砍作薪。他日玉關長別路，將何攀折贈行人？」以此措意，既不欲如隴西行之措詞，誰其諒之？同於不作。……（圍爐詩話）

張舜禹之詩，主題與陳陶相同，只是缺乏了這種曲達的手段，故爲吳喬所非，認爲「同於不作」，是因爲巧拙之別，有天壤不同的緣故。

以上所舉曲達之例，有論事、寫景、抒情爲主的三首詩，都用了「曲達」的方法，而皆是傳誦千古的不朽篇章。當然其取材的當否？合乎詩律與修辭的精妙，都有影響和關係，但「曲達」一法，能在意境上更臻神妙與靈動則係不爭的事實，故特加析說。

# 概括

## 一去紫臺連朔漠・獨留青塚向黃昏

詩是文學作品中的極短篇，近體詩更極盡短篇之能事，以五言絕句為例，全詩不過二十字，較長的推七言律詩，亦不過五十六字，要表達主題，敘事如見，抒情能明，成章而達，殊非易易，前人論之云：

五絕詩衹二十字，最難著筆，其貴有餘韻，人皆知之。不知未有詩之前，當先有無限意境，陡然下一句，可抵數十語，然後篇幅乃不覺短促。吳星儕塞下曲云：回首萬重山，征人還不還？可憐故鄉月，夜夜出秦關。（見十二石山齋詩話卷七）

雖然道出了五絕窘於篇幅的難處，但所謂「陡然下一句，可抵數十語」，殊乖表達的實際，因為詩句要表達明確，文字所傳達的意義，要絕對的清楚，一句何可抵數十語？然而詩人又確非有此納須彌於芥子的大本領不可，其本領便在有極強的概括能力，如周子文所云：

所謂大能使之小，小能使之大；虛能使之實，實能使之虛；遠能使之近，近能使之遠；斷能使之續，續能使之斷。庖丁解牛，輪扁斲輪，莊生喻道，吾以能文。（藝藪談宗卷六）

「大能使之小」、「實能使之虛」，「遠能使之近」，正是詩人概括能力的表現，前人於杜甫登岳陽樓詩：「吳楚東南坼，乾坤日夜浮」的評論，正是就這一能力而言的：

嘗過岳陽樓，觀子美詩不過四十字耳，其氣象閎放，涵蓄深遠，殆與洞庭爭雄，所謂富哉言乎！太白退之輩為大篇，極具筆力，終不逮也。杜甫雖小而大，餘詩雖大而小。（見唐子西文錄）

杜甫詩雖小而大，「小」指的是篇幅短小，大指的是「吳楚東南坼，乾坤日夜浮」，概括力的強大，將洞庭的浩瀚與形勢，以納須彌於芥子的大本領，涵蓋在此兩句之內，洞庭湖類此之詩，正復不少，金玉詩話云：

洞庭天下之壯觀，自昔騷人墨客，尋麗搜奇者尤眾，如「水涵天影闊，山拔地勢高。四望疑無地，中流忽有山。鳥飛應畏墮，帆遠卻如閒。」皆見稱於世。然莫若「氣蒸雲夢澤，波撼岳陽城」，則洞庭空曠無際，雄張如在目前。至讀杜子美詩：「吳楚東南坼，乾坤日夜浮。」不知少陵胸中，又吞幾雲夢矣。

已隱約說明了詩人的概括能力，所謂「洞庭空曠無際，雄張如在目前」，即係此意。其所以推崇孟、杜，不獨是二人的概括能力獨強，而且切貼洞庭，蓋其他詩句，用之大海大湖亦無不可。

孟浩然、杜甫的洞庭湖名句，固然可作詩人概括力的佳例，但就全詩而論，僅此二句，不如杜甫的詠懷古跡五首中的詠「昭君村」：

群山萬壑赴荊門，生長明妃尚有村。一去紫臺連朔漠，獨留青塚向黃昏。畫圖省識春風面，環珮空歸月夜魂。千載琵琶作胡語，分明怨恨曲中論。（見唐宋詩舉要卷五）

王昭君一生事跡，能在五十六字之中，或敘或論，已非易事；尚要涉及出生之地，登臨之感；復於其悲淒際遇中，寄予同情和感嘆。誠有千言萬語，不知如何說起的困難，非有「籠天地於形內」的大本領不可，工部便顯示了此一大本領。「群山萬壑赴荊門」，是至昭君村山川形勝的概括；「生長明妃尚有村」，是謂滄桑世變，昭君出生的村落猶存，故工部得而登臨詠嘆：「一去紫臺連胡漠，獨留青塚向黃昏」，涵蓋了昭君的出漢宮，入胡塞，以至死而埋骨異域的一生；「畫圖省識春風面，環珮空歸月夜魂」，也綜合了明妃的傲骨和自恃，以及「和番」的根由，乃至只能魂歸出生之地，歸省不能，歸葬亦所不能；前人謂「月夜魂歸，明其始終不忘漢宮也。」眞成瞎說，苟作此解，與杜甫之詠昭君村何涉？昭君死而有知，不戀故鄉，而戀如此昏庸之帝王乎？「千載琵琶作胡語，分明怨恨曲中論。」更係總括昭君的一生，惟怨恨二字而已。全詩顯示了詩聖概括能力之強，切貼而又牢籠了昭君生前死後的要點和工部登臨時的感慨與寄託，概括力的強度，顯然勝過了他的登岳陽樓詩。

運用概括力，斥去繁瑣，擺脫蕪雜，是大詩人均能具有的本領，如李白的「早發白帝城」：「朝辭白帝彩雲間，千里江陵一日還。兩岸猿聲啼不住，輕舟已過萬重山。」誠然「寫出瞬息千里，若有神助。」而且人人均能雋賞。可是杜牧之的江南春絕句：「千里鶯啼綠映紅，水村山郭酒旗風。南朝四百八十寺，多少樓臺煙雨中。」便遭楊愼誤解：

> 千里鶯啼，誰人聽得？千里綠映紅，誰人見得？若作十里，則鶯啼綠紅之景，村郭、樓臺、僧寺、酒旗，皆在其中矣。（升菴詩話卷八）

這誠然是「落於現實」，就實際耳目之所及而置評，不知何謂「概括」，何文煥反駁之言，誠爲有理：

> 即作十里，亦未必盡聽得著看得見。題云江南春，江南方廣千里，千里之中鶯啼而綠映

焉，水村山郭無處無酒旗，四百八十寺樓臺多在煙雨中也。此詩之意，意既廣不得專一處，故總而命曰江南春，詩家善立題者也。（歷代詩話考索）

牧之此詩，以江南春命題，當然係泛指，而非專指一處，又全詩更係以極大的涵蓋性和概括力表現出江南的春景，人人、地地樂春，非善立題而已。但是升菴詩話所評，也顯示了另一問題，如果概括大，涵蓋廣而不切貼，不能表題旨，或者於義不當，於理不合，則徒然流於「大言」或「豪語」，於是形成所謂「膚廓」，詩話類編引楊愼之言曰：

楊用修曰：假象過大，則與類相遠；命詞過壯，則與事相違；辨言過理，則與義相失。麗靡過美，則與情相悖。（卷之三．名論下）

楊氏以此觀點評牧之詩，雖然欠當，但是徒只作「大言」、「壯語」，而不聞其當於理、合於義、適乎情，切貼乎景象否？必然會造成不良的後果，形成所謂「膚廓」——籠統、浮泛，甚至不知所云的弊病，很多模擬唐人這類表現方法的詩，所以會被譏爲「瞎盛唐」者，多坐此弊，畫虎不成反類犬，正應取升菴之論，以補偏救弊。

在詩的表達上，不能沒有概括力強，涵蓋性廣的能力和技巧，正如漫畫家的隨意揮灑，而形神畢肖，杜甫的詠懷古跡五首中的「明妃村」，是敘事記遊的佳證，杜牧之的江南春，是寫景詩的範例，至於學之不善，用之不當，大多是見理不明，徒求形似之故，或是拘泥死法，不能活用之失。明白了最根本的道理，才能免於偏病，在創作時得到引領。

## 細微

### 前村深雪裡，昨夜一枝開

詩的創作，既重有強大的概括性，著數字一語，能見其大；也貴琢磨入細，以小傳神。前者如漫畫或意筆，後者如工筆畫，鉤勒到毫髮必顯，進而形成「大」與「小」的對襯和配合，以至虛實相形，因為大筆揮灑，必然凌空而虛；琢磨入細，必徵實而巧，例如詩人玉屑云：

鄭谷在袁州，齊己攜詩詣之，有早梅詩云：前村深雪裡，昨夜數枝開。谷曰：數枝非早梅也。未若一枝，齊己不覺下拜，自是士林以谷為一字師。（見卷六．五代補）

此乃琢磨入細之例，因為昨夜深雪，梅開數枝，已切合早梅題旨，卻仍不如一枝更能以小傳神，更加切貼。

前人論詩，當然知道大小相配，虛實相形之理，故王船山云：

「吳楚東南坼，乾坤日夜浮」，乍讀之若雄豪，然而適與「親朋無一字，老病有孤舟」，相為融浹。……（見薑齋詩話）

正指出了大與小相配而形對襯的美感。此例在前人的詩作極多，不勝指數。如孟浩然的「氣蒸雲夢澤，波撼岳陽城」，正與杜甫「吳楚東南坼，乾坤日夜浮」，同一機杼，而「坐觀垂釣者，徒有羨魚情」，同係大小相形相配，而「相為融浹」，王維的「終南山」詩：「太乙近天都，連山到海隅」，係大筆揮灑，而「白雲迴望合，青靄入看無」，則琢磨入細，如吳北江所評：「起四句壯闊之中而寫景復極細膩」。這種相配相形的表現方法，能使詩既淩空得奇，概括廣大，而同時又能徵實畢肖，刻畫入微，而不落於偏枯偏勝，收相形相彰的效果。

詩人運用「大」「小」相配合，相對襯之外，也常因由大至小，或由小至大而形成表達時的順序和層次，形成黃河九曲，由小而大；或者連山千里，由大而小的效果，例如柳宗元的江雪詩：

千山鳥飛絕，萬徑人踪滅。孤舟簑笠翁，獨釣寒江雪。（見唐宋詩舉要卷八）

便是由無盡的千山，縮至山路人徑，再而孤舟漁夫，於是形成了由大而小，層次井然的眞切感。李白的「黃鶴樓送孟浩然之廣陵」詩，乃由小而大，以形成順序和層次：

**故人西辭黃鶴樓，煙花三月下揚州。孤帆遠影碧空盡，惟見長江天際流。**（同上）

則由送別之地的黃鶴樓，擴大至揚州，以至孤帆遠影，消失於碧空之中，不知揚州何在？不見故人身影的廣闊空間。與柳宗元的詩相反，而意趣不同。

詩人在作詩之時，取極細小之題材，出以琢磨入細的手法，形成以小見大，宛如縮龍成寸，而又別有寓托，例如王建的新嫁娘詩云：

**三日入廚下，洗手作羹湯。未諳姑食性，先遣小姑嘗。**（同上）

王文濡評云：「體貼入微。」雖表現了新婦欲得翁婆歡心的作爲，誠然是體貼入微，但全詩的取材和表達，都顯示了琢磨入細的本領，新婦入廚，洗手作羹，以至小姑試食，均極細事，即配合了琢磨入細的功夫，作羹湯而云「洗手」，豈非到了鬚眉畢露的細微程度了？「體貼入微」之情，方由之而顯。在運用這種手法時，除了刻畫畢肖之外，則貴有含蓄，形成以小見大的效果，許文雨論此詩云：

按：此擬新婦之處家也。初入夫門，事姑特慎，舉其調羹一事，足概其餘。正猶風之采蘋采蘩，詠婦人潔奉祭祀，而齊家之則于以想見之焉。

「舉其調羹一事，足概其餘。」正是以小見大的寫照，復有面臨不熟習的事情和環境，要借助他人的經驗，以資解決之意。又如白居易的問劉十九詩：

綠蟻新醅酒，紅泥小火爐，晚來天欲雪，能飲一杯無？（同上）

這首詩更是以小事物爲題材，加以琢磨入細之工，以形成詩趣的。酒、火爐、天雪，能否來飲，不是生活中的小事嗎？酒而云舊蟻、新醅，火爐而云紅泥而小，飲酒而說一杯，當然係琢磨入細的工夫，而天寒招飲之趣旨，却藉以形成，正如畫工筆畫，選的是簡單的人物，加上了鬚眉畢顯的細微，才能神形克肖。有了這種本領，方能免於膚廓無當，浮泛不實的弊病，可見用「小」的重要了。

前人論詩，多注重氣勢，雄渾的陽剛美，最易動人，也較易於形成這種風格，姚鼐論陽剛之美云：

其得陽與剛之美者，則其文如霆如電，如長風之出谷，如崇山峻崖，如決大川，如奔騏

驥……。（惜抱軒文集卷六・復魯絜非書）

細考這種美的形成，除了修詞用字的表達技巧之外，必然要有極大的概括性，形成山負海涵的形象，可是負面的影響弊病隨之而生，故楊用修云：

> 假象過大，則與類相遠，命詞過壯，則與事相違，辨言過理，則與義相失，麗靡過美，則與情相悖。（見詩話類編卷之三名論下）

「假象過大，則與類相遠」，「辨言過理，則與義相失」，正是求雄渾的陽剛之美不知不覺易犯的毛病，應以琢磨入細的用「小」工夫以爲救濟。至於以小傳神，所形成的往往是陰柔之美，如姚鼐所云：

> 其得於陰與柔之美者，則其文如升初日，如清風、如雲、如霞、如淪、如漾，如玉珠之輝，如鴻鵠之鳴而入寥廓……。（惜抱軒文集卷六・復魯絜非書）

細味以上所舉詩例，由齊己的「早梅」，到白居易的問劉十九，均顯露了這種美，而形成的原則，可以一言以蔽之曰琢磨入細而已。

# 用字〈上〉

## 吟成一個字・撚斷數莖鬚

凡是文學作品，都是玩弄文字魔術的活動，同樣的方塊字，經過詩人巧心的搬弄之後，便化腐朽爲神奇，彷彿字字發光發熱，使我們或悲或喜，或愁或怒，而與詩俱化，不知手之、舞之、足之、蹈之。當然在詩人玩弄文字魔術的時候，要有摯厚的情感，深徹的觀察，敏銳的感受，及題目既得，主旨已定，尚要安章、造句，然後才談得到運字，而這三者又是相連屬的，清朱庭珍云：

> 古人詩法最密，有章法、有句法、有字法，而字法在句法中，句法在章法中，一章之法，又在連章之中，特渾含不露耳。（筱園詩話）

當然這全是就詩成以後的渾成境界而言，也說明了文字的運用不是單獨的活動，因爲詩文以情意爲主，文字不過是表達情意的工具，明徐中行所云，最能得練字之要：

詩必究思入玄，字要百鍊，句要千鍊，方是妙境。一字不工，則一篇之病，如人一身血脈不能周流也。（詩話類編卷一）

因爲一字不工，則成爲一篇之病，意不能達，理不能通，便不堪入目了。「吟成一個字，撚斷數莖鬚。」正是苦心練字的寫照，如是方能造語皆工，使詩作有了成功的基礎了。用字的層次，先是生拼硬揍，湊成五言、七字再說，縱然通順，也如酸澀的梅杏，不堪下口，這是初學詩用字的第一步；等到學詩有得，能知通順，如是才能下字圓活，文從字順，無方柄圓鑿的毛病，已是能用字的第二層功夫；學詩有成，知道了前人的艱苦之後，於是用字不落常軌，去陳反俗，處處見苦心，一字不輕下，可是卻筋骨畢露，留有斧鑿痕，但已到了第三重境界；學詩大成之後；用字能達意無餘，狀難寫之景如在目前，雕琢而不見斧鑿痕，自然渾成，則是用字的最高境界了，明謝榛云：

鶴林玉露曰：詩惟拙句最難，至於拙，則渾然天成，工巧不足言矣。若子美「雷聲忽送千峰雨，花氣渾如百合香。」語平意奇，何以言拙？（四溟詩話）

謝氏所論所舉，不是拙，而是大巧若拙，在斧鑿雕琢之後，卻又泯去了斧鑿雕琢的痕跡，所以才說「渾然天成，工巧不足言矣。」這是用字的最高境界了，學詩和教詩的，都以此爲鵠的。

可是不知道這是極高極難攀的妙境，王維、杜甫、李白等大家，也不是首首詩能如此。因爲像「行到水窮處，坐看雲起時。」「水流心不競，雲在意俱遲。」「相看兩不厭，只有敬亭山。」在這三大家的詩集，逐一數之，也是手不能屢屈。所以生硬、圓熟、精奇、天然是用字的階梯，只能一級一級的爬升，不能一蹴而至。

以往的詩家，極重用字，而於用字之法，則論說不多，且合文法、字法爲一，用字修辭不分。劉勰的文心雕龍，單立練字一篇，他費盡了周身氣力，只提出了「一避詭異，二省聯邊，三權重出，四調單複。」可見替用字定下原則和方法，是相當困難，筆者在「僧推月下門與僧敲月下門」一文中（詳見本書一九五頁選字），大致道出了實字建句，虛字傳神的道理，然細讀前人的佳篇秀句，深入研究，則尚有頗多的用字方法可循。

一、反常得奇　依文字的構造和運用而言，一個字有本義、引伸義、假借義，詩人用字，自不能違反；又隨著時代的不同，語言文字代有變化，詩人也不能不顧約定俗成的原則，而亂用文字；然而詩人用字，有脫出恆常動詞作名詞，名詞作動詞，形容詞當名詞者，改變了原來的詞性，往往會造成用字的反常而成奇險的趣味，如史記淮陰侯列傳的「解衣衣我，推食食我」，第三字衣和食都是作動詞，例如李商隱的「尋芳不覺醉流霞」，芳本係形容詞，此作名詞「花」解，流霞乃普通名詞，此作專用名詞——神仙酒，又「欲問漁陽摻，時無禰正平。」摻撾係動詞，此則作擊鼓，又「東陵雖五色，不忍植牙香。」東陵原指東陵侯，此則作東陵瓜了。韋應物詩：「身多疾病思田里，邑有流亡愧俸錢。」田里已轉作致仕之意，俸錢則轉作職責解。杜甫

「乾坤日夜浮」乾坤係日月之義，李白的「安能摧眉折腰事權貴」「摧眉折腰」不是肢體的折損，而是諂媚之意。「曉戰隨金鼓」，金鼓已不是實物，而是「作戰指揮訊號」了，詩人用字之時，都改變了原來的字義，構成了反常的奇趣。可是在師效這一下字法時，不能詭譎成怪，否則「一字詭異，則群句震驚矣。」現時有人忽略了這一道理，倡爲「詩的語言」，實質上是未仔細分辨「反常得奇」和「反常得怪」的分別所致。當然古代的詩家，也有此失，只是後人震於他們的大名，頗有曲意回護者，使後人混淆了「奇」與「怪」的用字分野，例如杜甫「送重表姪王砅評事使南海」詩云：

> 我之曾老姑，……長者來在門，荒年自餬口。家貧無供給，客位但箕帚。……（杜詩鏡銓卷二十）

「客位但箕帚」，實在下字成怪，致語意難詳，雖然箋注家很少摘論，然誠如吳喬所云：「覓杜詩不好處，極易得，於己略無所益。」覓古人詩不好處，如果是吹毛求疵，以徵己能，實「於己略無所益」，如果引以爲戒，則不致沿用成了詭怪，而猶自以爲是，是又不可不論了。

又筆者與中大張夢機教授論詩，夢機兄爲當代傑出的青年詩人，得李師漁叔的衣缽眞傳，他曾簡單地論及用字的反常合道云：「獨釣寒江雪」則奇，獨釣寒江魚則俗。因爲釣魚是「常」是「俗」，而釣「雪」則反常反俗，反常反俗仍應合乎「道」，否則仍是亂談亂作。其言誠係替反常得奇下一確解，惟所云是合立意與用字的反常爲一，古今詩人，不乏此例，如「盪胸生層雲」，「語罷霜天鐘」，「關門不鎖寒溪水」，「忍剪凌雲一寸心。」都是極好的例證，層雲盪胸是立意的奇，下一「生」字，是用字的奇，「語罷霜天寒」是常是俗，「語罷霜天鐘」是意奇字奇，凌雲一寸心而云「剪」，門外寒溪水而云「不鎖」，正是同樣的法則。又如漁叔師詩云：「似見排空書老翅，矰繳猶憐破碎心。」（月夜聞雁聲）老翅不云飛而云「書」，是下字奇，矰繳而云「憐」破碎心，是立意奇。也許以上述的方法爲詩，不免於有斧鑿痕，不渾成，但是可使句意自然不俗。

二、代換呈巧　中國文字，因有音義可代換的字甚多，特別便於詩的創作。因爲近體詩既有平仄的限制，又有押韻的拘束，就因爲有同義異音，或同聲異義，或同聲同義的字可以代換，所以詩人能毫不困難地突破了形式上的種種限束，而達意無礙。夏丏尊在意念的表達一文中，說到死這一字相關字或詞，多達百餘，詩人由死、逝、卒、亡、歿、殂、隕、崩……至臨終、即世、大去、入土、就木……甚而用大星沈、返瑤池等，可視不同的需要而各拈用了。在立意已定，遣辭用字以爲表達的時候，或音律不諧，或雅俗不倫，或陳熟不堪，或形容欠當，於是以代換的方式，找出最妥當的字，達於「至當不移」的地步，在詩的創作效果上，自可「墨采騰奮」了。欲明白前人作詩時如何運用代換的方法，頗爲不易，因爲詩人的原稿不存，無由求索，可是由詩話的拈評，前賢的議論，猶可窺見爪迹，例如陶淵明詩：

采菊東籬下，悠然見南山。

東坡志林認爲應將望字改爲見。可見東坡當時所見的本子是作望的，他認爲要改作見，理由是「采菊之次，偶然見山，初不用意，而境與意會，故可喜也。」見與望字義相同，可見用「望」則板重，用「見」則空靈，眞是較工拙於毫末之間，以後的板本從見，大概是依東坡所云而改的。又劉禹錫詩；

何處秋風至，蕭蕭送雁群。朝來入庭樹，孤客最先聞。（秋風引・唐宋詩舉要卷八）

沈德潛云：「若說不堪聞便淺。」（唐詩別裁）是「孤客最先聞」可作「孤客不堪聞。」不過前者含蘊，後者淺露而已。孟浩然過故人莊詩云：

待到重陽日，還來就菊花。

據說明朝時刻本脫漏了「就」字，於是有補爲「醉」、「賞」、「泛」、「對」的，就意義而言，並無不同，均可代換，但細細品味，還是「就」字親切而瀟洒，因就字不但包括了醉、賞等字的賞花意義，而且表示「主人不是特意的正式邀請，而是以賞菊而順邀的」。又崔護題都城南莊詩：

去年今日此門中，人面桃花相映紅。人面不知何處去，桃花依舊笑春風。（全唐詩卷三百六十八）

一本作「人面祇今何處去」，沈括夢溪筆談以爲作「祇今」才佳，作「人面不知何處去」則「意未全，語未工」，事實上「祇今」和「不知」是可互換意通的，「今」字有重出之病，但作「祇今」，有追惜佳人何處之意。此外爲了合平仄，調韻律，詩人多以代換的方法，用音異義同的字，使之押韻諧聲，至於進而求字響，則於不響的字，亦以代換法用「響字」代之，例如杜甫的春宿左省詩：「不寢聽金鑰，因風想玉珂。」有的本子作不寐，黃生在杜說中云：「本言不寐，用寢字方響。」袁枚的送黃宮保巡邊詩：「秋色玉門涼」，蔣士銓認爲關字較響，於是代換而成「秋色玉關涼」。寢與寐、門與關，字義相近而換用，可是效果卻不同。

用字是詩人究心於筆墨之間的最基本的功夫，前人無不力求盡善盡美。在衆多的用字方法中，知道了反常得奇的法則，便可使句不俗，知道了代換呈巧的道理，則可使詩語圓熟。

# 用字〈下〉

## 劉郎不敢題糕字

任何文學作品，都是以字句爲表達的工具，積字成句，積句成章，積章成篇，都避免不了這一過程。所以用字是詩人的基本功夫，劉勰說：「句之清英，字不妄也。」就表達作者的情意而言，毫釐之差，則工拙立判，一字詭異的結果，則群句震驚。何況字有讀音，在詩人而言，詩的音樂性，幾乎完全繫於這有形的音律上，可見用字的重要了。

唐代的劉禹錫，在作詩的時候，想用糕字，可是卻找不到前人使用過的依據，如是遂不敢用，留下了劉郎不敢題糕字的風雅故事。實際上牽涉到詩的創造問題——詩人用字，一定要有來歷。王昌會詩話類編道：

先輩言杜詩韓文，無一字無來歷。予謂自古名家皆然，不獨杜韓兩公耳。劉勰云：灼灼狀桃花之鮮，依依盡楊柳之貌，喈喈逐黃鳥之聲，嗷嗷學鴻雁之響，雖復思經千載，將何易奪？信哉其言！誠以灼灼舍桃而移之他花，以依依去楊柳而著之別樹，則不通矣。（卷二十

六・詩彈）

上面所舉的例子，一方面是說明古人用字的切貼，「灼灼」狀桃花的鮮艷，就不能移用李花或其他的花上，依依寫柳絲的柔弱裊裊，極爲傳神，用之松樹等就不通，另一方面是暗示字有來歷，是經以前的詩人用過，不是自我作古，把這一意義闡說得較明白的，是洪邁的容齋詩話：

> 作詩要有來處，則為淵源宗派，字字執著，又為拘澀。予於此學，無自得之見，少年時尤失之琱琢。記一聯初云：「雨深荒菊病，江冷落楓愁。」後以其太險，改為「雨深人病菊，江冷客愁楓」。比前句微有蘊藉，蓋取崔信明「楓落吳江冷」，杜老「雨荒深院菊」，「南菊再逢人臥病」，嚴武「江頭赤葉楓愁容」，合而用之，乃如補衲衣裳，殊為可笑，聊書之以示兒輩云。（卷五）

這要算是前人對作詩用字要有來歷的最好詮釋。「雨深人病菊，江冷客愁楓。」牽涉到崔、杜、嚴三大詩人，洪邁這二句詩所用的字，都在這三人所用過的詩句中，此之謂用字有來歷。洪氏自笑爲「如補衲衣」，實際上是自矜自誇，示爲兒輩的做詩法門。事實上以前的詩人，也多奉爲金科玉律，「劉郎不敢題糕字」也自然不是笑話了。

詩人用字，要字字有來歷，事實上可能嗎？字字有來歷以後，結果又如何呢？杜甫是字字有來歷的典型，可是也未必盡然，王應奎柳南隨筆云：

詩家多用隔是二字，田汝成委巷叢談云：猶云已是如是也；元微之詩：「隔是身如夢，頻來不為名。」又多用遮莫二字，羅大經鶴林玉露云：猶云儘教也。杜詩「遮莫鄰雞下五更」。（卷五）

杜甫、元稹的用隔是、遮莫，與古代的詩句，沒有關係，是無來歷了，何以二人用之？如果說，來歷在當時的語言中，那麼劉禹錫的糕字，不在當時的語言中嗎？何況糕即餻的異體字，方言云：「餌謂餻」是非無來歷，只是未被詩人用入詩中而已。可知「隔是」、「遮莫」，不能稱是有「來歷」的字，可是已被詩人用入詩中了。又杜甫詩云：「有客有客字子美」，「長鑱長鑱白木柄。」至少「白木柄」、「長鑱」、「子美」，是沒有來歷的，自來的杜詩注家，都無法徵書引典找出根源，因爲是詩聖在自我作古，這樣的例子，在杜甫詩中，不勝枚舉，可見杜甫的詩，並不是「無一字無來歷」。以證袁枚的話，是確切不移的看法：

宋人好附會名重之人，稱韓文杜詩無一字沒來歷。不知此二人所以獨絕千古者，轉在沒來歷。元微之稱少陵云：「憐渠直道當時事，不著心源傍古人」。昌黎云：「惟古於詞必己出，降而不能乃剽賊」。今就二人所用之典，證二人生平所讀之書，頗不為多，斑斑可考，

亦從不自註此句出何書，用何典；昌黎尤好生造字句，正難其自我作古，吐詞為經，他人學之，便覺不妥耳。（隨園詩話卷三）

不但理明證確，也解決了作詩時的用字問題，應是不必有來歷，可以自我作古，惟應準確地表達情意，最好能聳動聽聞，成爲精言勝語，如朱弁所說：

詩人勝語，咸得於自然，非資博古。若「思君如流水，高臺多悲風，清晨登隴首，明月照積雪」之類，皆一時所見，發於言辭，不必出於經史。……（風月堂詩話）

這一用字的理論，解去了詩人不少的束縛。可是在詩作既多以後，詩人的用字，可以作我們的規範和學樣，近人朱光潛說：

「寫的語言」，比「說的語言」還更為守舊，因為說的是流動的，寫的就成為固定的。「寫的語言」常有不肯放棄陳規的傾向，這是一種毛病，也是一種方便。它是一種毛病，因為它容易僵化，失去語言的活性；它也是一種便利，因為它在流動變化中抓住一個固定的基礎。……（詩論第四章・論表現）

詩是一種寫的語言，所謂「口占」，是極少的例外，「口占」的也是用「寫的語言」，所以詩的用字，固然可以取於「說的語言」，但實際上是沿用寫的語言爲多，因爲是一種便利——在前人的基礎上建房子，正如李日華所說：

詩家一字之妙，有遞相祖述，今古用之不盡者。如唐張祜草色詩云：「草色粘天鶗鴂怨」，粘天字本於昌黎「洞洞汗漫，粘天無壁」，而昌黎又源於庾闡揚都賦云：「濤聲動地，浪勢粘天」。其後黃山谷有「遠山粘天呑釣舟」，秦少游小詞有「山抹微雲，天粘衰草」。余舊作春草詩亦有「慣粘愁眼碧」之句。古人窮目力騁望，知其粘天；余以物色愴人目，知其粘眼，自謂用字雖同，而操縱則異。（恬致堂詩話卷一）

粘天二字，由庾闡至秦少游，都在使用，當然有來歷，也是一種方便，到李日華則由粘天轉化成「粘眼」，雖是一種新的用字，但基礎仍在「粘天」的來歷上，又如杜甫的「薄雲涯際宿，孤月浪中翻。」是用何遜入西塞詩：「薄雲巖際出，初月波中上。」「春水船如天上坐，老年花似霧中看。」是用的沈佺期的：「船如天上坐，人似鏡中行。」雖說是點化，實際上已有抄襲掠美之嫌了。如果沒有前人使用過的來歷，則用字不知道要搜盡幾回枯腸了。

由上所敘，可見劉郎不敢題糕字，是一種多餘的顧忌，如果眞正要字字有來歷才用的話，詩經三百篇的用字，來歷何在？在詩作多了以後，也要知道字字有來歷的重要性，一方面可以方便收用點化，豐富表達時的字彙；一方面可以知道古人是怎麼用的，增加用字時的信心；連帶地可以避免與古人雷同，免於抄襲掠美。

# 選字

## 僧推月下門・僧敲月下門

詩文都是以文字爲工具的傳達藝術，情志充於心，必待文字形於外。在文字運用的時侯，注意到表達的適當性和整體性，古人大致認爲是篇法的問題，聲律節奏如何？或駢或散，則是句法的問題；情志是否表達確切？用積極修詞或消極修詞，那就屬於用字問題了。王昌會的詩話類編論詩的篇法、句法、字法道：

首尾開闔，繁簡奇正，各極其度，篇法也；抑揚頓挫，長短節奏，各極其致，句法也；點掇關鍵，金石綺彩，各極其致，字法也。篇有百尺之錦，句有千鈞之弩，字有百鍊之金，文之與詩，固異象同則也。（卷之三・名論下）

「字有百鍊之金」，可見字在於鍊，鍊字之法，大致來說，是去俗用雅，去陳用新，去粗用精，去啞用響，諦於造語皆精，得句能奇，確切而生動地表達內在的情志。鍊字的功夫，是要「考殿最於錙銖，定去留於毫芒」的，在取捨的時候，往往似乎只毫釐之差，可是在鍊字完成以後，在效果上却有天地懸隔的分別，賈島的推敲故事，就是最佳的說明。賈島題李凝幽居詩云：「鳥宿池邊樹，僧敲月下門。」可是鍊字之時，用推用敲，不能決定，唐詩紀事云：

> 島赴舉至京，騎驢賦詩，得僧推月下門之句，欲改推為敲，引手作敲之勢未決。不覺衝大尹韓愈，乃具言，愈曰：「敲字佳矣！」遂並轡論詩。

經過後人的考證，這件推敲公案原是假的，可是可作鍊字的最佳說明。韓愈論定用敲字最佳，惜未說明理由，推敲二字在這句詩上，工拙的程度，只有毫末的差別，所以賈島難以決定，因爲推是用手輕推，有畫圖之美，而且恐怕驚動已經禪定入睡的寺僧，富有體貼他人的意味：僧敲月下門，敲有動作兼有「音響效果」，可能山門已閉，不敲無由得入；朱光潛氏道：

> 比如韓愈定賈島的「僧推月下門」，為「僧敲月下門」，並不僅是語言的進步，同時也是意境的進步。「推」是一種意境，「敲」又是一種意境，並非先有「敲」的意境而想到「推」字，嫌「推」字不適合，然後再尋出「敲」字來改它。……（詩論第四章・論表現）

可惜朱氏沒有解釋「推」與「敲」的意境不同在那裡，敲比推更好的理由何在？賈島是不是先有「敲」的意境而想到「推」字，嫌「推」字不適合，然後再尋出「敲」字來改它。固然難判定這一無頭公案，但是由推字，再想到敲字，不能判定二字的高下，卻係不爭的事實，結果得到韓愈的客觀判定，敲優於推，他不再反對，才告確定。如果就上句而言，「鳥宿池邊樹」，待「僧敲月下門」才驚叫，才知道鳥宿在池邊的樹上，如果僧靜俏俏地開寺門，則不致樹鳥驚鳴，上句下句打成了兩截，上句失去著落了。所以鍊字之難，在二字都通順而切貼又不大能分上下的時候，就取捨爲難了。

鍊字之法，關係作者的性情和風格，所以才說「一家之語，自有一家之風味。」元輕白俗，郊寒島瘦，李長吉的奇險，盧仝的怪異，李商隱的雅麗，大半是鍊字的殊異所造成的；至於鍊字的訣竅，首在情志景事的切合，詩人玉屑卷八云：

鄭谷在袁州，齊己攜詩詣之，有早梅詩云：「前村深雪裡，昨夜數枝開。」谷曰：「數枝非早也，未若一枝」；齊己不覺下拜，自是士林以谷為一字師。

一枝最切早春的梅花，所以較數枝好。此外尚須顧及其他的條件：朱紱云：

句既得矣，於句中之字，渾然天成者為佳，下字必須清，必須活，必須響，與一篇之

意、一句之意相通。各自卓立，而復相成，是為本色。（名家詩法彙編）

大致道出了鍊字的法則，因爲能清則雅，能活則必靈動，能響則不啞，能扣合篇中之意，句中之意，更使字和意渾成一體了。字有實字虛字的分別，實字指名詞、代名詞，也有把形容詞併入的；虛字狹義指語詞，應該包括動詞、連接詞、轉折詞在內，前人認爲用實字能使詩句雄健，吳沆云：

韓愈之妙，在用疊詞，如「黃簾綠幕朱戶間」，是一句能疊三物，如「洗粧拭面著冠披，白咽紅頰長眉清。」是兩句疊六物，惟其疊多，故事實而語健。（環溪詩話）

實字能健句的效果，吳氏已舉例解說得非常明白，黃永武博士也在論詩的密度一文中，認爲多用實字，可加強詩的密度，使表達事物的形狀更爲明顯突出，都言之有理。可是「柴米油鹽醬醋茶」，疊七件事物成句，應「事實而語健」了。可是卻沒有詩的靈動效果。所以用實字，要產生浮雕般的「實相」效果，生動的具體畫面，如：

山從人面起，雲傍馬頭生。

便是用了山、人面、雲、馬頭等實字，如浮雕而又生動，如果改為山從前面起，雲繞四周生，意義沒有大的差別，而浮雕和生動具體的效果便減少了。善用虛字則靈活而曲盡其妙，麓堂詩話道：

詩用實字易，用虛字難。盛唐人善用虛，其開合呼喚，悠揚委曲，皆在於此。用之不善，則柔弱緩散，不復可振，亦當深戒。

虛字有足句、足意、綰結、表語態等效果，不明此理，則會犯了逃禪詩話變靈動為板重的毛病，逃禪詩話云：

句中不得有可去之字，如李端之開簾見新月，即便下階拜。即便有一字可去；千尋鐵鎖沈江底，一片降旗出石頭，上四字可去。

「即便」正係以虛字足句，如果把下二句改成「鐵鎖沈江底，降旗出石頭」，便變靈動為板重了。顯係不知用虛字所致。字又有巧拙之別，用巧字的佳妙，人人知道，用拙字以化拙成巧，更需要功夫和智慧，四溟詩話云：

劉禹錫望夫石詩：「望來已是幾千載，只是當年初望時。」陳后山謂辭拙意工是也。

這二句詩中，沒有一華麗典雅、新奇巧興的字，而且犯了字嫌重出的毛病，可是卻化巧爲拙，要訣在於意巧，與「三日入廚下，洗手作羹湯。未諳姑食性，先遣小姑嘗。」是同一情況。此外用字要求整體的和諧，如胡應麟所云：

劉昭禹云：五言律如四十賢人，著一屠沽不得。王長公云：七言律詩，如凌雲臺材木，必銖兩悉配乃可。二譬絕類，銖兩語尤精密，習近體者當細參。（詩藪內編．近體中）

五言律詩四十個字，雅字中有了一俗字闌入，正如紳士群中，坐了一位殺豬賣酒的人，七言律詩中，如材木不能密合，有一字不達意，則成縫隙了。

「吟成一個字，撚斷數莖鬚。」形容鍊字苦而不覺其苦；「句向深夜得，心從天外歸。」極言用力之勤，費盡了「上窮碧落下黃泉，升天入地求之遍」的搜索之功，「吟成五字句，用破一生心。」豈不是一生心力盡於詩的寫照嗎？「蟾蜍影裡清吟苦，舴艋舟中白髮生。」是苦事也是雅事，都是前人自道用字鍊字的勤苦，因這衆多心血的灌溉，才有那千千萬萬朶的奇葩。看來賈島的推敲，到了忘我的境界，更高出一籌，所以才爲以後的詩人所艷稱，作爲用字鍊字的典型。因爲詩文不能受拙，否則不工；如無瑕之玉，不許有一污點。

# 節縮

## 清明時節雨紛紛・路上行人欲斷魂

中國的詞文，有很大的伸縮性，於是在表意達情之時，便如橡皮筋一樣，可長可短，尤其自稿費的計算以字數爲單位以後，更加使文句如趕麵杖下的麵條，愈來愈長。詩是精簡的語文，會有這種情形嗎？

清明時節雨紛紛，路上行人欲斷魂。借問酒家何處有？牧童遙指杏花村。

前人有「開」「文章醫院」的，認爲這首詩宜吃瀉藥，因爲每句都有「餘字」可刪：清明已表明了「時節」，故「時節」二字可去，行人自然在「路上」，「路上」二字不可留，「酒家何處有」？已有借問之意，遙指杏花村更不待牧童了，於是鍊刪成：

清明雨紛紛，行人欲斷魂。酒家何處有？遙指杏花村。

詩的情味比之前一首如何，姑且不論，但前一首的意義確實全然保留住了。這是不是如劉勰所云：「句有可削，足見其疎，字不得減，乃知其密」的鎔裁問題呢？以「善刪者字去而意留」的眼光而論，誠然是剪裁了浮詞，可是究其根本，是中國的語文之中，有這種可伸可縮的「無定性」，詩作之中，最簡捷的莫如詩經了，可是有下面的例子：

于時言言，于時語語。（大雅公劉）

有客宿宿，有客信信。（周頌有客）

其他爲人所熟知的「桃之夭夭、灼灼其華。」「燕燕于飛」、「青青子矜」。「行道遲遲」、「哀哀父母」之屬，準以上例，有重疊字的都可刪去一字，其理由劉師培的正名隅論云：

古代形容之詞雖多重語，然單舉其文，亦與重語無異。……所謂重語者，亦僅發音時延長之語耳。

以上都是「重言」的例子，但也說明了詞文的「伸縮性」，就其意義而言，當然可以省去重出的字而單舉其文，可是在作用上卻不止於「亦僅發音時延長之語耳」，而有足句的妙用，假設以上四言句中的「重言」，刪去了重疊的那個字而變成三字句，不止有怪異之感，而且不成句了。重言的可刪與不可刪，實無一定的標準，例如：

人兒遠遠，天涯近近。此處孤孤，那邊另另。（明・吳中情奴相思譜劇）

前二句作「人兒遠，天涯近」則可，後二句作「此處孤，那邊另」卻怪。有時重言可傳神，例如盧仝的詩云：

添丁郎小小，別來吾久久。脯脯不得喫，兄兄莫撚嫂。（寄男抱孫詩）

如果省去了「重言」，那麼小兒口吻的神態就無以傳達了。

有時候一字作二字用，例如：

漸漸之石，維其卒矣。（小雅）

牆有茨，不可掃也。（鄘風）

卒為崒的假借字，鄭箋云：「卒者崔嵬也」，是以崒字作二字用，茨即蒺藜，亦係此例，王筠針對這種情形加以論斷道：

有一言可以抵連語者：「霝雨其濛」，濛即溟濛也。「冽彼下泉」，以「冬日烈烈」推之，冽即慄烈也。「擊鼓其鏜」鏜即鏜鞳也。「有卷者阿」，傳曰「卷曲也」，卷曲亦恆言也。「愛而不見」，愛詞彷彿，即曖昧，此又疊韻也。「飄風發兮」，發與觱發，風寒不異也。凡此皆以一字代雙聲，與不黃不玄何異乎？「靜女其孌」，孌即婉孌也。「朱芾斯皇」，皇即唐皇，亦作堂皇也。「彼爾維何」？爾即麗爾，猶靡麗也。「子之丰兮」，丰即丰容也。況「爛其盈門」，爛即燦爛，而「角枕粲兮，錦衾爛兮」，亦分用於兩句。凡此皆以一字代疊韻，與有阿，有難何異乎？（全詩雙聲疊韻說）

這「一言」而抵「連語」的用法，實際上是源於中國語文中有此節縮性，依王氏的意見，是雙聲和疊韻字時，才可如此節縮，事實上不是雙聲疊韻，也有此節縮法，例如：

害瀚害否，歸寧父母。（周南．葛覃）

嗟我懷人，置彼周行。（周南．卷耳）

江之永矣，不可方思。（周南．漢廣）

彼茁者葭，壹發五豝。（召南．騶虞）

寧，安也，實際上是問安的節縮，行，行列也，方，方舟也，發，發矢也。這類的節縮，並不是基於雙聲疊韻，而是語文的可伸縮性所致。

基於上述的語文伸縮性，運用在詩文上，則字繁者可使之簡，義單者可使之複，於是詩的格律雖嚴，由於這一可伸可縮的彈性運用，才可突破字數的限制，錘句就律，以節縮而言，應用最多的是地名、人名，詩經即已有之，如魯頌閟宮云：「奄有龜蒙」、「保有鳧繹」，根據毛傳的解釋，「龜」、「蒙」、「鳧」、「繹」，皆是山名的節縮，在唐人的詩作中，亦繁有其例，如「詩學陰何頗用心」，陰係陰鏗，何係何遜：「李杜文章在」，李係李白，杜係杜甫，這係人皆悉知的例子，如李白扶風豪士歌：「原嘗春陵六國時」，則以四公子的號縮節入詩了，甚至節縮別號，官稱，諡號等，也不過是這類方法的擴大而已，此外於地名亦多節縮，如杜甫詩：「孤嶂秦碑在，荒城魯殿餘」。秦碑乃指鄒嶧山所刻石碑，魯殿則係魯靈光殿的節省了；又「錦城雖云樂」，「錦官絲竹日紛紛」，錦城、錦官，乃錦官城的節縮，「總是玉關情」，王關乃玉門關，字例不勝指舉。至於其他節縮的例子，細心推求，仍然常見於古人的詩中：

孰云網恢恢，將老身反累。（杜甫．夢李白詩）

即此羨閒逸，悵然吟式微。（王維．渭川田家）

理會是非遣，性達形迹忘。（韋應物詩）

妾髮初覆額，折花門前劇。（李白．長干行）

賭勝馬蹄下，由來輕七尺。（李頎．古意）

很明顯的，網恢恢，網乃法網。式微即式微，式微，胡不歸之節縮，有的解爲歇後，顯然有誤。性達乃曠達之義。折花門前劇，劇玩也。七尺，七尺軀也，明白了這些例子，則不會對古人的詩句，產生不必要的誤解，而自己亦多了一下字的法則。

詩是最精簡的語言，在理似應有節縮而無增字延伸的情況了，事實上大有不然，葉燮原詩云：

五言律句裝上兩字即七言，七言律句或截去頭上兩字，或抉去中間兩字即五言，此近來詩人通行之妙法也。又七言一句，其辭意算來只得六字，六字不可以句也。不拘於上下中間嵌入一字，而句成矣。句成而詩成，居然膾炙人口矣。又凡詩中活套，如「剩有」、「無那」、「試看」、「莫教」、「空使」、「還會」等救急字，不可屈指數，無處不可扯來安頭找腳，無怪乎七言律詩漫天遍地也。

葉氏首先指出了五言律詩與七言律詩之間的可伸縮性，意謂七言律詩截去二字，使成五律，由本文最先舉的「清明時節雨紛紛」的節縮之例以論，雖不能說首首可能，至少一首之中，總有一二句可能，五言律詩亦可增字而成七律，亦非難事；另外葉氏指出七言律詩，就辭意而言，構成一句，只有六字，嵌入一字而成七言。這一嵌入的字多是虛字或動詞和狀詞如：

孤蓬遠影碧空盡，惟見長江天際流。（李白詩）
正是江南好風景，落花時節又逢君。（杜甫詩）
金陵津渡小山樓，一宿行人自可愁。（張祜詩）
商女不知亡國恨，隔江猶唱後庭花。（杜牧詩）

「惟見」、「正是」、「小山樓」、「自可愁」，「猶唱」，都鍾減一字而意不減，葉氏之言，並非妄語，至於所指的活套如「剩有」、「無那」等，實在幾成公式，是增字足句的必需工具了。當然增字的目的，不在足句，而在使達意明白，情韻生動，例如杜甫的：

無邊落木蕭蕭下，不盡長江滾滾來。

事實上「無邊」，「不盡」皆可省略，但省略之後，氣勢不惟大弱，而情意更遞減了。又王維的：

漠漠水田飛白鷺，陰陰夏木囀黃鸝。

根據國史補所記：認爲王維只是在李嘉祐的「水田飛白鷺，夏木囀黃鸝」之上，加上「漠漠」、「陰陰」而已，的確工拙相去懸遠，王維不是因襲而是指鐵成金的點化，主要的是加了這二字之後，的確有變呆板爲靈動的效果。可見增字不是湊字，如果眞如葉燮所說，其詩必油滑，必熟俗。事實上五言詩中，並不是句中無可去之字，以沈佺期的雜詩爲例：

聞道黃龍戍，頻年不解兵。可憐閨裡月，常在漢家營。少婦今春意，良人昨夜情。誰能將旗鼓，一為取龍城。

其中的「聞道」、「可憐」、「常在」，就是葉氏所指「活套」，而「一爲取龍城」，「一」字可鍊減，眞正去了這些「活套」和「一」字，恐怕不止是不成句而已，詩味也會大減了。可見增字實在有顯意足味的效用。

根據文字可伸縮的特性，增字和節縮，不但是文章家的專技，更是詩家的法寶，試以傳說的鄭板橋的聯語爲例：

茶。泡茶，泡好茶。「泡凍頂烏龍好茶！」

坐。請坐，請上坐。「請膠皮沙發上坐！」（下聯的句為作者戲加）

由「茶」與「坐」可揉可拉到十三個字的句子，甚至還可以再拉長，然則如何而運用得宜，大概不外如劉勰所云：「夫美錦製衣，脩短有度。」作為最妥當的指導原則，如果增字而不能使詩句的內容增加，表達更清晰，情韻更動人，用的是「活套」字，那誠然是湊字成句了。節縮而使人不能讀懂，如李商隱的「腸迴楚國夢」，晏殊的「楚夢先知薤葉涼」，「楚國夢」、「楚夢」是節縮楚王夢見巫山神女之事而成，胡宿把老子云：「如登春臺」而節縮成「老臺」，則成為「字妖」，使人有「不通」、「不懂」的遺憾，應當避免了。

## 重疊

年年歲歲花常發・歲歲年年人不同

這兩句詩，意義非常平淺，常掛在人的口邊，乍看不覺其稀奇，細究其義也無可多說，可是就詩的下字方法而論，一方面是疊字的運用；一方面是重出字的下字法。就用字的法則而言，作詩在基本上是要避免用字的重複，尤其在律格嚴密的近體詩中，同一字而重複使用在一句或一章之中，是嚴重違律的，在擊砵詩賽時，違反了這一條「詩律」，幾乎是「必加擯落」。可是用字時，却因字的重複使用而有疊字或重出字的下字法。而且這兩種用字法，在詩經之中就早已同時存在了，可是在發展上，卻略有不同。疊字以後得到各詩家的共同「認可」，常多舉述論說，而有極多的例子可循。重出字法，則因古寬今嚴，幾成絕響，現代的詩家，幾乎是避之則吉。事實上仍有商榷的餘地，不應廢此下字法。

一、疊字活句　詩人用疊字，可遠溯詩經，如桃夭篇的「桃之夭夭，灼灼其華。」兔罝篇的「肅肅兔罝，椓之丁丁。」「赳赳武夫」等，都是用疊字使詩句靈動、靈活的證明。在一首詩中，幾乎每句連用疊字的，要數古詩十九首的「迢迢牽牛星，皎皎河漢女。纖纖擢素手，札札弄機杼。終日不成章，泣涕零如雨。河漢清且淺，相去復幾許。盈盈一水間，脈脈不得語。」十句之中有六句連用疊字。至於運用疊字傳神入化的，衆多的詩評家都推王維的「漠漠水田飛白鷺，陰陰夏木囀黃鸝。」詩中的疊字，可能源於疊詞，小兒學語時的爺爺、嬭嬭、爸爸、媽媽、哥哥、姊姊、弟弟，用一字已足，疊用二字，無非便於稱呼。詩中疊字，也保留了這一特性，疊用二字與單用一字，在意義上無根本的差別，故用疊字並不特別困難。但是以其無一定的法則，所以又似易而頗難，因爲疊字的使用，固以形容詞爲主，可是也可以疊用名詞：如「樹樹樹稍啼曉鶯，夜夜夜深聞子規。」「新詩三十軸，軸軸金玉聲。」「年年歲歲花常發，歲歲年年人不同。」也可以疊用動詞：如「行行復行行。」「尋尋覓覓。」「信宿漁人還泛泛，清秋燕子故飛飛。」名詞、動詞、形容詞等，都有重疊的例子，至於如何運用疊字，王夫之主張疊字不可析用云：

疊字不可析用，如詩賦悠悠而云悠，迢迢而云迢，渺渺而云渺，皆不成語。兢兢業業，舊有此文，亦不甚雅，業業云者，如虛筍上崇牙，兩兩相次，齟齬不安之象，時文絕去一字，而云兢業，不知單一業字，則止是功業，連兢字如何得成文理。（夕堂永日緒論）

「疊字不可析用」，是就疊字形成以後的習慣而論，而且也非一定如此，如「尋尋覓覓」何嘗不能「析用」爲尋覓呢？因爲使用疊字時，並未改變疊字的意義或詞性，所以「疊字不可析用」只是習慣上的錯覺。疊字也不是雙聲或疊韻因爲是同音同字的疊用，故不能依聲韻上的道理作用字的根據，能夠標舉用法的，恐怕是楊升庵的「聲諧義恰」的原則了。

詩中疊字最難下，唯少陵用之獨工，今按七律中，有用之句首者：如娟娟戲蝶過閒幔，片片輕鷗下急湍。短短桃花臨水岸，輕輕柳絮點人衣。青青竹筍迎船出，白白江魚入饌來是也。有用之句尾者：如信宿漁人還泛泛，清秋燕子故飛飛。小院回廊春寂寂，浴鳧飛鷺晚悠悠。客子入門月皎皎，誰家搗練風淒淒是也。有用之上腰者：如宮草霏霏承委珮，爐煙細細駐遊絲。江天漠漠鳥雙去，風雨時時龍一吟。雲石熒熒高葉晚，風江颯颯亂帆秋。山木蒼蒼落日曛，竹竿裊裊細泉分是也。有用之下腰者：如穿花蛺蝶深深見，點水蜻蜓款款飛。風含翠篠娟娟淨，雨亮紅蕖冉冉香。無邊落木蕭蕭下，不盡長江滾滾來。碧窗宿霧濛濛濕，朱拱浮雲細細輕是也。聲諧義恰，句句帶仙靈之氣，真不可及矣。（升庵詩話）

楊氏所舉的例子，說明了疊字在句首、句中、句尾均可用，而且以「聲諧義恰」爲疊字的下字，但這是一廣泛而難以把握的原則，聲諧的問題不大，只要合乎詩句的平仄的需要即可，「義恰」則如「自由心證」，有見仁見智之分，惟一可以依據的，是疊字的用字，不會改變原來的字義與詞性，由此以求義恰，雖不中亦不遠矣。至於疊二字、疊三字、疊四字，都有成例可循，此外當避免熟爛，因爲熟爛則重重襲用而生厭了。

二、重出顯意　一般用字的原則，是避免在一句內或上下句中用同樣的字，劉勰論之云：「重出者，同字相犯也。」可是在文字創造之始，無足夠的字可以運用時，自然無法遵守這一原則；其次是文法和表達極需要的情況下，也無法避免重出，正如劉勰所云：

> 重出者，同字相犯者也；詩騷適會，而近世忌同。若兩字俱要，則寧在相犯。故善為文者，富於萬篇，貧於一字，一字非少，相避為難也。（文心雕龍・鍊字）

此一簡明的論述，⑴說明了詩經和楚辭時代，不避重出。⑵重出字的避免，是在南北朝時形成的規則。⑶在達意切貼的需要下，不必忌重出。⑷避免重出是不容易的，在相避爲難的情況下，作者「富於萬篇，貧於一字。」既然用字不能絕對的避免重出，於是把重出字運用得極好，反而是下字的一種方法了。

古人往往把疊字和重出字混爲一談，因爲在隔句或者同句隔著其他的字而用的是重出字，與疊字的用法容易分別，在同句類似疊字的重出字，則分辨爲難，例如蘇頲詩：「東望望春春可憐。」形式上是疊字，實際上是重出字，第一流修辭法引論道：

例如這一首詩：「望春」是宮殿名，而第一個重出的望字是動詞，下面又重出一個「春」字則是名詞。在意義上並沒有「望望」「春春」的關係，這就是重出法，況且重出的字不限於形容詞。

論析甚是，可是沒有把二者的區別說得十分明白，因爲疊字運用之時，二字仍如一字之意，而且同一詞性；重出字則雖形似疊字，而二字之義不同，詞性也往往有變化。「望望」、「春春」是疊字，而東「望」「望春」「春」可憐，是重出字。以「年年歲歲花常發，歲歲年年人不同」爲例，上下二句的「年年」「歲歲」，都是疊字，但下句的「年」「歲」，則係重出字而兼疊字了。重出字的使用，其始實是「相避爲難。」但到了後來，卻是化拙爲巧，如：

相見時難別亦難。
昨夜星辰昨夜風。
一寸相思一寸灰。

荷葉生時春恨生，荷葉枯時秋恨成。深知身在情長在，悵望江頭江水聲。（以上所引均李商隱詩）

仔細體會，以上的重出字，在達意切貼的前提下，實在是「貧於一字」，「相避為難」，尤其是最後一首「暮秋獨遊曲江」，幾乎是集重出字之大成，但因為運用的恰當，並不礙目，更無損於詩的韻味，至於下列的詩句，則雖同係重出字，可是已化拙為巧，有了形式上的對襯：

此生此夜不長好，明月明年何處看。
但經春色還秋色，不覺楊家是李家。
古人重到今人愛，萬局都無一局同。
一聲梧葉一聲秋，一點芭蕉一點愁。

這種上句與下句相當的字位而相對地用重出字，當然是特意的安排，不然應會上下交錯，此一用法，較之前面的重出字，巧妙多了，有別有風味的感受。至於在一首詩中重用了八個山字，而詩趣不減的，恐怕要推王安石的遊鍾山詩了：

終日看山不厭山，買山終待老山間。山花落盡山長在，山水空流山自閒。

八用山字而不嫌其重複，⑴是平仄合律，⑵是每一山字各有達意的作用，⑶是切貼而不見湊合勉強的痕迹，足見詩文是應「權重出」，而不是絕對的禁止重出了。

根據上面的舉例和說明、疊字、重出，也是詩家常用的下字法，依循前人的句例，邯鄲學步，不拘熟俗，用之甚易；依情志的發展，就句法的需求，匠心獨運，能聲諧義恰，則運用甚難；至於能傳神入妙，天衣無縫，則非戛戛獨造的大家不可。而且只有一定之理，無一定之法，也無一定之妙，所以作詩是文學、是藝術，不是數學公式，科學定理，明白了公式準行。

# 倒反

## 香稻啄餘鸚鵡粒・碧梧棲老鳳凰枝

杜甫的秋興八首最後一首詩有句云：「香稻啄餘鸚鵡粒，碧梧棲老鳳凰枝。」凡是稍微涉獵古詩的人，都會知道是一種倒裝取勁的表現手法，沈括夢溪筆談云：

古人多用此格，蓋欲相錯成文，則語勢矯健耳。

依正常的語法，應是「鸚鵡啄餘香稻粒，鳳凰棲老碧梧枝。」不倒反的話，則嫌平衍。其實這種用字方法，在杜甫以前已經有了，如：

歷觀文囿，泛覽辭林，未嘗不心遊目想。（蕭統文選序）

使人意奪神駭，心折骨驚。（江淹別賦）

心遊目想，應是「目遊心想」的倒反，「心折骨驚」，乃「骨折心驚」的倒反，事實上詩經已有此先例了：

不思其反，反是不思。（詩經氓篇）

上句的受詞，倒反作下句的主詞，而且有迴文詩的意味了。迴文詩也是倒反的擴大。何以有此可能，不但與中國文字的構造有關，也與詞性的不定，句法上可缺乏主詞、動詞、助詞有關。筆者在日本研究的時候，以為中日是同文的民族，他們用的也是方塊字，讀中國書應極為方便，可是在詢問之下，他們讀一本篇幅不多的小說，便要一年，李白的贈孟浩然詩：「紅顏棄軒冕，白首臥青雲。」硬是要變成「紅顏軒冕棄，白首青雲臥」，還要加上助詞才能懂。便是最好的例證。記得名古屋大學的教授加地伸行先生，在第一次見面的時候，尚未坐定，就嚷著：「你們中國人有秘密，你看，方塊字是一個一個的獨立概念，連接在一起你們就懂，我們外國人就不懂。」我再三解說沒有秘密，他拒絕我的解釋，最後我只有使出「以子之矛，攻子之盾」的法寶，反擊道：「你們日本有祕密，你們的助詞用法，我們中國人就是不懂。」加地教授急著解釋，說是母親從小就是這樣教的，沒有秘密。我更玩笑式的，說是列祖列宗就如此教的，毫無秘密可言。忽然之間，靈光一閃，舉了下面的例子作爲證說：

以<br>
可　　清<br>
心

這一古人寫在茶壺上的「銘文」，有四種讀法：(1)可以清心，(2)以清心可，(3)清心可以，(4)心可以清。在任何的外國文字，加上主詞、動詞、助詞之後，便只有一種讀法了。加地教授接受了我這一解釋，使我了悟到中國文字的運用靈活和使用的困難，主要是文法上的原因。我們的文法中，缺少了助詞，才有這些變化。同時也是詞性的不定，主格與受格的可以互換，才能形成倒反，倒反事實上有語詞的倒反，以及語句上主詞和受詞的倒反：例如詩經中的中谷、中林、中河、中阿、中沚、中陵、中澤、中原、中田，毛傳均解釋爲谷中、林中、河中、阿中、沚中、陵中、澤中、原中、田中。像這類語詞顚倒的例子，在唐人詩中，更隨處可見：例如「同是宦游人」，宦游可倒反爲游宦，「江春入舊年」，江春可倒反爲春江，「歸雁洛陽邊」，歸雁可倒反爲雁歸，「曲徑通幽處」，曲徑可倒反爲徑曲，「白髮悲花落，青雲羨鳥飛」，花落可倒反爲落花，鳥飛可倒反爲飛鳥，這類不屬於同義連綿字的能倒反，是由於文法上的詞性使用不定位的緣故，故得視平仄的需要，修辭的手段而隨意運用。至於同義連綿字更有很多能倒反使用，而意義不變，如奔走倒反爲走奔，跑跳顚倒爲跳跑，來去顚倒爲去來，鴻雁爲雁鴻，雲霧爲霧雲，旌旗爲旗旌，明白了這一法則，自然多了很多的用字方便。至於杜甫的「香稻啄餘鸚鵡粒，碧梧棲老鳳凰枝。」則是句法上主詞和受詞的倒反，事實上老杜及唐人詩中，此例實繁，如：

「名豈文章著，官應老病休」乃「文章豈著名，老病應休官」的倒反。

「悵望千秋一灑淚，蕭條異代不同時」，乃「千秋悵望一灑淚，異代蕭條不同時」的倒反。

「一去紫臺連朔漠，獨留青塚向黃昏」，乃是「紫臺一去連朔漠，青塚獨留向黃昏」的倒反。

「薄雲涯際宿，孤月浪中翻。」就意義而言，應倒反爲「涯際薄雲宿，浪中孤月翻。」

明白了這一方式，對前人的詩，由句求義，會多了一種新的求解方法，自己在作詩時，也更多了用字鍊句的能力。至於迴文詩乃倒反的擴大，其例如下：

春晚落花餘碧草，夜涼低月半梧桐。

人隨雁遠邊城暮，雨映疏簾繡閣空。

倒反而成迴文詩，則變成了另一首詩：

空閣繡簾疏映雨，暮城邊遠雁隨人。
桐梧半月低涼夜，草碧餘花落晚春。

如果不是詞性的不定，文法上的自由，句法上的活潑，何以能如此倒反成另一首詩呢？尤其要注意的，在我們的口語中，即使在白話文中，也很少這種用法，在外國的語文中，更不可能有這種用法，這一代的青年人，在使用白話文和接受英文訓練之後，再學文言文和寫舊詩，便格格不相入了。除了明白這種差別，多讀熟讀，習慣這種用字鍊句的方法之外，更無捷徑可尋了。

倒文、迴文，大都由於中國字係獨立的方塊字，文法、詞性都有極大的彈性或無定性，才有這種現象，對於初學詩的人，誠然是重重迷霧，掌握不住的泥鰍。可是熟了以後，便多了無窮的用字技巧，和表達方法。試看由「香稻啄餘鸚鵡粒，碧梧棲老鳳凰枝」，作尋求的起步和線索吧！掌握不住這種字和句的「不定性」，是深入不了古詩的園圃和花叢的。

# 用典〈上〉

## 對棋陪謝傅．把劍覓徐君

詩、文、詞、賦發展到今天，幾乎離不開用典故，一言以蔽之，乃需要的緣故。然而就其演進而論，則有道理可說。在文學作品始創的時間，如同原始的園圃，榛莽未剪，一切的經營和裁植，都是首創，自然無典故引用，以詩經爲例，罕有典故，用字亦無來歷。等到文化積累到了某一層次，文學作品多了，才有成語典故的出現，黃季剛先生論之最善：

逮及魏晉以下，文士撰述，必本舊言，始則資於訓詁，繼而引錄成言，終則綜輯故事，爰至齊梁，而後聲律對偶之文大興，其甚者，捃拾細事，爭疏僻典，以一事不知為恥，以字有來歷為高，文勝而質漸以漓，學富而才為之累，此則末流之弊，故宜去甚去奢，以節止之者也。（文心雕龍札記）

說明了故事、成語運用的演進，是古少而今多，而且用典故，就廣義而論，是包括了三方面：一、是用字方面，此字此詞，前人用過了，後人續加援用，所謂字有來歷是也。二是引用成語或書的原文，在詩作之中，因限於字句，甚爲罕見，於文章則多有。三是典故的引用，所謂「捃拾細事，爭疏僻典」，以至於「綜輯故事」，都是指的用典。

考典故的緣起，是當時的作者敘說當時的情實，或因其事有名，見之史册；或因其事有趣，爲後人所樂道，或者敘說其事者爲古今名重之人，於是其事被輾轉援用，成爲典故，王夫之論之云：

> 杜詩：「我欲相就沽斗酒，恰有三百青銅錢。」遂據以為唐時酒價。崔輔國云：「與汝一斗酒，恰用十千錢。」就杜陵沽處，向崔輔國賣，豈不卅倍獲息錢邪？求出處者，其可笑類如此。（夕堂永日緒論）

杜甫和崔輔國各述當時之事——一說酒價一斗三百錢，一說一斗十千錢，結果都成了後人援用的典故。三百青銅錢，知之最多，是杜甫有大名的關係，在當時杜、崔二人係各自敘事，後世作爲典故，且用爲考據的資料，王夫之譏其不足信，其實典故大致是這樣形成的。然而有所僻典，因其不見於經傳或正史，又不爲大衆所熟知，才叫僻典；所謂細事，大抵如杜甫所云斗酒三百錢的小事，其他如神話傳說，甚至一時遊戲之言，也有成爲典故的，例如明、游潛云：

詩人題詠，多出一時之興遇，難謂盡有根據，如牛女七夕之說，轉相沿襲，遂以為真矣！嘗論范蠡歸湖以西施自隨時，傳籍無考，杜牧之秋娘詩云：夏姬滅兩國，逃作巫臣妻。西施下姑蘇，一舸隨鴟夷。東坡戲書吳江三賢傳云：「卻遣姑蘇有麋鹿，更憐夫子得西施。」……蘇之言本杜，不知杜之言復何所據？（夢蕉詩話）

游氏所云，道出了典故有出於神話傳說者，如牛郎織女七夕一相逢，這是神話；袁枚詩：「新舊唐書分明在，那有金錢洗祿兒。」楊貴妃收安祿山爲義子，學三朝洗兒的習俗，唐明皇竟賜以洗兒錢，這件事不見於新舊唐書，這是傳說；至於范蠡在滅吳之後，載西施而去，事見越絕書：「西施亡吳，後復歸范蠡，同泛五湖而去。」越絕書雖屬僞書，但隋書經籍志已著錄，只有確定了杜牧沒有看到這本書，才能說這一典故是他「杜撰」，其實杜撰故事，並不是沒有，例如蘇東坡的刑賞忠厚之至論云：「當堯之時，皋陶爲士，將殺人，皋陶曰殺之三，堯曰宥之三。」這一典故，不見典籍，是東坡「想當然耳」的「杜撰」，典故的發生，大致如此。

劉勰的事類篇，是替用典故建立了理論的基礎，其要點不外「據事以類義，援古以證今。」和「然則明理引乎成辭，徵義舉乎人事。」說明用典故是出於表達的需要。至於如何用典，僅舉出「凡用舊合機，不啻自其口出，引事乖謬，雖千載而爲瑕。」簡而言之，積極的方面是貴在得當和自然，消極的方面是不能有錯誤。至於純就詩人如何用典，杜甫的意見，以後的詩人極爲重視，詩人玉屑卷七引西清詩話云：

杜少陵云：作詩用事，要如禪家語，水中著鹽，飲水乃知鹽味，此說，詩家秘密藏也。

言用故事要不現痕迹，把引用故事和借故事以表現的涵義能融合在一起，如融鹽入水，渾成無跡，杜甫詩云：

他鄉復行役，駐馬別孤墳。近淚無乾土，低空有斷雲。對棋陪謝傅，把劍覓徐君。唯見林花落，鶯啼送客聞。（別房太尉墓・見唐宋詩舉要卷四）

「對棋陪謝傅」，是用謝玄與謝安「圍棋賭別墅」的故事，「把劍覓徐君」乃用新序節士篇季札掛劍於徐君之墓的典故，杜工部用此二典，是加上了比擬的手法，謂房太尉在世之日，工部陪他如謝玄之於謝安一般，圍棋遊樂，情如家人；死後工部如吳公子季札一樣，到墓前悼弔，完成生前心許的諾言，所以浦起龍指出是在「追夙昔，感身後。」誠然做到了著鹽水中，用事無迹的地步，而吳慶百指爲「閒事點染」，實在是不知其妙而妄評。可見詩中用典，是在借以見意，其難又超過文章，因爲要錘鍊使之合平仄韻腳，又受到五、七字句字數的限制。

以上詩句，標明了謝傅和徐君，使人一望而能知，是屬於明用典故的範圍，另有略去故事中的人物姓名和地名出處等，遂名之爲暗用，例如劉禹錫蜀先主廟云：「得相能開國，生兒不象賢。」前句指劉備三顧茅廬，得諸葛亮以成三分鼎立的帝王事業，後句謂劉禪不成才，所謂扶不起的阿斗，不能如劉備的雄才大略。至如用典故而無痕跡，如朱庭珍所云：

驅之以策力，馭之以才情，行之以氣韻，俾自在流出，如鬼工神斧，不可思議，而一歸於天然，斯大方家手筆矣。杜陵句云：「美人細意熨貼平，裁縫滅盡鍼線迹。」放翁云：「天機雲錦用在我，剪裁用處非刀尺。」皆箇中精詣也。學者詳之。（見筱園詩話卷一）

說得玄妙高超，事實是指用典故而無痕迹而言，可惜他未舉例說明，使人不知所指而有所依從，筆者以爲作者用了典故，而讀者不覺是用了典故；或者是作者用了典故，讀者不懂得所用的典故而仍通明其義，如巧匠縫衣，滅盡了鍼線的痕迹，例如王維詩云：「野老與人爭席罷，海鷗何事更相疑。」「海鷗」這一句是用列子黃帝篇的典故，海邊有人能與鷗鳥親近，有一天他的父親命令他，「汝取來，吾玩之。」其人存了捉鷗鳥之心，鷗鳥竟飛舞不下，王維此詩，暗用此典，而讀者不知此典故，亦能懂得意義。又劉禹錫蜀先主廟詩：「天下英雄氣，千秋尙凜然。」「天下英雄氣」，用的就是曹操所說：「今天下英雄，惟使君（劉備）與操耳！」見三國志先主傳。不明此典故，也深明詩意，應是用典無迹的典型代表。可是詩詞例話云：

用典還有一種，像用雞湯煮菜，把浮在湯上的油膩取去，使它淨化，這樣煮的菜有鮮味而無油膩。像李白「宮中行樂圖」：「只愁歌舞散，化作彩（綵）雲飛。」紀昀批：「用巫山事無迹。」「瀛奎律髓卷五」巫山事就是用宋玉「高唐賦」賦裡講楚王夢見神女，神女願荐枕席，臨去時說：「旦為行雲，暮為行雨。」後來「雲雨」往往連用，含指男女之事的意味。李白在這裡，去掉雨字，只取雲字，又把它改為「化作彩雲飛」，把這個典故淨化了，把它本身所帶有的男女之事的油膩去掉了，這比水中著鹽的用典更顯得高明了。

這一說法，根本不能成立，因爲用典至少要節取其中的重要部分，使人能探索，就所舉雲雨的典故而論，用神女、襄王、朝雲、暮雨等猶可，把雲雨割去了雨，又加上彩雲，讀者已聯想不到雲雨這一典故上來，不是淨化了這一故事，而是誤認了這是用故事，不是去掉了油膩，而是拋棄了原意，如果他的說法正確的話，李白的「化作彩雲飛」，作何解釋呢？宋人詞云：「當時明月在，曾照彩雲歸。」也是用雲雨這典故嗎？如果如此，意義爲何？可見用典故無此淨化一類。

用典故除明用、暗用之外，還有反用一類，例如卞和刖足，悲痛事也，而李商隱云：「卻羨卞和雙刖足，一生無復沒階趨。」漢文帝召見賈誼於宣室，美談也，李商隱卻云：「可憐夜半虛前席，不問蒼生問鬼神。」語帶譏刺，這一類也叫翻案，即人人如此用，我卻不如此也，如此方見新奇。此外尚有借賓以襯主，托虛以襯實，死事活用，熟事生用之法，例如杜牧：「至竟息亡緣底事，可憐金谷墜樓人。」金谷墜樓人是用綠珠之死，來襯托息夫人的偷生有罪，王維的息夫人詩：「莫以今時寵，能忘舊日恩。看花滿眼淚，不共楚王言。」根據孟棨本事詩，王維是以此虛遠的楚王強娶息夫人，來襯出當時寧王的強娶餅師妻。由此看來，用典的方法甚多，神而明之，全在詩人的巧心了。

## 用典〈下〉

### 人去紫臺秋入塞・兵殘楚帳夜聞歌

時至今日，作詩爲文時用不用典故，已用不著爭論了，因爲今人已視用典故爲「據事以類義，援古以證今者也」的理所當然之事。惟一仍有爭議的，是抒情寫景的詩，應不應該用典故。因爲根據鍾嶸的詩品云：

> 至于吟咏情性，亦何貴於用事？「思君如流水」既是即目；「高臺多悲風」，亦惟所見；「清晨登隴首」，羌無故實；「明月照積雪」，詎出經史？觀古今勝語，多非補假，皆由直尋。

詩詞例話的作者根據這一段話，得到一項結論：「詩是表達情感的，即抒情的，不需要用典。」又把不需要用典的抒情詩，分爲兩種情況，詩詞例話云：

倘就抒情詩能不能用典說，可分兩方面：一是寫景抒情、以寫景為主的，不該用典，用典不容易把景物的特點描繪出來，這就造成隔膜，即王國維所反對的用代字，鍾嶸舉出的名句，都是即景抒情的，都不用典。

事實上寫景抒情的詩，固然可以不用典，但也可以用典，例如盧僎途中口號云：

抱玉三朝楚，懷書十上秦。年年洛陽陌，花鳥弄歸人。（見唐宋詩舉要卷八）

這首詩後二句是寫景的，可是前二句用了二典故，作者以三次朝楚獻玉，而刖去了左右腳的和氏作比，又用蘇秦十次上書秦王而秦王不用的故事，以比擬仕途的失意，使「年年洛陽陌，花鳥弄歸人」那落拓失意的淒涼，更分外的凸出。又王少伯的春宮曲云：

昨夜風花露井桃，未央前殿月輪高。平陽歌舞新承寵，簾外春寒賜錦袍。（同上）

前二句寫景，後兩句抒情，可是用了平陽公主以歌舞娛漢武帝，漢武帝看上了子夫的故事，子夫因此得寵，成爲衛皇后，以後評詩的人云：「只說他人之承寵，而己之失寵可會。」如果這首詩不用「平陽歌舞新承寵」這一典故，這一失寵自憐的情感便顯示不出來了。至於王國維所反對的用代字，見於人間詞話：「詞忌用代字。美成解語花之『桂華流瓦』，境界極妙，惜以桂華二字代『月』耳。」事實上用了桂華流瓦而王氏仍知其境界極妙，可見桂華二字，無礙於意境的表達，如果按鍾嶸「直尋」的理論寫成「素月流瓦」，或者是「銀輝流瓦」，也不見得比桂華更好，因爲桂華形成典故之後，人人都知道，並不造成詩句意義上的「隔膜」。

詩詞例話又說：「一是以抒情爲主的，所抒發的情感又比較複雜深厚，比方對國家的、人生的、個人遭遇的種種感觸，這種感情要在格律詩中表達出來，受到字數的限制，或者在當時有些話不便明說，這時，正可借用過去的事，來表達不便明說或不容易用幾句話說出來的感情，用事在這時候才需要……。不過這裡有一個限度，就是作者確實有這種豐富的感情要表達，才適應用事。倘作者並沒有這種豐富的感情，爲了賣弄博學，堆砌了許多典故，那就不行，所以不該『有意爲之』，即不是爲用事而用事才好。」以上的說明，表面看來，似乎堂堂正正，替現代人用典作了一理論上的建構。事實上用典是作者的主觀——「有意爲之」，而其最大的原因，是基於表達的需要，至於情感的豐富與否，不是用不用典的準則，例如李義山詩集輯評云：

李商隱「淚」：「永巷長年怨綺羅，離情終日思風波。湘江竹上痕無限，峴首碑前洒幾多？人去紫臺秋入塞，兵殘楚帳夜聞歌。朝來灞水橋邊問，未抵青袍送玉珂。」

何焯批：「峴首、湘江，生死之感也；出塞、楚歌，絕域之悲，夭亡之痛也；凡此皆傷心之事，然豈若灞水橋邊，以青袍寒士而送玉珂貴客尤極可悲可痛乎？」……

這首詩用的典故極多，朱彝尊認爲是「八句七事」——用了七個典故。首句用漢時以宮中的長巷，作幽禁失寵或得罪的宮人或妃嬪之所的故事；第二句暗用江淹別賦行子的離子之悲；第三句用舜妃娥皇女英因舜死而血淚灑湘竹；第四句用羊祜死後，後人思其仁德，見碑落淚；第五句用昭君的入胡塞辭漢宮；第六句用楚項羽被圍垓下，聞漢兵唱楚歌，以爲漢已得楚地；第七句「灞水」乃唐人送別處。如果說是堆砌典故的話，恐怕這首詩未免此病，可是詩詞例話的作者，認爲這是好詩，評論其內容道：

李商隱的一首，以青袍寒士送玉珂貴客，可悲可痛，為什麼會超過上面所舉的各事呢？為什麼會聯想到以上的各事呢？古代的士子往往用婦女來相比，士子在政治上的失意，受排擠，貶斥在外，往往用婦女的被幽禁、昭君出塞來作比；當時政治上的挫折，流放的悲哀，有的用「四面楚歌」來比，有的有生離死別的悲痛，用這些故事，正表達這樣的情感。所以在這些故事裡寄託著這種身世遭遇的感觸。

這一大段的分析，確認了李商隱用典故用對了，有了這些故事，才能表達這樣的情感。事實上是離題立論，雜湊牽合，才能有這種違背題旨，前後矛盾的說法。因爲㈠李商隱的詩題是一淚字，這七種事實，七種悲傷，都是處於無可奈何的愴痛中，使人潸然淚下，而不是李商隱一人的遭遇，一人的傷痛，有如此複雜的情感。㈡「朝來灞水橋邊問，未抵青袍送玉珂。」應該是全詩的總結束，如朱彝尊所說：「若七事平列，則通句是死句，落韻『未抵』二字亦轉不下矣。此是以上六句興下二句也。」在全詩的處理方法上，誠然如朱氏所說，是以前六句所敘可悲傷的六件往事，來興起目前「青袍送玉珂」的可悲。㈢青袍寒士送玉珂貴客的可悲可痛，爲什麼會超過以上所舉的六件事？是李商隱個人情感的體會，不必有什麼其他的理由，而且也與以上六件事無關。㈣如果如詩詞例話的作者所說，引用王昭君出塞，婦女被幽禁，是比擬政治上的失意、受排擠；政治上的挫折、流放的悲哀，有的用「四面楚歌」來比；苟如所言，那麼「湘江竹上痕無限，峴首碑前洒幾多？」又比擬何義呢？舜的妃子娥皇女英，聞舜死蒼梧，痛哭之餘，淚盡繼之血，灑在湘江竹上，成了有名的湘妃竹，羊祜鎮守襄陽，仁德深入人心，後人念之落淚，所以孟浩然詩云：「羊公碑尚在，讀罷淚沾襟。」爲李商隱所本，同其他的各句一樣所切的是淚。誠然，如前人所云：「句句是淚，不是哭。」可見是用六件事以襯托淚，不是二件事與李商隱無關，四件事是比李商隱政治上的失意或挫折的。這一解說失實，自然所有的批評皆落空了，並不是李商隱有如此豐富而複雜的情感，要用這六個典故來表達，而是李商隱相題行事，摘取了六件與淚有關的故事；來表達題目「淚」的不同內涵，而歸於「朝來灞水橋邊問，未抵青袍送玉珂！」——只有青袍寒士送玉珂貴人的傷心淚水，最是可憐。

青袍寒士送玉珂貴人，是李商隱的自痛自傷呢？還是代他人說傷痛呢？仍然難於斷定，因爲李商隱如果是自痛自傷，則不過是羨慕富貴而得不到富貴，因而傷心落淚的名利客，全詩有何意境可言？而且青袍是未入仕前的士人之服，眞正要確定這首詩是李商隱自憐之作的話，要替他的作品，作一正確的作品繫年，證明這首詩是他未入仕途以前作的，才有此可能。否則商隱已入仕了，只是宦途不得意，總不能睜著眼睛說瞎話，把自己仍說成未入仕途的青袍人吧！其次是代他人說傷痛，最爲可能，在灞橋送別之地，青珂貴人，策馬離京，而一無品級的青袍士子，卻要靦顏相送，作依依不捨之狀，搖尾乞憐，不能表現自己眞正的情傷，因而流下自慚自悲的眼淚，才誠然可悲，而作者也把自傷之意，寄託其中，意境才高，詩句才能動人，於是前面六句六件故事，成爲借賓襯主的材料了，應是最合理的解釋，惟因如此，才能見出李商隱用典之妙。

由此看來，典故是材料，在什麼時候用？如何運用才佳妙，全視作者的巧心妙手而定，抒情寫景可以用，也可以不用，鍾嶸所舉，是不用典的佳章，然而更有用典故的妙句。如何而能用典入妙，正有規則方法可尋。李商隱的淚詩，已經顯示了妙法——借賓襯主。因而詩趣盎然，卻仍然有掉書袋的毛病，不過能「據事以類義」，才免於無故而堆砌典故的弊病。

# 柒、意趣

## 立意

### 穿貫無繩·散錢委地

作詩爲文，主在立意，這幾乎是前人的共見共識，揚雄的問神篇云：「言，心聲也；書，心畫也。」謂意成於中，文形於外，我手寫我心，這當然是不易之理，明周子文引范曄之言道：

> 范曄曰：情志所托，故當以意為主，以文傳意。以意為主，則其旨必見，以情傳意，則其辭不流，然後抽其芬芳，振其金石。（藝藪談宗下）

說明了詩人文人的情和志，不過是立意的素材，而文字詞句，是立意以後的傳達工具，立意確定了主旨，詩文才會有重心。沈德潛的說詩晬語，把這種意在筆先的關係說得最好：

寫竹者，必有成竹在胸，謂意在筆先，然後著墨也。慘澹經營，詩道所貴，倘意旨間架，茫然無措，臨文敷衍，支支節節而成之，豈所語於得心應手之技乎？

畫竹的畫家，要成竹在胸，則著筆繪形，枝幹葉才會形似而神傳，作詩之理，當然以此為上，如果意無定準，改意從詞，改詞從韻，便是支支節節而從之了。所以劉貢父才說：「詩以意為主，文詞次之，或意深義高，雖文詞平易，自是佳作。」（貢父詩話）王夫之說：「無論詩歌與長行文字，俱以意為主，意猶帥也，無帥之兵，謂之烏合。」（薑齋詩話卷下）吳西林處士云：「詩以意為主，詞為奴婢，若意少詞多，便是主弱奴強，呼喚不動矣。」（隨園詩話補遺卷四）意是帥也，詞是兵衛，意是主，詞是奴，充分說明了立意的重要，詞與意的關係，袁枚總括其意，言之最精闢明白：

意似主人，辭如奴婢。主弱奴強，呼之不至。穿貫無繩，散錢委地。開千枝花，一本所繫。（續詩品．崇意）

立意如繩穿貫散錢，缺少了立意，佳詞妙句，便如散錢委地，無法串拾了，詞句縱使嬌艷如花，千枝萬朵，也是由「意樹」所生，江順詒補足和發揮了袁枚有詞無意的缺失道：「綺麗單辭，支離全局，七寶樓臺，炫人耳目。」（補詞品）有辭有句，而無意趣，只不過是支離破碎，拆散的七寶樓臺而已。前人重立意，除了認定「意主」「詞奴」的先後、輕重關係之外，復認定意與風格有關，白石道人詩說，已有「意格欲高」之言，鍾惺更進一步發揮其意道：「詩義高者謂之格高，意下謂之格下。」指出意的高下，決定了詩的風格的高下，誠然一語中的，立意鄙俗，決不會風格高古。立意的重要，於此可見。

前人極言立意的重要，至於立意包括了那些方面？總括前人的意見，則不外下述諸項：

一、緊扣題意　除三百篇外，詩多有題目，詩題恰如劃地爲牢，是全首詩立意的範圍，不管詩人如何運用各種技巧，總在能旁見側出，凸顯題意，此之謂「尊題」。徐而菴詩話云：

吾嘗語作詩者，須要向題意上透出一層，見識到那裡，字句亦隨到那裡，方有第一等作出來。

所謂向題意上透出一層，不外指緊扣題旨，見人之所不能見之意，祖詠應考時所作的「終南餘雪」，便是最好的例子：

唐人作詩最重意，不顧功令，省試詩多是六聯，終南餘雪：「終南陰嶺秀，積雪浮雲端。林表明霽色，城中增暮寒。」便呈主司云：「意盡」，唐人自重如此。（圍爐詩話卷一）

應該是六聯十二句的「省試詩」，祖詠作了二聯四句便繳卷了，理由是「意盡」，仔細檢查，這四句詩的確道盡了「終南望餘雪」之意，「終南陰嶺秀，積雪浮雲端。」切望雪所見的雪景：「林表明霽色，城中增暮寒。」表出了望雪的地點—長安城，林表明霽色，是天晴雪化的景象，化雪增寒，是城中人的感受，扣題盡意，實是最好的例證。析觀唐人的好詩，無不具有這一特點，祖詠所以成爲最特出的例子，是因爲他不顧考試規則的「功令」規定，意盡便止，沒有拼湊成篇，所以更爲可貴。

二、全詩經營　古人爲文，文成法立，詩人亦係如此，詩成合律，決不是率意粗心而作，杜工部「詩律細」，決不是空言，所以前人論詩，是把全詩的經營一併歸在命意的範圍內的；明朱紱「名家詩法彙編」云：

**作詩先命意，如構宮室，必法度形制已備於胸中，始施斤鋏。**

事實上立意只是詩人作詩的心意「取向」，在紛繁的意象中，經過整理和取捨，確立一篇的主題，作爲取材表達的指針，如構宮室，定出了基本的原則，至於「法度形制」，那是構思以後的章法問題，可是王漁洋卻認爲立意是包括章法安頓在內，其答劉大勤所問，即顯示此意：

**問：又云：鍊句不如鍊字，鍊字不如鍊意，意何以鍊？**

答：鍊意或謂安頓章法，慘澹經營處耳。（師友詩傳續錄）

其實安頓章法是成詩時的問題，立意時的慘澹經營，是指在諸多的意象中，去凡常、取雅正、離粗疏、入精微，能見人之所不能見，方能言人之所不能言，此正慘澹經營，詩人嘔盡心血處。

三、立意貴新　前人論詩，多言立意的重要，如何立意？論究的卻不多，因為立意既牽涉多方，又難有成規定法可循，人的心思才力，又有此長彼短的差隔，見仁見智，無法強之使同，故同一詩題，而立意各別，即係此故，然黃子肅云：

大凡作詩，先須立意，意者一身之主也。如送人則言離別不忍相舍之意，寄贈則言相思不得見之意，題詠花木之類，則用離騷芳草之意。故詩如馬，意如善馭者，折旋操縱，先後疾徐，隨意所之，無所不可，此意之妙也。……（王昌會詩話類編一）

如黃氏所言，凡送人止於「言離別不忍相舍之意，寄贈則言相思不得見之意，題詠花木之類，則用離騷芳草之意。」豈非古人詩人所創作的詩篇，都是萬家一意，千篇一理的呢？可是古今詩人的作品，並沒如此的萬人一意，萬千篇一理，而是各出機杼，立意求新，不肯拾人牙慧，趙翼云：

元遺山論詩云：「蘇門若有功臣在，肯放公詩百態新。」此言似是而實非也。新豈易言？意未經人說過則新，書未經人用過則新，詩家之能新正以此耳！若反以新為嫌，是必拾人牙慧，人云亦云。否則抱柱守株，不敢踰限一步，是尚得成家哉！尚得成大家哉！

正說明了立意要求新，此意未經人道過，才算是新，才免於雷同一響，所以詩立意在求新，此意未經人道過，方能突破前人的藩籬，韓文公主張去陳言，其實去陳意更重於去陳言，因爲立意趨新，則陳言自去，因爲語言文字不過是寓「道」之器，立意既然新，詞句也將因而不陳舊俗套了。

四、立意能奇　詩人的能事，在見人之所不能見，方能言人之所不能言，蓋所思出人意表，才能使人驚奇聳動，姜夔云：「人所易言，我寡言之，人所難言，我易言之，自不俗。」（白石道人詩說）即有此意，蓋人所恆言，我卻不言，人所不能言，我乃言之，所立之意方能受到重視，陳師道：

善為文者，因事以出奇，江河之行，順下而已，至其觸山赴谷，風搏物激，然後盡天下之變，子雲惟好奇，終不能奇。（後山詩話）

所謂因事出奇，乃借事以顯作者立意之奇，例如詠王昭君詩，不知凡幾，而奇意迭出，無有定準，詠落花詩，亦各有寓託，誠然如水的「觸山赴谷，風博物激。」奇變盡出。立意之出奇，在思慮的周密，識見的過人，誠非易事，故一篇之中，有一處數處能奇，即能差強人意了，姜夔云：「篇終出人意表，或反終篇之意，皆妙。」即係此意。袁枚云：

人但知詩之新秀者難，而不知詩之奇闢者尤難。……嘉興戴光曾宿淨慈寺云：「日色下平地，人影上茅屋。湖上諸螺峰，環拱如葡萄。」又常山云：「纜從山脊牽雲去，舟向波中卷雪來。」（隨園詩話補遺卷七）

一方面說明了出奇之爲難，一方面僅二句出奇，已極引人激賞。

五、立意貴深　詩的立意，最忌淺俗，故平庸之見，人人所熟知習聞者，皆不足以動人，姜夔云：「故始於意格，成於字句，句意欲深欲遠。」立意能深遠，貴在立意構想之時，能較人深入一層，例如清人釣魚詩云：「爲貪臨水去，不羨得魚歸。」釣魚志在得魚，乃常人的情志，釣魚而志不在得魚，在山水登臨之樂，自然深一層，例如杜牧之題桃花夫人廟詩云：「細腰宮裏露桃新，脈脈無言度幾春。至竟息亡緣底事，可憐金谷墜樓人。」楚王因息夫人之美，滅息載息夫人以歸，息夫人事楚王，終身不言，後人憐其處境，多讚美他的不忘故夫，可是杜牧卻把他與石崇的愛妾綠珠並論，石崇因綠珠的美色，致身亡家破，綠珠在金谷園跳樓相殉，如果息夫人無辜，那綠珠是白死了，立意深入一層，劉攽云：

詩以意為主，文詞次之，或意深義高，雖文詞平易，自是奇作，世人效古人平易句而不得其義意，翻成鄙野可笑。（中山詩話）

可見立意以求深遠爲貴。然詩人創作之初，立意淺則易得，深則難求，於是往往舍難而趨易，詩之不工，其故在此。

立意是成詩的酵母，缺少了這一段工夫，是不會有好詩的。立意有經苦思而得，也有天然觸動，自然而得者，朱紱名家詩法彙編云：

詩要有天趣，不可鑿空強作，待境而生自工，或感古懷今，或傷心思古，或因事說景，或因物寄意，一篇之中，先立大意，起承轉合，三致意焉，則工緻矣。

以指天機觸動，自然而得者則可，然如此作詩，則窮一生也不會多有。另則需苦思求索，所謂一生精力盡於詩是也。又在「思之思之，鬼神通之」的情況下，不但靈感汩汩然來，亦可詣精造微。二者之間，亦有區別，由自然而得者，則天衣無縫，以渾成見長；由苦思得者，則筋骨畢露，以刻鏤取勝，由刻鏤而去其形跡，亦可達渾成之境，故古今偉大詩人，以苦思而達渾成者多，因爲如許佳章，決不可能意到筆隨，使之如此多而又佳妙也。

# 主題

## 升沈應已定・不必問君平

凡一詩之作，必由立意以得主題，主題乃一詩之範圍，如畫地為牢，不可逾越，如王夫之云：

意猶帥也，無帥之兵，謂之烏合，李、杜之所以稱大家者，無意之詩，十不得一二也。煙雲泉石，花鳥苔林，金鋪錦張，寓意則靈。（薑齋詩話卷二）

所謂意，實即一詩所欲表達之主題，無主題則材料、辭句均漫無統率，如烏合之衆。有主題則無論材料之選取，辭句之表達，均受統制而臻於靈活，前人於此，論說甚多，幾乎有一致的主張，因為苟不如此，則無以成章，然而主題確立以後，如何宣明主題，則多含混之論。筆者以為彰明主題之法，不外「顯」、「隱」、「渲染」而已。「顯」是點明主題，「隱」是隱藏主題，使之含蓄不露，「渲染」乃如烘雲托月，以襯托出主題。但以點明主題，最為直接有效，詩人用

此法者不知凡幾，例如李白送友人入蜀云：

見說蠶叢路，崎嶇不易行。山從人面起，雲傍馬頭生。芳樹籠秦棧，春流遶蜀城。升沉應已定，不必問君平。（唐宋詩舉要卷四）

全詩前一聯敘事，第二、三聯寫景，似皆與送友人無關，至末聯「升沉應已定，不必問君平」，則如畫龍點睛般，點明了主題，而使全詩靈動，前人不明此，故頗有誤解，例如王文濡云：

前半言蜀道之崎嶇難行；後半說到友人之入蜀，則崎嶇已經過矣。是道路雖險，終可以出險入夷，因悟人生升沉之數，亦是前定，又何必問卜於君平耶？一結頗具高曠之致。

雖推崇此詩之結聯，實未明此聯之眞義及作用。嚴君平乃成都市有名的卜筮人，見漢書王貢傳，此謂友人至蜀之後，應知宦海升沉，既已頒佈，則結果已經確定，不待卜問，勉慰友人平靜地接受這種結果。當然遠遷至蜀，實是貶謫，而非升遷，正是代友人發牢騷，不但這種牢騷，「抑遏不露」，而且深寓李白的同情和安慰之意，如果是李白爲翰林學士時所作的話，則更有鼓舞的涵義。就其用而言，實係點明主題：㈠友人入蜀，係貶謫入蜀，㈡深具同情與瞭解。㈢勉其安於所遇，具懇勉關切之意。掌握這些要點，全詩便靈巧了，敘事寫景，皆有襯托主題之效，「見說蠶叢路，崎嶇不易行。」一方面是李白的經驗和見聞，一方面有戒途之意，要友注意行途安全；「山從人面起，雲傍馬頭生」，是描狀奇險的旅途，以見崎嶇的程度，也係可貴的經驗；「芳樹籠秦棧，春流遶蜀城。」言蜀道風光，蜀地佳景，自有可樂的一面，以安慰友人；如前人所云：「寓意則靈」，主題點明了之後，其敘事寫景，皆非虛設，乃以伸明，襯托主題之一部份了，如果缺少了這一畫龍點睛的手段，便漫無歸屬了。李白的渡荊門送別一詩，亦係用同一手法。

渡遠荊門外，來從楚國遊。山隨平野盡，江入大荒流。月下飛天鏡，雲生結海樓。仍憐故鄉水，萬里送行舟。（見唐宋詩舉要卷四）

末聯「仍憐故鄉水，萬里送行舟」。亦係同一機杼，在點明主題。李白使用這一手法的篇章甚多，不能枚舉。其他詩人，亦多有此例，如王維的過香積寺詩云：

不知香積寺，數里入雲峰，古木無人徑，深山何處鐘？泉聲咽危石，日色冷青松。日暮空潭曲，安禪制毒龍。（唐宋詩舉要卷四）

前六句不外敘事寫景，至「日暮空潭曲，安禪制毒龍」，方點主題，王維至此古寺，所興起感發的，是安禪得定，克制妄念，而非山水遊樂之趣。又杜甫有名的春望詩亦然：

**國破山河在，城春草木深。感時花濺淚，恨別鳥驚心。烽火連三月，家書抵萬金。白頭搔更短，渾欲不勝簪。**（唐宋詩舉要卷四）

「白頭搔更短，渾欲不勝簪。」正以總結全篇，國家破敗，家不知音訊，而愁腸百結，頭白髮短，不勝簪梳。可見這種方式，竟是詩家的「共法」—大家都在使用。

順著詩的起承轉結的發展，此一畫龍點睛的手法，多用在末聯，乃末聯係用以總結全文之故。但亦有用在其他聯者，如張子壽的「望月懷遠」：

**海上生明月，天涯共此時。情人怨遙夜，竟夕起相思。滅燭憐光滿，披衣覺露滋。不堪盈手贈，還寢夢佳期。**（唐宋詩舉要卷四）

「情人怨遙夜，竟夕起相思。」正是點此詩懷遠的主題，前聯乃係引發「竟夕起相思」之景，後二聯乃爲相思所苦，寢寐不安，行走難奈，欲尋夢冀得佳期以自寬慰，而層層展開。也有首聯係點明主題的，如孟浩然「歲暮歸南山」：

北闕休上書，南山歸敝廬。不才明主棄，多病故人疎。白髮催年老，青陽逼歲除。永懷愁不寐，松月夜窗虛。（唐宋詩舉要卷四）

「北闕休上書，南山歸敝廬」，正以顯點主題，明主見棄，故人疏遠，白髮催人，一年將暮，正見「南山歸敝廬」之不得已，而懷愁不寐，乃係「歸敝廬」之愁恨。當然也有用在第三聯——腹聯以點明主題的，如杜甫的「天末懷李白」：「文章憎命達，魑魅喜人過。」李白的文章得罪，夜郎流放，正是工部關懷憂愁之所繫。

主題點明了，則綱領以現，詩旨自明，正如畫龍，形態已具，點睛之後，自有破壁飛騰之勢，全詩靈動起來了。至「藏匿」主題，和「渲染」主題，則是另一手法了。

# 意　境

## 樹入江雲盡・城銜海月遥

詩的好壞，意境關係最大，司空圖的二十四詩品，實是二十四種意境的最佳詮明，如「清奇」云：

娟娟群松，下有漪流。晴雪滿汀，隔溪漁舟。可人如玉，步屧尋幽。載瞻載止，空碧悠悠。神出古異，澹不可收。如月之曙，如氣之秋。（全唐詩卷六百三十四）

全詩是詮釋「清奇」意境，而「清奇」意境以出，然全詩的內涵，是寫實景以見境，立名言以彰意，如「娟娟群松，下有漪流。晴雪滿汀，隔溪漁舟」、「如月之曙，如氣之秋」，非「清奇」之實境乎？「神出古異，澹不可收」，乃「清奇」之意的說明。後人殆有見於這一事實，而說明「意境」一詞的形成云：

詩或先意而入意，或入意而後境。如路遠喜行盡，家貧愁到時。家貧是境，愁到是意；又如「殘月生秋水，悲風慘古臺」。月、臺是境，生、慘是意。若空言境，入浮艷。若空言意，又重滯。（明王昌會・詩話類編卷一）

說明了詩的「意境」的形成，「意」是意義的部分；「境」是取材的部分；單用「境」，則入「浮艷」，因爲失去「意」的主導，將流入浮詞麗藻；單有「意」的說明，而無「境」的配分，會「徑情直發」，而有板重之失，雖然所舉「路遠」的例子，不是意境最佳的詩，但確能將

「意境」的形成，作了最明確的詮釋。「境」的形成，前人謂之取境，事實上是詩人的心靈，對外在景物刺激的反射，而將詩的主題寓托其中，明黃省曾的名家詩法云：

耳聞目擊，神寓意會，凡接於形似聲響，皆為境也。然達其幽深玄虛，發而為佳言；遇其淺深陳腐，積而為俗意。復如心之於境，境之於心。心之於境，如境之取象；境之於心，如燈之取影；亦各因其虛明淨妙而實悟自然。故於情想經營，如在圖書，不著一字，窅乎神化。（卷五・境條）

外境感心，因而於境取象，形成了表達時的素材，心於外境，有能感攝取的作用，如燈之於影，不是一切景物事的泛取，而是心之所主、所感，乃加攝受，詩的主題所及，心的情志所在，形成了「取象」的範圍，所以將心比擬爲燈，燈之取影，有主宰作用，「耳聞目擊」是於境取象的外激，「神寓意會」是產生題意主題的內感，「境」「我」雙會的結果，才形成意境。意境形成的結果，有「佳言」也有「俗意」，全在詩人的「虛明淨妙」本領的高下而定。

明白了「意境」構成的種種，方知一詩之佳，在「意境」的良好配合，名家詩法又云：

詩有內外意

內意欲盡其理：理謂義理之理，頌美箴規之類是也。

外意欲盡其象：象謂物象之象，日月山河魚蟲草木之類是也。

內外含蓄，方入詩格。（卷一．詩有內外意條）

細味所言，「內意」指的是詩的主題，而以「頌美箴規」和義理作解釋，顯然係受「傳統」論詩的影響；「外意」即「意境」之境，指的是日月山河魚蟲草木等物象，「意境」的「意」，當然以盡理、合理爲原則，即使以抒情爲主，亦不能違反情理。「境」象之「象」的「外意」，應當以盡得物象的眞微爲前提，「內意」「外意」的配合—即是意境的形成，以「含蓄」爲妙，方成詩格，如調鹽於菜中，有其味而無其形迹，惜未舉詩例以爲說明，明鍾惺所云，恰可作爲補充：

入玄（取其意句綿密，只可以意會，不可以言宣也）。

韋述送人（此乃上下句不言送人，而意在送人）。

樹入江雲盡，城銜海月遙。

鄭谷題雁（此乃上下句不言雁，而意就雁也）。

八月悲風九月霜，蓼花紅淡葦條黃。

歐陽詹贈老僧（此乃上下句不言老僧，而意見老僧）。

笑向何人談古寺，繩床竹杖自扶持。

**以上五種，可惟入玄最妙。**（鍾伯敬硃評詞府靈蛇．骨集）

鍾氏所云的「入玄」，即是藏「意」於「境」的最佳說明，以「樹入江雲盡，城銜海月遙」為例，遊子的行程，無盡無止，故寓意於「樹入江雲盡」的境象中，欲往赴的目標，距離極遠，故以「城銜海月遙」為寄託，雖藏「意」於境，而可即「境」求「意」，婉而不露，故而謂之「入玄」也。詩能如此，方能渾然天成，如沈德潛說詩晬語所云：

**意得象先，縱筆所到，遂擅古今之奇。所謂章法之妙，不見句法，句法之妙，不見字法者也。**

以鍾敬伯所言為例，實無章法、句法上的奧妙可尋，惟「意境」配合，極為佳妙，藏「意」於「境」，不黏不脫，不是此詩，恰是此詩。當然也有「意」「境」兩明而配合好的佳詩，不多釋說了。

以意境論詩，是近人的常言，尤其自王國維的人間詞話，揭出「境界」的主張，更能聳動聽聞，一新耳目，近人艾治平云：

詩貴意境，我國古典詩歌作品中的美好意境，一向為人們所重視和津津樂道。儘管對於

> 意境的說法有所不同，對它的解釋有異，比如王世貞稱它為「意象」（藝苑卮言），胡應麟名之曰「興象」（詩藪），王夫之叫它做「情景」（薑齋詩話），王國維則又揭櫫「境界」說，所謂「詞以境界為小。有境界自成高格，自有名句」（人間詞話）。而從詩歌創作看，有才能的詩人也莫不在意境上下功夫。……但意境是思維對存在、作者的主觀對外界客觀事物的反映。因此，從作者來說，主觀的「意」（思想感情）必然具有作者的性格特徵；從彼時彼地的現實看，客觀之「境」（社會環境和自然環境），也總是籠罩著時代的色彩的。所以，意境獨創的詩，無不同作者所處的彼時彼地的社會、自然環境有關，而詩人的傾向又總要或隱或顯地表現出來的。（古典詩詞探幽．學海出版社）

將「意」解爲作者主觀的思想情感，當然極爲正確；把「境」作客觀的自然環境和社會環境，而不限於「物象」，也是合理的擴大解釋，而合乎事實，可是前人也以「前言往事」納入「境」中（見圍爐詩話卷一），可見境的內涵，極爲廣泛，實際上是素材之意，惟意與境如何形成？如何配合？如何融匯一體而方佳？則無明確而合理的研論，以致以「意境」評詩論說之時，常陷入迷離彷彿的雲霧中，故特加確切的闡述。

# 重意

## 橫看成嶺側成峰・遠近高低各不同

詩之有味，一在立意深新，出人意外，耐得住咀嚼；一在主題蘊藏不露，半吞半吐，有紗籠霧隔的神秘感；一在有重意，言之所陳是一種意義，意之所許又是另一種意義、甚或多重意境，尤以後者最爲吸引人，如東坡題西林壁所云：

橫看成嶺側成峰，遠近高低無一同。不識廬山真面目，只緣身在此山中。（蘇東坡前集卷十三）

一首詩有了雙重或多重意境以後，便如峰疊嶺複的廬山，不同的峰嶺，在吸攝我們的神魂，成嶺成峰，變化無定，當然耐得住觀賞和品味，例如劉禹錫詩云：

紫陌紅塵拂面來，無人不道看花回。玄都觀裡桃千樹，盡是劉郎去後栽。（元和十一年自

朗州召至京，戲贈看花諸君子，全唐詩卷三百六十五）

百畝庭中半是苔，桃花淨盡菜花開。種桃道士歸何處，前度劉郎今又來。（再遊玄都觀・全唐詩卷三百六十五）

這兩首均是極普通的詠物紀感之作，可是極爲後人所稱道，是因爲有「重意」的關係，他以王叔文黨，被貶謫出京師，十年之後，被召至京師，「玄都觀裏桃千樹，盡是劉郎去後栽。」蓋謂小人得進，都是他去官離職以後之事，如果他在位的話，是不會有的，所以在序中云：「余貞元二十一年爲屯田員外郎時，此觀未有花，……居十年，召至京師，人人皆言，有道士手種仙桃，滿觀如紅霞。」種桃道士蓋刺武元衡等人。第二首：「百畝庭中半是苔，桃花淨盡菜花開。」謂「種桃道士」所種植的「仙桃」，已無一在，所見的半屬荒蕪，半係菜花，喻人才的一代不如一代，「種桃道士」不見，而自己卻又重來也。以詠物詩而言，夢得此二詩，不能說是妙品，只是多了詠桃以外的另一重意境，才雋永有味，受後人的欣賞，詩外之意，也極爲明顯，所以重遭貶謫，可是究竟不曾實指明言，所以多了一種紗籠霧隔的神祕感受，又如張九齡的感遇詩云：

孤鴻海上來，池潢不敢顧。側見雙翠鳥，巢在三珠樹。矯矯珍木巔，得無金丸懼。美服患人指，高明逼神惡，今我遊冥冥，弋者何所慕？（全唐詩卷四七）

感遇詩共十二首，係九齡遭李林甫排擠之餘，罷相以去，感嘆之作，孤鴻一首，尤能見意，很顯然他係以海上孤鴻自況，而「側見雙翠鳥，巢在三珠樹」，則指目李林甫、牛仙客，「矯矯珍木巔，得無金丸懼」，李、牛二人認爲榮寵之所，富貴之門，實乃受禍之地，危傾之區，己雖受排擠，然實如鴻飛冥冥，弋射之人，無所施其技了。這種意在言外的詩味，唐人已加推重，皎然詩式云：

兩重意已上，皆文外之旨，若遇康樂公覽而察之，但見性情，不睹文字，蓋詩道之極也。向使此道，尊之於儒，則冠六經之首；貴之於道，則居眾妙之門；精之於釋，則徹空王之奧，但恐徒揮斧斤而無其質，故伯牙所以嘆息也。……（詩話叢刊卷上）

所謂「但見性情，不睹文字」，謂詩有「兩重意」時，讀者忙於玩味言外之意，不暇論較其文字之工拙，格律之當否？非謂不睹文字——無文字之存在。皎然又明白地指出：詩之有「重意」，全在於有實質上的內涵，如果缺乏了這一成份，變成了無的放矢，那就是徒揮「斧斤」了，如果忽略了這一道理，則作者自謂有言外之重意，而他人則渾然不知，或者索然無味，其病在此，例如東坡詩話云：

司空表聖自論其詩，以為得味外味，綠樹連村暗，黃花入麥稀。此句最善。又云：棋聲花院閉，幡聲石壇高。吾嘗獨遊五老峰，入白鶴觀，松影滿地，不見一人，惟聞棋聲，然後知此句之工也。但恨其寒儉有僧態。……（東坡詩話）

表聖此詩，僅可爲詠物工整之代表，殊無味外味，東坡恨寒儉有僧態，亦非確論，蓋表聖之詩，非以綺麗超逸見長，此正其本色也。而詩之「重味」，必如王建之新嫁娘詞而後可。

三日入廚下，洗手作羹湯。未諳姑食性，先遣小姑嘗。（全唐詩卷三百一）

就詩的第一層意義而言，是詠新嫁娘洗手初作羹湯，未知堂上姑翁的嗜好，先遣小姑品嚐，以定鹹淡香辣，第二層意義則寓己係初入官場的後進，不知上官的喜樂，請同僚予以指教，第三重意義，則在說詩者的引用而定，凡己無經驗的事，需人指點者，皆得引用。又李商隱的樂遊原詩云：

向晚意不適，驅車登古原。夕陽無限好，只是近黃昏。（全唐詩卷五百三十九）

這首詩的流傳不朽，全在最後二句，寓有多重意義，當然第一重意義是寫日近黃昏，餘霞滿天，美景可戀。第二重意義則如何義門所云：「遲暮之感，沉淪之痛，觸緒紛來，悲涼無限。」

遲暮之感，是李義山借落日爲喻，嘆年華老去，餘生可樂，可是這首詩究竟作於何時？如果是在李商隱三十歲以前的話，那就非遲暮之感可解了，而全唐詩就是編列在李商隱的第一集中。如果解作沉淪之痛，那當然是自傷自痛了，商隱爲令狐楚所知，其後被誤爲李德裕黨，楚子令狐綯以爲忘家恩，恨之不已，仕途蹭蹬，不得意而卒。如果是自傷沉淪，則應作於晚年，如果作於此前，則「夕陽無限好」，這種沉淪之痛，可能便是傷大唐帝國的危傾，雖如日近黃昏，可是光芒仍在，故曰「夕陽無限好。」這多種意旨，實在難以確定，如是便如萬花筒，如五味菜，使人玩味之餘，「不睹文字」了。詩有「重意」，體會不當，往往有誤解誤論的危險，例如朱慶餘「近試上張水部」詩云：

洞房昨夜停紅燭，待曉堂前拜舅姑。妝罷低聲問夫婿，畫眉深淺入時無？（全唐詩卷五百十四）

唐代進士考試不糊名，故應考者於應試前，以詩文爲贄卷和溫卷，投獻於可能擔任典試官的鉅公，或者文壇宗伯，以期造成聲華早溢，影響衡文取士的主司，朱慶餘此詩，是試前的投卷干謁，不是感恩謙退，而雲溪友議云：

朱慶餘校書，既遇水部郎中張籍知音，編索慶餘新製篇什，吟改後只留二十六章，水部置於懷抱而推贊之，清列以張介重名，無不繕錄而諷詠之，遂登科第。朱君尚為謙退，閨意一篇（本詩亦名閨意上張水部），以獻張公，張公嘉其謙退，尋亦知焉。……

眞誤解了朱慶餘詩中的求助之意，認爲是朱氏受知之餘，以感恩和謙退爲旨，而成此詩。「妝罷低聲問夫婿，畫眉深淺入時無？」正以新婦的畫眉深淺，喻朱氏的詩作是否文章中試官，不然「待曉堂前拜舅姑」無著落矣。張籍答詩云：「越女新妝出鏡心，自知明豔更沉吟。齊紈未是人間貴，一曲蓮歌敵萬金。」正是就朱氏的題意爲答，肯定了西施的「明豔」——朱氏詩的美妙，必見售於主司。這一類的詩，爲例甚多，葛立芳云：

自唐以來，主司常重素望，舉子之升黜，固有定議。朝向公卿說，暮向公卿說。誰謂有黃鐘呂，化為若子舌。此孟郊有祈於知己也，而呂渭取之；擬動如浮海，凡言似課詩。終身事知己，此後復何為？此杜荀鶴有祈於知己也，而裴贄取之；砌下芝蘭新滿徑，門前桃李舊成陰。卻應回念江邊草，放出春煙一寸心。此鄭谷有祈於知己也，而柳玭取之。舉子祈之於前，主司錄之於後，公道何在？……（韻語陽秋卷十八）

孟郊、杜荀鶴、鄭谷三人的詩，正與朱慶餘同出一轍，足證朱氏此詩，非爲感恩與謙退而上張籍也。而宋洪邁容齋隨筆云：「予獨愛朱慶餘閨意一絕句上張籍水部者。細味此章，元不談量女之容貌，而其華艷韵好，體態溫柔，風流醞藉，非第一人不足當也。」竟有以爲係讚美張籍之意，明楊愼云：

朱慶餘閨意上張水部，洞房昨夜停紅燭云云，詩人多以美人自喻，薛能吳姬之詩，亦其一也。宋人詩話云：東坡如毛嬙西子，洗妝與天人婦人鬥巧，亦此意。洪容齋云：此詩不言美麗，而味其詞意，非絕色第一不足以當之。其評良是。（升庵詩話）

楊氏更誤認朱慶餘此詩，是借絕色第一，自讚自美。所以如此，原來是版本不同，題目有「近試上張水部」和「閨情上張水部」之別，以致會意有誤，而評解失實，這足以說明詩的「重意」，要有一定的說明，最好是借題目作線索，此外則言之所陳要明白，意之所許要切貼，比興的事物要得當，否則如掣謎語，使人不知所云，頂多入李商隱的「無題」詩一類，豈不浪費了詩人的苦心經營？因爲詩的「重意」，最耐尋味，如是連極普通的遊山詩，也以重意解之，未免太過附會，喪失了前人的本質，亦是詩的噩運，例如王維的終南山：

太乙近天都，連山到海隅。白雲迴望合，青靄入看無。分野中峰變，陰晴衆壑殊。欲投人處宿，隔水問樵夫。（全唐詩卷一百二十六）

解此詩者，竟以爲借詠終南山，以寓言楊國忠權勢之大，迷惑玄宗之甚，牽強附會，到了不堪詰問的程度。因爲唐太宗有意以詩興教，詩人諷刺之作，言之無罪，杜甫對楊國忠的斥言，白居易長恨歌的諷刺，以後世文網的尺度爲衡量，眞是大逆不道到了極點，可是在當時固可言之無罪；又就詩的內容言，「白雲迴望合」解爲象徵楊國忠的迷惑玄宗之甚的話，則「青靄入看無」，不能同寓一意，自然要解爲象徵楊國忠的權力了，可是楊國忠的威權是明確可見的，縱然上下二句的寓意相反，亦無不可，也可釋說通暢。可是末二句呢？「欲投人處宿，隔水問樵夫」不能說是王維被楊國忠逼得走頭無路吧！縱然勉強作此解，事實上王維在楊國忠掌權時，並無這種遭遇，所以對「重意」詩的解釋，要特別愼重，不然會厚誣古人，不幸很多詩詞，竟然遭逢了「寃獄」，受了「枉曲」，詩的意義因而「扭曲」了。

詩人看重詩的「重意」大概以楚辭爲最，作詩著重「重意」風氣更係因此而盛，「虬龍以喻君子，雲霓以譬讒邪」，遂成爲詩人寓言見意的手法，作者旣以之成詩，讀詩解詩者不能不循之求意，但應去泰去甚，不然落於穿鑿附會，貽笑大方，仍自以爲是，矜爲獨創，不惟厚誣古人，兼且誤導來學，不免爲「風雅」罪人了。「重意」詩的受誤解，是因爲意不明言，由讀者作解釋，而且有見仁見智之分，「橫看成嶺側成峰，遠近高低無一同。」致造成了古今的爭議，波瀾橫生，也是觀者的另一種樂趣吧。

# 含蓄〈上〉

## 不著一字・盡得風流

詩是最精密的語言，許多偉大的詩人，嘔心瀝血，一生心力盡於詩，所以詩是文學作品中最完美的，如經過精工打磨的鑽石，費盡名師切磋的良玉，不但光芒四射，而且極盡工巧，絕少疵贅。可是前人於論詩評詩之時，往往綜理未密，思慮欠周，致形成分類不當，論理欠明的情形，最易引起誤解的，是把言外之意，包括了「含蓄」、「重意」和語盡而意未盡之「餘意」同論。三者相似而不相同，實不容混淆。

談到含蓄，陸機文賦雖有「石韞玉而山輝，水懷珠而川媚。」可解釋為文貴含蓄，可是就通貫全文的意義而言，則係論文貴立意、或有主題。劉勰的文心雕龍隱秀篇云：「隱也者，文外之重旨也，秀也者篇中之獨拔者也。」黃季剛先生的文心雕龍札記，考證本篇為贋作。又就全篇之意義言，前人解「隱」指含蓄，而實際上是「隱」「秀」對比，「隱」指主題或文意，秀指文字的表顯，篇中又有「使蘊藉者蓄隱而意愉」、「餘味曲包」之語，加上「文外重旨」，已有使「含蓄」、「重意」、「餘意」相混之意，但以全篇所及，為文章的立意問題，此三者之外，涉及尚多，不足為病。眞正論及含蓄的，當推唐末司空圖的二十四詩品：

不著一字，盡得風流。語不涉己，若不堪憂。是有真宰，與之沉浮。如淥滿酒，花時返秋。悠悠空塵，忽忽海漚。淺深聚散，萬取一收。

由於司空圖係以詩論詩，語太簡略，故誤解頗多。事實上「不著一字，盡得風流。」已把含蓄的意義闡釋得極明白了。所謂不著一字，指於一詩之主題，不著一字道破，而主題之精要，卻能藉素材全部表達而「盡得風流。」如悲傷之詩，雖與己無關，讀之卻不能忍受其悽苦；何以如此？「是有眞宰，與之沉浮」，眞宰指全詩之主題，與之沉浮，謂主題融合於材料和文辭之中，如釋鹽水中，水皆鹹而鹽不可見，「如淥滿酒，花時返秋。」酒經澄漉，則清澈如水，飲之方知酒味，花到綻放，反而含苞隱蕊，正以寓主題的隱包。「塵」與「漚」借以指表達之素材與主題，「海漚」有深淺，以寓主題之深或淺，素材有取捨聚散，故用「空塵」以寓之，「萬取」謂取材之廣，「一收」謂皆為主題所收用，全詩意明文暢，例如高蟾的下第後上永崇高侍郎詩云：

天上碧桃和露種，日邊紅杏倚雲栽。芙蓉生在秋江上，不向東風怨未開。（見全唐詩卷六百六十八）

全詩未明言應考、落第，而應考及落第後無怨無尤之意，實隱於素材和詩句之中，蓋「天上碧桃」、「日邊紅杏」，以象徵進士爲天子門生，身分貴重；云「和露種」、「栽倚雲」，指高侍御爲主試官，芙蓉生秋江，乃以自比，且有豔麗晚成之意，「不向東風怨未開」，不怨試官，並有時節未至之義，全唐詩話云：「時謂蟾無躁進心」，即據此意立論。同時的胡曾也有下第詩：「翰苑何時休嫁女？文昌早晚罷生兒。上林新桂年年發，不許平人折一枝。」則直露而含怨憤了，二詩相比，含蓄之意自明。含蓄的方法頗多，有寓情於景，藏意於事，借古寓今，從他顯己等法；如李白送孟浩然詩：「孤帆遠影碧空盡，惟見長江天際流，」乃藏依依不捨之情於遠望之景物中；王昌齡的春宮曲：「平陽歌舞新承寵，簾外春寒賜錦袍。」乃藏意於事，以漢武帝衛皇后子夫的故事，如說詩晬語所云：「只說他人之承寵，而己之失寵幽然可思，此求響於絃外也。」深得其意。至於借古寓今，如韓翃寒食詩云：「日暮漢宮傳蠟燭，輕煙散入五侯家。」借漢桓帝同日封五宦官爲侯，以喻唐肅宗代宗以後，宦官擅權（見唐宋詩舉要）。借他人的酒杯澆自己的塊壘，乃詩隱匿主題的常用手法，李商隱寄令狐郎中詩云：「休問梁園舊賓客，茂陵秋雨病相如。」乃借稱病閒居的司馬相如以說明自己的近況，這些都是善用含蓄的最佳例子，詩中屢見不鮮，皆合於「不著一字，盡得風流」的訣要。

詩的重意，乃指詩言之所陳是一種意義，意之所許是另一種意義，甚或有多重意境，方耐得住咀嚼，而味之者無厭，文心雕龍所謂文外之重旨近之，文心隱秀篇云：「隱也者，文外之重旨也。隱以複意爲工。」又云「隱之爲體，義生文外，祕響旁通，伏采潛發。」其中確有爲詩文中之兩重意義而發，范文瀾注云：

重旨者，辭約而義豐，含味無窮，陸士衡云：「文外曲致」，此隱之謂也。

這實在是嚴重的誤解，「辭約而義豐」，是用字句少而意義多，不但不是「複意」，也不是文賦「文外曲致」的意義，而且如范氏所言，在寫作上易生文意多歧而混淆的毛病。多重意境當如李商隱的「夕陽無限好，只是近黃昏」，筆者曾論之云：

這首詩的流傳不朽，全在最後二句，寓有多重意義，當然第一重意義是寫日近黃昏，餘霞滿天，美景可戀。第二重意義則如何義門所云：「遲暮之感，沉淪之痛，觸緒紛來，悲涼無限。」遲暮之感是李義山借落日為喻，嘆年華老去，餘生可樂。可是這首詩究竟作於何時？如果是在李商隱三十歲以前的話，則就非遲暮之感可解了，而全唐詩就是編列在李商隱的第一集中。如果解作沉淪之痛，那當然是自傷自痛了，商隱為令狐楚所知，其後被誤為李德裕黨，楚子令狐綯以為忘家恩，恨之不已，仕途蹭蹬，不得意而卒，如果是自傷沈淪，則「夕陽無限好」，便有失真實了。那麼這種沉淪之痛，可能便是傷大唐帝國的危傾，雖如日近黃昏，可是光芒仍在，故曰「夕陽無限好」。這多種意旨，實在難以確定，如是便如萬花筒，如五味菜，使人玩味之餘，「不覩文字」了。（見「橫看成嶺側成峯」，本書二五一頁）

詩的「重旨」、「複意」，理應如此，不是文約義豐可解釋的。詩文之中，常有意到而筆不到的情況，情餘言外，如梅聖俞所云「含不盡之意，見於言外」，才是言外之意的正確說明。而含蓄是情在言內，意藏文中，似同而實異，可是姜夔的白石道人詩說云：

語貴含蓄。東坡云：言有盡而意無窮者，天下之至言也。山谷尤謹於此。清廟之瑟，一唱三嘆，遠矣哉！後之學詩者可不務乎？若句中無餘字，篇中無長語，非善之善者也。句中有餘味，篇中有餘意，善之善者也。

也混淆了言外意與含蓄為一體。例如李白的送陸判官往琵琶峽詩云：

水國秋風色，殊非遠別時。長安如夢裏，何日是歸期。

應是「言有盡而意無窮」的最佳例證：「水國秋風夜，殊非遠別時」，文外餘意是在此不是別離的時候而竟然別離了，如何不感傷？……「長安如夢裏，何日是歸期？」文外餘意是此去是往琵琶峽，而非夢想中的長安，愈去愈遠，歸期何日？當更悽然！完全是情餘言外。又如李德新的「近鄉情更怯，不敢問來人！」言外之意蓋恐故園多變，家中吉凶難卜，怕有不能忍受的變化，而不敢問也，不然則「停船暫借問」矣。劉禹錫的「舊時王謝堂前燕，飛入尋常百姓家。」

謂王謝巨族，今已沒落，無異尋常百姓，燕子飛入的不是王謝時顯赫的巨室了，所以峴傭說詩云：

**若作燕子他去便呆，蓋燕子仍入此堂，王謝零落，已化作尋常百姓矣！如此則感慨無窮，用筆極曲。**

事實上，是用筆曲達以外，有了文外之意，也可見文外餘意，大都由省略造成，省去了事物的起源、過程、變化、結果等方面，而上下文句的言陳意許，可以由想像加以密切地銜接，才能意到而筆不到，造成了餘意餘味。

三者的界限既明，前人的誤解遂清晰可見，以梅聖俞能立「含不盡之意，見於言外」之論，但在答歐陽修之問時，卻舉錯了例子：

**又若溫庭筠「雞聲茅店月，人跡板橋霜」。賈島「怪禽啼曠野，落日恐人行」。則道路辛苦，羈愁旅思，豈不見於言外乎？**（見六一詩話）

溫、賈二人之詩，應是寓情於景的含蓄一類的例子，不是言外見意。又王漁洋取「不著一字，盡得風流」，建立神韻說，除了依傍古人，把一種道理說成另一種道理之外，實在於理有礙。因爲神韻是指詩之意境，含蓄只是詩的風格的一種，二者似同而有別，王漁洋論「不著一字，盡得風流」云：

或問「不著一字，盡得風流」之說。答曰：太白詩：「牛渚西江夜，青天無片雲。登高望秋月，空憶謝將軍。余亦能高詠，斯人不可聞。明朝掛帆去，楓葉落紛紛。」襄陽詩：「掛帆幾千里，名山都未逢。泊舟潯陽郭，始見香爐峰。常讀遠公傳，永懷塵外蹤。東林不可見，日暮空聞鐘。」詩至此，色相俱空，正如羚羊掛角，無跡可求，畫家所謂逸品是也。（見分甘餘話）

事實上李白、孟浩然二詩，決不是含蓄，因爲並未隱藏主題，頂多有些言外之意而已，太白之詩，道出了對謝尙的嚮往，孟浩然一詩則於慧遠大師極盡傾慕，均道破了主題。惟二詩均爲律詩，並不合律，云「色相俱空」則可，以意境言，評爲「羚羊掛角，無跡可求」，亦不爲過，認爲係「不著一字，盡得風流」的代表，則於理有礙矣。

總而論之，含蓄是主題的隱藏不露；重意是一詩多義；言外之意是詩的省略，意到而筆不到。究明了此疆彼域，當有助於詩的析賞。「不著一字，盡得風流。」仔細分辨，除了含蓄之外，能移用到重意和言外之意上去嗎？

# 含蓄〈下〉

## 不敢怨春風・自無台上鏡

詩貴含蓄，此論詩者之常言，所謂含蓄，是不徑情直發，說穿鑿破詩的主題，使之隱藏不見於言外，言在於此，意在於彼，於是詩人的情意，藏而不露，又可作不同的會心，如一顆多角面的鑽石，映著不同的光度，會發出不同的光芒，田同之云：

> 不微不婉，徑情直發，不可為詩；一覽而盡，言外無餘，不可為詩；美之謂美，刺之謂刺，拘執繩墨，不可為詩；意盡於此，不通於彼，膠柱則合，觸類則滯，不可為詩。知此四者，始可與言詩矣。（西圃詩說）

這應是詩貴含蓄的具體說明，所謂含蓄，綜而論之：⑴一首詩的主題或情意不可說破說透，使其藏隱在材料語句之中，讓讀者去體會搜尋。⑵使義脈內注，不要意見句中，而要情藏言外，如諫果回甘，甘蔗倒啃，橄欖留香。⑶能觸類旁通，具有多種意味，隨讀者的知識閱歷，興起不

同的體會。有了以上的意境，大概算得上有含蓄了，例如唐人的貧女詩：

照水欲梳妝，搖搖波不定。不敢怨春風，自無臺上鏡。

吳可的藏海詩話，特拈論此詩，以爲格高，而又含不露之意，見於言外，這首詩大致合乎上述含蓄的三條件，可注意的是不用典用事，無艱深的辭句，一氣流轉呵成，不待索解，而意自明。元微之的行宮怨，同一機杼：

寥落古行宮，宮花寂寞紅。白頭宮女在，閒坐說玄宗。

此詩一云王建作。唐詩集解評云：「此詩點出寥落之景，並及白首宮人懷舊之訴，盛衰之感，深寓於短章矣。」最足以得此詩含蓄之意。前人又論及此詩用字含蓄云：「說字含蓄，更易一字不得。」如果用論、評、嘆，惜以代說字，確減少了原詩的含蓄意味。又沈確士云：「說玄宗，不說玄宗長短，佳絕！只四句話，已抵一篇長恨歌矣。」這首詩，於立意全未說破，但滄桑之感，盛衰之嘆，無不入人心目；於玄宗，旣懷念而又有評論，可是卻下一「說」字，「說玄宗，不說玄宗長短，佳絕！」可是玄宗的長短，自然也包涵在這「說」字之中，所以最有餘意餘味。行宮寥落，宮花仍紅，自然是目前所見的蕭瑟景象，正以襯托出玄宗臨行時的盛景盛況，全詩雖未必抵得上一首長恨歌，但卻能令人觸類旁通，意味多多。眞是詩的含蓄一類的代表。

含蓄詩是一時靈感來的即興之作、自然天籟之音嗎？當然不能否定有此可能，可是人類最高境界，最精妙的物品，很少有妙手偶得的情況，最正常的，是苦心經營的結果，達到了「人巧極而天工錯」的地步，人的巧慧與苦心，使其創作達到了自然深得天籟境界，如袁枚所云：

> 織錦有迹，豈曰蕙娘。修月無痕，乃號吳剛。白傅改詩，不留一字。今讀其詩，平平無異。意深詞淺，思苦言甘。寥寥千年，此妙誰探？（續二十四詩品・滅迹）

「意深詞淺，思苦言甘」，大約得到了「人巧極而天工錯」的精髓，也就是漫齋語錄所說：「詩用意要精深，下語要平淡。」用意精深是思考立意的工夫，下語平淡是表達工巧的技巧，無論何時，在立意與表達方面，大約有四種情況：

一、意深語深：李商隱可為代表。
二、意深語淺：白居易可為代表。
三、意淺語深：黃山谷可為代表。
四、意淺語淺：打油詩派可為代表。

意深語深，不害其爲妙句佳章，但流傳接受必不廣，「詩家總愛西崑好，獨恨無人作鄭箋。」是極佳的說明。意深語淺，其難在意深語深之上，因爲意深的意思是「人人心中所無」，無人想得到，而用語言表達之際，卻似「人人口中所有」。每個人好像都能說得出，事實上是既然意想不到，又何能言語舉說呢？明白了含蓄一類的作品，眞是「成於容易深艱辛」，不要以淺易視之，苟不知其苦心與艱難，則永遠體認不到古人極巧極妙之處，不少負才使氣的人，目無古今人，自以爲是超李邁杜，視白居易以下爲餘子碌碌，正坐此病。始終難以在文壇詩苑，帶角沾邊地佔一席之地，誠然可哀。

以上所舉二詩，含蓄天然，在古代如雨如林的作品中，探訪追尋這類好詩之時，眞有屈指可數之感，很多的大詩人，詩不過數篇，因爲這是詩的「高格調」，退而求其次僅主題含蓄，表達時雖欠工巧，卻能使人玩味無窮，亦不失爲好詩，仍應入此一類，例如金昌緒的春怨：

打起黃鶯兒，莫教枝上啼。啼時驚妾夢，不得到遼西。

謝榛的四溟詩話，稱其一篇一意，摘一句不成詩矣。因全詩皆舉敘一事，共成一意，故全篇一意，自然摘一句不成詩；升庵詩話，亦僅許「爲意連句圓」，未爲知音；王文濡道：「善寫閨情，嬌癡之狀如畫。」更係皮相之論；此詩之佳，全在意藏事中，情在辭外，夫婿遠戍，瓜代無期，音書難得，惟有求聚首於夢裡，又恐黃鶯的叫聲驚夢，深切的閨怨，迫切的相思，已深蘊詩中，加上黃鶯係鳴春的佳禽，其鳴聲甚受人歡迎，今竟不受歡迎，以點春字，且見怨意，故章微云：「字字宛轉，字字嗚咽，是古今絕佳之作。」抒發了這首詩的讀後感受，正以情意含蘊之深，玩味之餘，乃有震撼心靈的千鈞力量。此外題意渾成，雖表達徑直，亦不失爲含蘊之作，如黃公度詩：

> 阿婆餅焦；阿婆餅焦！阿婆年少時，羹湯手能調。今日阿婆昏且驕！汝輩不解事，阿婆手自操。大婦來，口嘵嘵；小婦來，聲囂囂；都道阿婆本領高，豆萁燃盡煎太急；炙手手熱驚啼號，阿婆餅焦。

全詩取材極平常，用語無綺詞佳藻，卻引人入勝，在表達上又有說破之處，如「阿婆昏且驕」，「豆萁燃盡煎太急，炙手手熱驚啼號。」然而全詩的主題是隱伏著的，深含權力使人腐化張狂，以致僨事之意，故能有餘味而耐得住咀嚼。又含蓄之詩，亦有非通首含蓄，但有部份義脈隱伏，亦能引人入勝，如李白的山中答問云：

> 問余何事棲碧山，笑而不答心自閒。桃花流水杳然去，別有天地非人間。

此詩自古迄今，皆爲評論家所拈論欣賞，而其重點，則在後二句，唐汝詢云：「山水之樂，得之於心，難以告人，下聯微示其趣。」顯示其微婉不露，乃在「桃花流水杳然去，別有天地非人間。」當然前二句雖有敘事直言，但仍有似說破而未說破之妙，故譚友夏云：「已答了，俗人卒不能省得，妙！」蓋謂前二句為問答體，一問一答，至為明顯；可是章微云：「仍是不答，妙！」乃指太白未並針對「何事棲碧山」作解答也。又陳陶的隴西行云：

誓婦匈奴不顧身，五千貂錦喪胡塵。可憐無定河邊骨，猶是深閨夢裡人。

這詩首是佳評如潮，其中推獎此詩立意之佳，無過楊慎的升庵詩話：

漢賈捐之罷珠崖疏云：「父戰死於前，子鬥傷於後，女子乘亭障，孤兒號於道，老母寡婦，飲泣巷哭，遙設虛祭，想魂乎萬里之外。」唐李華弔古戰場文：「其存其歿，家莫聞知，人或有言，將信將疑，悁悁心目，夢寐見之。」陶此詩與賈、李之文亦同，而入於二十八字之間，尤為精婉矣。言之精者為文，文之精者為詩，絕句又詩之精者也。詎不信者。

的確「可憐無定河邊骨，猶是深閨夢裏人」，檃括了楊慎所引賈捐之罷珠崖疏與李華弔古戰場文所云之意，至於此詩之佳，卻全在後二句，王世貞全唐詩話云：

「可憐無定河邊骨，猶是深閨夢裏人」，用意之妙！如此可謂絕唱矣！惜為前二句所累。筋骨畢露，令人厭憎。

認爲後二句工妙，前二句嫌直率，流於筋骨畢露，但「令人厭憎」之評，殊失公道，高步瀛云：

升庵推許，不免太過，元美謂為前二句所累亦不然；若前二句不若此說，則後二句何從著筆。此特横亙一盛唐晚唐之見於胸中，故言之不能平允。（唐宋詩舉要卷八）

其論甚是，此詩前二句爲敘事，以見征伐匈奴時戰事之慘烈，如亦求含蓄渾成，實無法著筆，後二句亦無法引發矣。陳陶係晚唐人，王世貞故薄之，以爲不及盛唐，事實上盛唐亦多此例，如王之渙涼州詞：「黃河遠上白雲間，一片孤城萬仞山。羌笛何須怨楊柳，春風不度玉門關。」亦前二句敘事，後二句方含蓄。又「葡萄美酒夜光杯，欲飲琵琶馬上催。醉臥沙場君莫笑，古來征戰幾人回。」前二句直言出征前的飲酒，至後二句方隱言征人的無生還之望，而有厭戰之想，含蓄亦在最後二句，又王昌齡的「奉帚平明金殿開，且將團扇共徘徊，玉顏不及寒鴉色，猶帶昭陽日影來。」含蓄全在後二句，故鍾伯敬云：「寒鴉日影，尤覺怨之甚。」何以詩有的僅能部分含蓄？或五、七絕僅能二句含蓄？蓋詩必因事、寫景以見情志，敘事寫景之時，是很少能不明白敘說的，故前人認爲作詩之時，一實一虛，一景一情，其理在此。

詩全首能含蓄最佳，部份含蓄者亦佳，把詩有含蓄之美，說得較具體的，是周子文的藝藪談宗：

詩之妙處，正在不必說到盡，不必寫到真，而其欲說欲寫者，自宛然可想，雖可想而又不可道，斯得風人之旨。

詩之含蓄，正在立意不可道盡寫盡，讓讀者「宛然可想」，心知其意而難於徵實舉說，於是一唱三嘆，玩味無窮，故珊瑚鉤詩話云：「篇章以含蓄天成爲上，破碎雕鎪爲下。」其理在此。最後値得一提的，是詩有字面含蓄，如同謎語，如詠桃不得言桃，詠柳不得言柳，詠梅不得道梅之類，近人尚有奉以爲法爲戒者，蓋如此方認爲係含蓄，其實若無情意的蘊藏，只是謎子詩，並不足貴，秋窗隨筆云：

晚唐人詠蜻蜓云：「碧玉眼睛雲母翅，輕於粉蝶瘦於蜂。」石曼卿紅梅詩云：「認桃無綠葉，辨杏有青枝。」亦皆謂好詩耶？

二詩於所詠之物——「蜻蜓」、「紅梅」，皆未說破，似乎合了含蓄的原則，可是以別無寓義，只是字面的含蓄，竟似謎子詩，算不上含蓄有味的好詩。

# 顯　意

## 曾經滄海難為水・除卻巫山不是雲

詩人創作之時，主題確定了，題材選定了，在表達之際，似壁上塑龍，首尾鱗鬣皆備呢？還似神龍行空，見首不見尾呢？應是詩學上的大問題。趙執信談龍錄云：

錢塘洪昉思（昇），久於新城（王士禛）之門矣，與余友。一日，並在司寇（王士禛）宅論詩。昉思嫉時俗之無章也，曰：「詩如龍然，首尾爪角鱗鬣一不具，非龍也。」司寇哂之曰：「詩如神龍，見其首不見其尾，或雲中露一爪一鱗而已，安得全體？是雕塑繪畫者耳！」余曰：「神龍者屈伸變化，固無定體，恍忽望見者，第指其一鱗一爪，而龍之首尾完好，故宛然在也。若拘於所見，以為龍具在是，雕繪者反有辭矣。」昉思乃服。

這一生動有趣的畫龍主張，正反映詩的表達問題，洪昇是主張作詩如畫龍，要把主題全部表現出來，如龍的首尾爪角鱗鬣，不可或缺，否則不成其爲龍；王士禎則認爲只能要求表現部分或精萃，神龍在空，雲中現出一鱗一爪也就夠了；趙執信則認爲龍現一爪一鱗，而龍的全形仍在，只是以部分表現全體，這三種主張，都有理由，可是後人卻左袒趙執信的看法，詩家語云：「這三種看法，趙執信的看法是最完整的。……王士禎對雕塑繪畫的龍，露出輕視的口吻，是一種片面的看法。」事實是如此嗎？

詩歌的創造，作者的立意和取材以至於表達，是受到詩的體裁的限制，律詩有八句，絕句僅四句，如果表達一複雜的題旨和內容，便無法如壁上塑龍畫龍，使之鱗甲畢露，非如王士禎所云：止現一爪一鱗不可了。在詩的作品中，正多有這種的例子，如孔雀東南飛，因爲用的是不拘長短的古體詩，來表現婚姻的悲劇，故如壁上塑龍，鱗爪無缺，陸游的沈園詩：

城上斜陽畫角哀，沈園非復舊池臺。傷心橋下春波綠，曾是驚鴻照影來。

夢斷香消四十年，沈園柳老不吹綿。此身行作稽山土，猶弔遺蹤一泫然。（見劍南詩稿）

放翁與唐琬結婚，唐女士不爲其姑所喜，故而婚姻破裂改嫁，其情況與孔雀東南飛相同，可是卻如龍現一鱗一爪，在這四句絕句之中，是無法把複雜的情和事，如畫一條全龍般表現出來的。事實上陸游的二首詩，更可以概括地用「曾經滄海難爲水，除卻巫山不是雲」來表達。當然放翁也未嘗不可採用古體詩，而使之如龍現全形，可能是爲慈母諱，不願意公然暴露家庭隱私，故棄古體而取絕句，止能現其情感傷痛的鱗爪了。而詩家語的作者卻云：

他寫這兩首詩的主旨不是在暴露古代禮教所造成的問題，只是通過在沈園相會的片段印象，抒寫心頭無限沉痛的感情，寫出一生的遺恨，這樣抒情，就不必把整個婚姻悲劇寫出來，只需寫這個悲劇的一鱗一爪。「古詩為焦仲卿妻作」的作者不這樣，他是要通過婚姻悲劇來暴露古代禮教所造成的問題，主題擴大了，那麼寫這個悲劇的一鱗一爪就嫌不夠，需要把這個悲劇的全部過程寫出來，寫成敘事詩。

就詩的創作過程而論，是先立意以確立一詩的主題，然後決定取材和體裁的，可是在體裁決定之後，詩的表現就受到一定的限制了，例如陸放翁的沈園詩，一旦決定只做七言絕句，便只能如龍之現一鱗一爪，而不是「只需寫這個悲劇的一鱗一爪」，因爲我們不了解放翁的身世和婚姻生活的話，是不足以了解沈園這二首詩的，因爲詩中並未顯示沈園驚鴻照影的女主角是誰？與他的關係如何？可見不是不需要更顯露得多些，而是受了限制，不得不略去鱗爪，甚至是龍形的大部分，同理，孔雀東南飛要簡縮爲百餘字或寫成近體詩，也必然無法如完整的龍，現其全形。

一首詩所表達的，雖然如龍現一鱗一爪，也可現其全形，都有很好的例證，大概是古體詩現全形者多，近體詩現一鱗一爪的爲多。至於趙執信所謂「第指其一鱗一爪，而龍之首尾完好，故宛然在也。」謂詩表達的部分仍由全體而來，詩在不能表達主題的全部時，只有隱藏、省略某些部分罷了，這隱藏、省略的部分，只是看不見，並非不存在，如月缺半規，缺了的部分仍然存在。例如陸游的沈園二詩，是省略了婚姻悲劇的原因和過程，所表達的是感受和沉痛的結果部分，並不是沒有婚姻悲慘的事實，也就是說隱藏、省略了的部分，加上表達顯現的部分，仍是一條全龍，詩家語解說得很好：

> 但就詩的本身說，又要求完整。要寫一鱗一爪沒有支離破碎之感，且能給人以完整的龍的感覺，這就要求作者的心目中先有一條完整的龍在。

其言甚爲有理，質而言之，詩人作一首詩之時，確立了主題，決定了體裁，選定了素材之後，在表達之時，一定要有一完整的「形象」的概念，雖然表達以後，有所隱藏或省略，但透過想像或其他的手段，仍然可得出全形足味，例如虞僎的途中口號：

> 抱玉三朝楚，懷書十上秦。年年洛陽陌，花鳥弄歸人。

隱藏的是他求官不遇的過程和辛苦，以卞和獻玉，蘇秦上書爲比，表顯只是這一鱗一爪。「年年洛陽陌，花鳥弄歸人」，省略的是他仍然有家不歸，年年爲洛陽的花鳥所嘲弄。劉長卿的送靈澈上人：

蒼蒼竹林寺，杳杳鐘聲晚。荷笠帶斜陽，青山獨歸遠。

「蒼蒼竹林寺」，是送別的地點，「杳杳鐘聲晚」是送別的時候，「荷笠帶斜陽，青山獨歸遠」是行子的打扮和踽踽行途的情狀，所表現的是一鱗一爪，而僧人的身分，入山唯恐不深的意境雖隱而顯，甚至省略了的劉長卿佇立相送，極目眷戀的情感，也能想像得之。所以龍現一爪一鱗，貴有龍的全形仍在，只是隱藏了部分形體於雲中，或省略了某一部分未描繪，不是無此形體而僅有一鱗一爪也，一首詩在表顯時也是如此，隱藏和省略的部分，並非不存在，加上表顯的部分，仍是全形足味，不然就不堪尋思追索了。

詩的隱藏和省略的部分，可由上下文句、文意尋思得之，但是隱藏、省略的部分不能太多，上下詩句的距離不能太大，其隱藏、省略者，應在聯想尋思的能力範圍以內，方爲恰當而合理，不然就會有誤解、淆亂，甚至不知所云了。在文句文意的隱藏、省略之外，詩人尚有主題目以顯示其一詩所限定之範圍，等於畫龍確定了龍飛騰的時空；如果題目的意義不夠明顯時，再於題下加注，如李白的夜泊牛渚懷故，自注云：「此地即謝尚聞袁宏詠史處」，於是「余亦能高詠，斯人不可聞。」吾人方知太白是以袁宏自比而斯人乃指謝尚；除了加注之外，也有仿詩序之例，作一小序於題目之下，以顯示題目意義獨特之處，如駱賓王的在嶽詠蟬一詩，竟作了三百多字的序在題目之下，序云：「聞蟪蛄之流聲，悟平反之己奏，見螳螂之抱影，怯危機之未安，感而綴詩，貽諸知己。」詩中「露重飛難進，風多響易沉。」乃借蟬自況他的受打擊、遭毀謗，而有不能辯白只有求之於知交之苦，這些應該是畫龍以外的手段，前人也特別注意，蓋如此，雖如龍的只露一鱗一爪，也不會誤為其他的爬蟲了。

詩家語的作者認為龍現一鱗一爪，是神韻派的商標：「神韻派詩，像畫龍那樣只在雲中露出一爪一鱗。」事實上是近體詩的作品無法不如此，有那一位詩人，能在四句、八句之內，表達較複雜的情感、內容時，而能不隱藏、不省略呢？若謂神韻派不能畫全龍，只能畫其一鱗一爪，那便不是畫龍能手，詩人之中，也不是止此一家一人，有此毛病。神韻派的弊病，大概只重於畫一鱗一爪，沒有全龍的觀念，致趙執信加以補充詮釋，這樣推論，方為合理。

## 道破

### 思君如滿月・夜夜減清輝

詩重含蓄，貴曲達，所以相對的反對直露，因為直露的結果，必然不曲達，不含蓄，嚴羽

云：

> 語忌直，意忌淺，脈忌露，味忌短。（滄浪詩話）

所說表面是詩的創作上的四件事，其實有相當的關聯，「語忌直」，係詩句的表達問題，忌眞心直說；「意忌淺」，係詩的立意問題，立意淺，往往詩句也流於直說了；「脈忌露」，係主題的隱藏問題，主題應隱伏在材料之中，或與材料相揉合，到細密一體的程度，即文心雕龍所說的「義脈內注」；「味忌短」，是指詩成以後的感受，詩而無趣味，或者詩趣味短缺的話，自然不足入目動心，而趣味的有無，又與以上三者密切相關。一言以蔽之，不能直露而已。

前人因爲重含蓄，貴曲達，於是發展出一種呆板的模式：說桃不得言桃，詠柳不得言柳，形成了謎子詩；不然則故意半呑半吐，半藏半露；等而下之，則模糊含渾，不知所云，皆是中了這種「病毒」，所以葉燮云：

> 至於宋人之心手，日益以啟，縱橫鈎致，發揮無餘蘊，非故好穿鑿也。譬之石中有寶，不穿之鑿之，則寶不出，且未穿鑿以前，人人皆作模稜之語，何如穿之鑿之，實有得也。（原詩內篇）

在概念式的比較上而言，唐詩較含蓄，宋詩較「穿鑿」，可是非唐人無「穿鑿」，宋人無含蓄。就詩的好壞而言，詩固然有以含蓄見工者，更有以「穿鑿」見工者。以含蓄見工的詩，有時誤以做作和掩飾爲含蓄時，則有作模稜之語之弊，而「穿鑿」者卻有坦易明白之效。細察葉氏所謂穿之鑿之意，乃道破、明說之義，謂作詩不故意爲隱伏，而將主題、情志、事理、物態明白地披露也。這種道破或「穿鑿」，仍然與直露不同，但也不是含蓄或曲達，例如張九齡詩云：

**自君之出矣，不復理殘機！思君如滿月，夜夜減清輝。**

這首詩，是詩評家極爲推許的佳篇，「思君如滿月，夜夜減清輝。」誠然是道破了相思之苦，以致顏色憔悴，形容枯槁，當然不是含蓄、曲達，但卻非直露，因爲「不復理殘機」是顯示「自君之出矣」的情緒，而「思君如滿月，夜夜減清輝」不是直露相思的程度，而用了比擬，也使「無形無迹」的相思，起了「形象」化的效果，如果要勉強把三者的分別，舉例說明的話，則「非關病酒，不是悲秋」，應是含蓄的代表；張九齡此作應是說破的典型；而「秋風秋雨愁煞人」乃是直露的一類，直露也決非無好詩，以曹操爲例，有千古流傳的名篇，鍾嶸云：「曹公古直，有淒涼之句。」大概因這一古直的關係，而列入中品吧！又詩經碩鼠，更是直露的，可是仍然不傷其流傳。又王維的鹿柴云：

空山不見人，但聞人語響。返景入深林，復照青苔上。

全詩乃描繪如畫的寫景之作。故劉須溪云：「無言而有畫意。」顧華玉曰：「此篇寫出幽深之景。」然索其全詩，決無隱匿之情志，也無餘意可玩，表達的手法上亦非「曲達」，當然不是含蓄一類，但也未徑情直達，直說鹿柴的美景是如何的美妙絕倫，故也不能入直露一型，此詩之所以佳，全在借景物而顯出之高遠意境，故沈確士云：「佳處不在語言，與陶公『採菊東籬下，悠然見南山』同。」又章薇曰：「語語化機，著不得一毫思議。」均是由全詩顯露的意境而置評的，全係由於王右丞的胸次、修養、與大自然同住的體會，才能臻於很高的境界，故師友詩傳續錄云：

問：右丞鹿柴……諸絕，自極淡遠，不知移向他題，亦可用否？

答：摩詰詩如參曹洞禪，不犯正位，須參活句，然鈍根人學不得。

所謂「自極淡遠」，是就意境而論，所謂「鈍根人學不得」，蓋指全詩不涉「知慮」和「表達技巧」問題，不能學，無法學，因爲無著手學習之處，試看裴迪鹿柴和詩云：

日夕見寒山，便為獨往客。不知深林事，但有麏麚迹。

同一題目，同一景物，又同一機杼，而工拙的感受，便大有不同。可見詩可以說破，如果自然渾成，意境高超的話，雖說破無妨。自然渾成之例，如白居易的問劉十九詩：

綠螘新醅酒，紅泥小火爐。晚來天欲雪，能飲一杯無？

全詩也係道破了而又未直露，可是自然成趣，王文濡評云：「用土語不見俗，乃是點鐵成金手段。」其實全詩之佳否與用不用土語無關，點鐵成金手段在彼而不在此。孟浩然的過故人莊，也應歸入這自然渾成一類：

故人具雞黍，邀我至田家。綠樹村邊合，青山郭外斜。開軒面場圃，把酒話桑麻。待到重陽日，還來就菊花。

方虛谷許為「此詩句句自然，無刻畫之迹。」當然是確評，全詩亦不涉及「含蓄」與「直露」，而確又把「過故人莊」的所見、所歷道破了。

又詩以眞切見工的，則自然感人，修辭遣字，不足計較，詩之含蓄，直露與否，也不關緊要了，如王維的雜詩云：

君自故鄉來，應知故鄉事。來日綺窗前，寒梅著花未？

當然這首詩極有意境，所以顧華玉云：「淡中含精」，可是王文濡的評論，更爲眞切中肯：

通首都是詢問口吻，不必作無聊語，即此尋常通問，而遊子思鄉之念，昭然若揭。

蓋全詩於尋常之中，極見眞切之情，遊子思鄉，強烈到了連梅花的開落，也在關心之列。這首詩的主題，極爲含蘊，但也未到不露的程度。同樣孟浩然的春曉，膾炙人口者也在此：

春眠不覺曉，處處聞啼鳥。夜來風雨聲，花落知多少？

顧華玉曰：「此篇情事眞實，人說不到，高興奇語，惟吾孟公。」實非過譽，因爲詩能眞切，自然如身歷其境，耳聞目見，親切無比，不暇計較題旨的露不露了，這類的好詩，亦復不少。

文心雕龍云：「慷慨者逆聲而擊節」，凡雄壯激昂的詩篇，可以沸騰熱血，激盪心湖，不必諱說破，更不必求含蓄了。盧綸的和張僕射塞下曲云：

月黑雁飛高，單于夜遁逃。欲將輕騎逐，大雪滿弓刀。

雄健慷慨，如置身沙場，金鼓震耳，殺氣雄邊，使人血沸脈張，邊塞詩人，均極擅長。唐汝詢云：「此見邊威之盛，守備之整，而惜士卒苦寒也，允言語素卑弱，獨此絕雄健，入盛唐樂府。」「雄健」二字，確係全詩所渲染的印象。又杜甫的登岳陽樓詩云：

昔聞洞庭水，今上岳陽樓。吳楚東南坼，乾坤日夜浮。親朋無一字，老病有孤舟。戎馬關山北，憑軒涕泗流。

這首詩是杜詩絕唱之一，評者不知凡幾，就雄壯而評的，如劉須溪：「氣壓百代，爲五言雄渾之絕。」查初白曰：「闊大沈雄，千古絕唱。」尤以其中的「吳楚東南坼，乾坤日夜浮。」更是雄健動心，能壓倒其他詩家，亦在此處。雄壯者，如楚霸王的「力拔山兮氣蓋世。」若半藏半露，摧剛爲柔之餘，尚有何動人之處乎？

總之，詩之含蓄、曲達，或徑情直發，或「穿鑿」道破，乃就主題、情志、事理等的顯露程度而言，固當以含蓄，曲達爲貴，直露爲忌，惟前人論詩，僅以此二者分類，而不知有「穿鑿」道破者，介乎其中，又「穿擊」道破一類，與直露不同，與含蓄有異，既能見其眞實，免於模稜兩可，又非徑情直達，揭發無餘，古人之妙章佳篇，入此類者，繁有其例，若漠然忽視，則有倫類不明，精粗不別，少了一種表達時的原理原則，將是極大的遺憾。

## 直露

### 一聲何滿子．雙淚落君前

詩家忌直露，可是卻有極多極好的「直露」佳詩，因爲人在痛極、恨極、憤極，甚至愛極之時，發而爲詩，自必求一瀉爲快，那種激動跳躍而又抑壓不住的情志，會如天河倒掛，瀑布懸流，求痛快淋漓地表露出來，那裡還顧慮到含蓄與否呢？例如張祜的宮詞云：

故國三千里，深宮二十年。一聲何滿子，雙淚落君前。

白居易云：「何滿子，開元中滄州歌者，臨刑進此曲以贖死，竟不得免。」（見白樂天何滿子詩自注）一位遠離故鄉三千里的宮女，在深宮之中虛度二十年的青春，連「紅顏未老恩先斷」的片刻的美好回憶亦付闕如，所以一曲哀歌何滿子，禁不住雙淚落君前了。赤裸裸地眞情實說，毫不掩抑匿藏，同樣震撼了讀者的心靈，不去計較其含蓄與否了。又如杜甫的聞官軍收河南河北：

> 劍外忽傳收薊北，初聞涕淚滿衣裳。卻看妻子愁何在？漫卷詩書喜欲狂。白日放歌須縱酒，青春作伴好還鄉。即從巴峽穿巫峽，便下襄陽向洛陽。

杜工部落寓四川，因安史之亂，河南的老家，在烽火瀰漫之中，不能歸去，在愁腸鬱結，忽然傳來捷音，海宇重光，故鄉竟然收復了，恰如八年抗戰，日本軍閥竟然無條件投降了，工部此時欣喜欲狂，正如日軍投降時的舉國若狂，把這種狂喜，表現在詩句上時，那能顧慮直露不直露的問題？更不會考慮用比興，用象徵的手法了，前人評曰：「不嫌直致者，用意眞，措語重。」實爲皮相之見，反而因直露得見杜工部如喜如狂，放歌縱酒，作取道還鄉打算的情態，所以詩不是絕對不能直露的。

在前人論詩之主張中，以詩貴含蓄的立場，評論直露的不當者，如：

> 楊用修駁宋人詩史之說，而譏少陵云：詩刺淫亂，則曰「雝雝鳴雁，旭日始旦」。不必曰：「愼莫近前丞相嗔」也；憫流民，則曰「鴻雁于飛，哀鳴嗷嗷」，不必曰「千家今有百家存」也；傷暴歛，則曰「維南有箕，載翕其舌」，不必曰「哀哀寡婦誅求盡」也；敘饑

荒，則曰「牂羊羵首，三星在罶」，不必曰「但有牙齒存，所悲骨髓乾」也。(王世貞藝苑卮言卷四)

杜甫有詩史之稱，詩中反應民衆的疾苦，政治的失措，用了很多直露的詩句，並沒有遵守「怨而露」、「溫柔敦厚」的詩教，楊用修遂引詩經中含蓄不露的例子，評論工部的不當。就工部這類詩的作用言，在表達大衆的疾苦，對當時的執政有所勸戒，當然以直露最能達到效果。可是王夫之云：

「賜名大國虢與秦」，與「美孟姜矣」、「美孟弋矣」、「美孟庸矣」一轍，古有不諱之言也，乃國風之怨而誹，直而佼者也。夫子存而弗删，以見衛之政散民離，人誣其上，而子美以得詩史之譽。(薑齋詩話卷上)

顯然王夫之係爲杜工部辯護，從詩經的國風中找到了這種直露的證據，以駁倒楊用修，只偏在可以不可以的層次上，沒有論到應該不應該的方面上，而王世貞所云，更値得深入探論：

其(楊用修)言甚辨而賅，然不知向所稱皆比興耳，詩固有賦，以述情切事為快，不盡含蓄也。語荒而曰「周餘黎民，靡有孑遺」；勸樂而曰「宛其死矣，他人入室」；譏失儀而曰「人而無禮，胡不遄死」；怨讒而曰「豺虎不食」，「投畀有昊」；若使出少陵口，不知用修如何貶刺也，且「慎莫近前丞相嗔」，樂府雅語，用修烏足知之！（藝苑巵言卷四）

王世貞認爲，楊用修上面所舉的例子，是因爲詩經中這些作品，用了「比」和「興」的表現方法，所以才含蓄，杜工部用的是「賦」的表現方法，「賦」是以「述情切事爲快」的，詩經中使用這一表現方法時，便如工部的詩一樣，不會含蓄了，舉了很多的例子，來證實他的說法，不但駁倒了楊用修，也較王夫之所說更深入，很多直露詩句的形成，其原因是詩人用了徑情直達的「賦」的表現方法所致，關於「賦」的解釋，以周子文所引最詳：

「賦者鋪也，鋪采摛文，體物寫志也。」漢書：「不歌而頌謂之賦」。釋名：「賦者敷也，敷布其義也。」揚雄曰：「賦者將以風之，必推類而言，極麗靡之辭，閑侈巨衍，使人不能加也。」（藝藪談宗上卷）

周氏所引，是前人解釋賦最早的說法，除了漢書「不歌而頌謂之賦」，是指漢賦而言，是文體的一種，不是表現的方法，其餘都是指出「賦」這一表達方法的要領，其意義有：⑴賦是鋪張文采、體察事物、表達情意的方法。⑵賦是敷布直陳所要表達的意義。⑶「賦」是推類而言，以華麗的語句，誇張的表現，一種他人不能更誇大的表達方法。純就「賦」的表現方法而言，則李仲蒙所說最簡切：「敘物以言情謂之賦，情物盡也。」雖然賦不止於敘物以言情，但是確以「情物盡」爲原則，把詩家所要寫的情志事物，說盡無餘，「賦」的表現法確實如此，由詩經以下，其例甚多。當然，賦有單獨使用的時候，但以與「比」、「興」混合使用爲最得當，因爲只用「賦」，則嫌直說直露太多，有時用了極誇張的描繪、極華麗的英詞麗句，也不足以彌補其損失。「比」、「興」用得太多，則事情的經過不明，所表達的情志不明顯，鍾嶸所云，極爲得要：

詩有「賦」「比」「興」，酌而用之，幹之以風力，潤之以丹彩，使味之者無極，聞之者動心，是詩之至也，專用「比」「興」，則患在意深，意深則詞躓，專用「賦」體，則患在意浮，意浮則文散。（詩品序）

簡而言之，單用「賦」，則意傷浮淺，文句有鬆散的毛病，專用「比」「興」，則主題意義不明，用詞句表達會有失敗——躓蹶的危險。所以四句五言的近體詩，也不能不用賦，因爲在敘事、寫景、狀物之時，如何能夠不直敘直寫呢？例如：

蒼蒼竹林寺，杳杳鐘聲晚。荷笠帶斜陽，青山獨歸遠。
泠泠七絃上，靜聽松風寒。古調雖自愛，今人多不彈。

「蒼蒼竹林寺，杳杳鐘聲晚」與「泠泠七絃上，靜聽松風寒」，完全是「體物寫志」，而又「情物盡也」的直露表達，然後才能引發後二句的文外寓意，前人所謂的一虛一實，一情一景的原則，原可以用「賦」與「比」「興」來解釋。屈原的離騷，是用比興最多的名篇，可是也用了很多直露的賦的手法，如「哲王又不悟」。「國無人莫我知兮」，「雖九死其不悔」，如果不如此互用，則芳草、美人，眞不知其所指了。李重華云：

> 賦為敷陳其事而直言之，尚是淺解，須知化工之妙處，全在隨物賦形，故自屈宋以來，體物作文，名之曰賦，即隨物賦形之義也。（貞一齋詩說）

雖欲給「賦」以新的解釋，但是不能成立，因爲隨物賦形，就是前人「體物」的意義，如果「隨物賦形」，要求達到如化工之妙爲「賦」的要求的話，那是詩人使用這一表現方法的技術問題，不是「賦」的原來意義。可是吳雷發卻主張不必論「興」「比」「賦」，說詩管蒯云：

> 嘗見論人詩者，謂賦體多而興比少，此世俗之責人無已也。詩豈以興比為高，而賦為下乎？如詩果佳，何論興比賦乎？設令不佳，而謬學興比，徒增醜態耳，況詩在觸景生情，何必橫興比賦三字於胸，今必以備體為工，無乃陋甚。

吳氏認爲論詩不必論興比賦，當然是一種偏見，當然詩的好壞也不在興比賦上分，可是這三者都是表現方法之一，不能不用。在表現的方法上，用賦易、用比興難，不是賦爲下，比興爲高；後人用興者少，是因爲不善用之故，不是「謬學增醜」。何況詩的觸景生情，正是興的妙用，可見係對「興」的意義和用法不明，才會有以上的誤解。

由上所述，知道了用賦確易流於直露，所以在一首詩中，以不全用賦的表現手法爲原則，以免「意浮」「文散」。可是全詩不能不盡情流露，要完全用賦爲表現手法時，則⑴宜於表現極激動的情感，極眞切的事理，極詭奇的情物時用之。⑵全篇宜以氣雄辭健，以陽剛之美見長。⑶極盡鋪陳誇張，以英詞麗句救直露之失。⑷所表達之情志，必眞摯壯烈。文天祥的正氣歌，應是典型的代表。

## 藏神

### 作詩必此詩・定知非詩人

詩人寫詩，畫家作畫，大別而言，有二種不同的看法，一求形似，一求神似，畫人物而毛髮畢顯，衣服上的褶縫針繡可見，形似之極也；三筆五筆，草草勾畫，不惟衣服佩飾被刪除，連口鼻五官，也難細辨，可是一望而知爲某人之速寫，此神似之謂也，通繪畫於詩理，東坡論之曰：

東坡先生詩曰：論畫以形似，見與兒童鄰；作詩必此詩，定知非詩人。言畫貴神，詩貴韻也；然其言有偏，非至論也，晁以道和公詩云：畫寫物外形，要物形不改。詩傳畫外意，貴有畫中態。其論始為定，蓋欲以補坡公之未備也。（升菴詩話卷十三）

晁以道的和詩，意在補東坡之失，仍非定論，是以黃山谷跋東坡此詩云：「情見於物，雖近仍疏，神藏於形，雖遠則密。」較得東坡之意，因爲詩有求「神似」和「形似」基本觀念的不同，以畫爲例，遺神得貌，則生意全無，神態不存，個性表情不見，只是衣冠軀殼而已，如果承認這類作品是藝術品的話，則現代的攝影師，都是工筆畫的畫家了，東坡之言，實爲有理。當然作詩不能相題行事，求「神似」而不顧「形似」的話，一味空泛高玄，敘人不類其人，詠物不狀其物，寫景不見其景，則成了作此詩而不是此詩了，晁以道「貴有畫中態」之論，誠有以救東坡之失。二人之論，在理論上似難分高下和是非，然求之詩作，確實有此兩極現象，如古詩：「水眞淨綠不可唾，魚若空行無所依。」恐怕算得「貴有畫中態」而能得其「形似」的例子。也是好詩句，但「形似」之詩，眞有極惡劣者。楊愼云：

杜牧之詠鷺鷥詩：霜衣雪髮青玉嘴，群捕魚兒溪影中。驚飛遠映碧山去，一樹梨花落晚風。分明鷺鷥謎也。（升菴詩話卷十四）

以「形似」的觀點而言，眞是一幅鷺鷥捕魚驚飛圖的文字投影，表現的技巧，應加讚賞，可是升菴卻斥爲謎子詩，應是由得貌遺神而置評的。又云：

羅隱詠紅梅詩云：天賜燕脂一抹腮，盤中風味笛中哀，雖然未得和羹用，曾與將軍止渴來。此卻似軍官宿娼謎也。（升菴詩話卷十四）

此詩就紅梅的開花，梅子成時的供陳，梅花入笛成調，甚至梅子作和羹之用，以至望梅止渴的故事都用上了，也算得形似的詩例了。但此詩實非詠紅梅的佳作，可見求「形似」的缺失，楊氏無意之中，替東坡「作詩必此詩，定知非詩人」作了見證。

求「神似」之詩，往往略其過程，實際、形貌，而由結果、印象、經驗的「神似」著手，所謂善相馬者，得馬於牝牡玄黃之外，因爲馬的好壞，不能由雌雄毛色來作分別，升菴論薛濤詩云：

聞說邊城苦，如今到始知。好將筵上曲，唱與隴頭兒。此薛濤在高駢宴上聞邊報樂府

也。有諷諭而不露，得詩人之妙，使李白見之，亦當叩首，元白之流紛紛停筆，不亦宜乎；濤有詩集，此首不載。（升菴詩話卷十四）

全唐詩薛濤的作品中，不見此詩，可能是薛濤的佚詩。升菴推崇若此，認爲可使李白低首，元白擱筆，當然是自由心證的「狂斷」，就詩而論，自係可傳誦的佳篇。然細檢全詩，顯然「形似」的部分少，「神似」者多，因爲邊城苦都是泛說，筵上曲、隴頭兒均未徵實，而其可貴者係在「神似」，所謂「有諷諭而不露」是也。又：

萬里長江一帶開，岸邊楊柳是誰栽。錦帆未落西風起，惆悵龍舟更不回。此弔隋煬帝也。俯仰感慨，蓋初唐之詩，後世柳枝詞皆祖之。（升菴詩話卷十一）

這首詩更是略貌取神，於隋煬帝的暴政、滅亡，俱不道及，甚至連名字帝號亦付闕如，只就楊柳、錦帆、龍舟等事略加鈎勒，於煬帝的幸江都，奢侈冶遊而至滅亡，乃躍然而出。楊氏無意之中，又似駁倒了晁以道「詩傳畫外意，貴有畫中態」的理論。楊愼是論詩的大家，四庫全書總目評爲「可以位置於鄭樵、羅泌之間。」自然不應該自相矛盾若此，最可能的是撮引蘇、晁之言，略加疏斷，不是他論詩的主張。尤有進者，畫理固然可通之詩理，但詩畫殊途，作畫的「形似」與「神似」的標準何在？已難分劃；作詩的「形似」與「神似」的疆域，當然更難釐析了，因爲詩是最精鍊的語句，尤其是五絕，在二十字之內，要有主題，或敘事、或寫景、或言情，而且要聯貫，「形似」與「神似」之間，殊難定其分際，以上述的柳枝詞爲例，站在「形似」的觀念，認爲用到煬帝的楊柳、錦帆、龍舟，已夠「形似」的了，此外又何能別作苛求呢？那此詩亦可入形似一類了，所以二者的界限難明，大致的區別是「意翻空」當屬「神似」，「言徵實」則歸「形似」。

「形似」與「神似」是相對的概念，不是絕對的排斥關係，而有相容的屬性，因爲既求「形似」，又可求「神似」，筆者曾論之云：

> 東坡「作詩必此詩，定知非詩人」。恐詩因道著而觸也，晁以道和東坡詩，主「要物形不改」，恐其道不著而背也。後人認為合二化之言，而論乃定者，取不背不觸之圓融義也。（禪學與唐宋詩學・第六章結論）

不背是指詩有「形似」之處，不觸是指詩有「形似」之佳，黃省曾說得非常透闢：

> 詩指其一而不可著，復不可脫，著則落在陳腐科臼；脫在失其所以然，必究其神體之微，而超乎神化之奧。（名家詩法卷五）

「究神體之微」，求「形似」也：「超乎神化之奧」，得「神似」也。形似則不脫不背，恰是此詩；神似則不粘不觸，不是此詩，而恰是此詩，東坡之意，蓋在於此，山谷的按語；「神藏於形」就是合「形似」與「神似」爲一，以形寓神，不能把「形似」和「神似」打成兩截，可是在詩的創作上有此例嗎？求之實際，是其例繁多：

**凍蕊凝香色艷新，小小深塢伴幽人。知君有意凌寒雪，羞共千花一樣春。唐詩梅花詩甚少，絕句尤少，此首凍蕊凝香，乃疎影暗香之先鞭也。**（升菴詩話卷九）

陸希聲之作，是不是林和靖詩的先鞭，事無確證，不可得而論，然全詩有寫「形」之處，「凍蕊凝香色艷新，小山深塢伴幽人」是也，有寫「神」之處，「知君有意凌寒雪，羞共千花一樣春」是也，於是「形似」而又「神似」了，最好的例子，應推王之渙的涼州詞：

**黃河遠上白雲間，一片孤城萬仞山。羌笛何須怨楊柳，春風不渡玉門關。**

前二句極盡「形似」之能事，故唐汝詢云：「此狀涼州之險惡也。」下二句方藏神於形，而得「神似」之趣，故唐詩別裁以爲「言微旨遠，語淺情深。」把此詩敘舉在內，征人之愁苦隱怨，寓伏其中，因爲「神藏於形」的結果，「雖遠而密」，仍能爲我們所欣賞，而覺其有味。前人也彷彿知道這一道理，所以才有一情一景，一實一虛之說，虛謂「虛寫」而求「神似」，實謂「實寫」而求「形似」，但是虛寫而不知「藏神於形」，則不能使意念形象化，「形似」而不能突出意象，則落於平庸。然則如何而後可，求「形似」之時，要神工鬼斧，巧於雕鑿，曲意形容，求「神似」之時，則要旁見側出，吸取題神，做到藏神於形的地步，陸希聲、王之渙之詩，是極好的例子。

一虛一實，一情一景，是詩法中求綜錯變化的常法，這樣才不呆重，才能靈動，可是在「虛寫」之時，如果不能將主題與題材揉合起來，如著鹽水中，則仍將落於直說、直露，或者陷於概念的解釋，而不能「藏神於形」了，例如王昌齡的從軍行第三首：

青海長雲暗雪山，孤城遙望玉門關。黃沙百戰穿金甲，不破樓蘭終不還。

前三句實寫得其「形似」，後一句「虛寫」，可是未能做到「藏神於形」，嫌流於概念的說明，但以其氣壯詞雄，彌補了這一缺點，如果與「羌笛何須怨楊柳，春風不渡玉門關」相較，就可知道高下了。

# 著我

## 竟似古人・何處著我

我國古典詩自江西宗派以後，各標門戶，分立主張，於是有宗唐宗宋之論，公安竟陵之爭，復有格律、神韻、性靈、肌理等不同的主張，但多就如何學古，如何得間而言。然而詩的創作活動，無一不是作者的個體為主，無論是家法師法，學古學今，都必歸結作者的個體上，一方面是其才性不同，領悟有別，而所得不同；一方面是作者個人的身境、時代、學養性情的差異，而形成不同的作品風格意境，以至內容。所以任何作品都與作者有密不可分的關係，袁枚謂之「著我」，頗見到了這一重要性，袁枚云：

**不學古人，法無一可。竟似古人，何處著我！字字古有，言言古無。吐故吸新，其庶幾乎！孟學孔子，孔學周公，三人文章，頗有不同。**（續詩品注・著我）

袁枚提出了他的重要看法，㈠是詩不可以不學古人，學古人貴在得其詩法。㈡學古人不可以不「著我」，其要訣在不似古人，謂學古人而變化之，隨園詩話卷二云：

後之人未有不學古人而能為詩者也。然而善學者得魚忘筌，不善學者刻舟求劍。

「得魚忘筌」，正是善學古人，不求形似之意。並秉此準則以論歐陽修之詩文：

歐公學韓文，而所作文全不似韓文，此八家中所以獨樹一幟也。公學韓詩，而所作詩頗似韓，此宋詩中所以不能獨成一家也。（見隨園詩話卷六）

歐陽文忠公文則能達「得魚忘筌」之境，詩則不免「刻舟求劍」不善學之失，說明了學古人而「著我」之法。㈢詩的表達，在內容上要與古人不同，「吐故吸新」，即係此意，當然「字字古有」，乃用字有淵源來歷之意，並不背離古人，而其要求在「言言古無」。這三者是袁枚「著我」的具體主張。

詩人爲詩，形成其獨特之處，並非以上三項所可概括，袁枚深知此理，故又云：

為人不可以有我，有我則自恃很用之病多。孔子所以無固無我也。作詩不可以無我，無我則剿襲敷衍之弊大，韓昌黎所以惟古于詞必己出也，北魏祖瑩云：「文章當自出機杼，成

一家風骨，不可寄人籬下。」（見隨園詩話卷七）

依佛家理論，人人均有我執，於是形成求道、悟道弊障。惟詩之創作則不然，其迴出常流，超絕凡俗，則全在此「我」之不凡。就其大者而言，如袁枚所云，「自出機杼，成一家風骨」，小而言之，則用字遣詞，不落剿襲俗套，不依托古人，而敷衍成句。此一理論，已非續三十六詩品中的著我所可範圍了，可惜的是袁枚僅依稀意識到，而未有進一步的論說，袁枚云：

至於性情遭際，人人有我在焉，不可貌古人而襲之，畏古人而拘之也。今之鶯花，豈古之鶯花乎？然而不得謂今無鶯花也；今之絲竹，豈古之絲竹乎？然而不得謂今無絲竹也。……（見小倉山房文集卷十七・答沈大宗伯論詩書）

袁枚知道詩人個別性情遭際的不同，可是卻囿於學古而「著我」的立場，僅消極地提出了「不可貌古人而襲之，畏古人而拘之也」，而未就發揮個別性情遭際的不同，以形「一家風骨」，而不致寄人籬下。因爲我國的詩學理論自江西宗社之後，無不銳意學古，模擬仿傚，以求神形俱肖爲極致，袁枚能有此主張，已甚卓絕，但仍不能擺脫侷限，提出更進一步的主張，以淋漓盡致地發「著我」的理論，使詩人能充分發揮其性情遭際，得以形成千差萬別的「一家風骨」。而有精神面貌全然不同的作品出現。

基於詩人性情遭際的不同，而形成「我」的差異，實應由個人和時世二大範疇以論。在個人方面，又可分先天後天的二面，以見詩人著我之「我」的形成，實非常複雜。在先天方面，詩人獨立個性的形成，實受性、情、才、氣的重大影響。這四者的此疆彼域，糾纏混同，釐清匪易，但在分類細密異常的今天，自可得到較明確而共同承認的界定。以性而論，自係指基於先天的稟賦，包括了義理之性、嗜慾之性，以至思維判斷作用的理性，詩人個性的形成，此居重要部分。情係指情感嗜欲，人的喜怒哀樂，或溫柔、或敦厚、或急躁、或輕佻，以至於理性多而情感小，或情感小而理性多，無不與情字有關；此外才分不同，或長於手藝，或擅於思考，或專於詞章，以至偏長於詩、文、詞、曲，如嚴羽所謂詩有「別才」，均得之於天賦爲獨多，基於血氣、膽識，於是有陽剛、陰柔等不同，這才是形成「一家風骨」的基本原因。至於後天方面，則個人的家庭、教育、師友、經歷，均有極大的影響，此則人所習見熟知。至時世，則包括了地理環境、人文環境，以及時代的盛衰治亂；基於上述三方的綜合，而形成了作者的思考力、認識力、表達力，也決定了作品的內涵、形式，以至技巧、風格，於是作者獨特的「我」方得以形成，作品「著我」之時，才有千差萬別，當然不致貌似古人，甚至於不形似今人或他人，根本上不曾產生「貌古人而襲之，畏古人而拘之」的問題。而在根本才會解決「今之鶯花，豈古之鶯花乎，然而不得謂今無鶯花也」的問題，因爲今之鶯花，在形式、色彩、啼叫上可能與古之鶯花毫無不同，但由於作者的個性差別而有了種種不同的感受和體認，賦予不同的內涵和形式，形成表達不同的作品，所以今之鶯花才非古之鶯花，不然，詩成之後，古今鶯花，豈不毫無區別了嗎？

詩中「著我」，是詩有眞生命、眞情感、眞特性的開始，在學古而言，能做到善學古人而變化之，不至於「竟似古人，何處著我。」在面對當時或其他的詩人而言，才不至於屈己從人，成爲傀儡，如袁枚所謂的「有人無我，是傀儡也」。詩人能成家，以致成大家，更有賴於此一「著我」的發揮，以形成獨特的主題，不同的內涵，殊異的風格，而有一家風骨。當然，要達此境界，殊非易易，所以自古詩文能成一家者，屈指可數，因爲能達此境界者，正寥寥無幾。

# 尙奇

## 鬢邊雖有絲・不堪織寒衣

人類的心理，常呈現於詩的創作中，人人皆有愛美之心，知美之所以爲美，如孟子所云：「不知子都之美，是無目者也。」是故詩人之作，無不求美，由形式、聲律、意境，以至英辭麗藻，無不求其精美，蓋美則愛，愛則傳也。次於愛美的，是人人皆有好奇之心，故世所珍寶的，必係珍貴稀奇之物，珠玉金寶的貴重，不在其用途之大，而在其數量之少，倘如蘇東坡所云：「使天而雨玉，則饑者不得以爲食，使天而雨珠，則寒者不得以爲衣。」眞的珠玉如雨水之多，不但氾濫成災，恐怕人人會棄之如敝屣了。通好奇之心於創作，詩人無不求奇尚異，以求人之寶珍，例如賈島詩云：「鬢邊雖有絲，不堪織寒衣。」乃好作奇語，動人聽聞，歐陽修評之云：「就令堪織，能得幾何？」是譏賈島之不知事物之理。其實乃賈氏欲於奇險一路，獨樹一幟，不然豈有不知鬢絲之不堪織嗎？把詩人求奇求異的心理，闡發得最明白，當以許奉恩的文品——奇詭爲最：

恥由恆徑，別闢畦町。避同趨異，去熟就生。援證取譬，強詞近情。延賓襯主，妙若天成。韓修棧道，鄧越陰平。狡獪莫測，神愁鬼驚。（詩品集解）

許氏爲詩文的奇詭，樹立了理論的基礎，首先指出詩文的尚奇好異，是要去熟俗，避恆常，求新異，開生面，故別開蹊徑也。而且指出了求奇的方法，是在證據、譬喻上，「強詞近情」，以賓襯主時的別出心裁，如韓信的明修棧道，暗渡陳倉，鄧艾的縋兵出陰平般的神奇。其言固然有理，可是詩人文客的手法卻不止此。

詩之能奇，首在所思所想能出人意表，以詠梅爲例，無不從梅之耐寒、冷艷、清麗凌霜驕雪上著想，比之於高士、美人，而張九齡庭梅詩云：

芳意何能早？孤榮亦自危。更憐花蒂弱，不受歲寒移。朝雪那相妒，陰風已屢吹。馨香

**雖尚爾，飄蕩復誰知。**（全唐詩卷四十八）

全詩多出人意想之外，「孤榮亦自危」，「更憐花蒂弱」，眞無人能思及此意，以飄蕩相憐，更見其奇，所以鍾惺的詩歸評之云：

**梅詩如此，無聲無臭矣。「雪滿山中高士臥，月明林下美人來。」膚淺不可言。**

「無聲無臭矣」，誠不知其所指，謂張氏此詩設想出奇，相形之下，「雪滿山中高士臥，月明林下美人來」之句，便流爲膚淺，誠乃確評。又李長吉詩云：

**斫取青光寫楚辭，膩香春粉黑離離。無情有恨何人見，露壓煙啼千萬枝。**（昌谷北園新筍四首，全唐詩卷三百九十一）

楊用修升菴詩話云：「汗青寫楚辭，既是奇事，膩香春粉，形容竹尤妙。」黃白山評：「詠竹而言啼，正用湘妃染淚之事，而隱約見之，不寫他書。而寫楚辭，其意益顯。」二人所評釋，頗能道出李長吉的設想入奇。然而求奇太過，則成怪譎不通了，如羅隱的廣陵開元寺作云：

滿檻山川漾落暉，檻前前事去如飛。雲中雞犬劉安過，月裡笙歌煬帝歸。

高英秀評云：「定是鬼詩。」然實乃好奇之失，而且漢之淮南在壽春不在廣陵，由廣陵開元寺所引起的「檻前前事去如飛」而想到了劉安，便成了亂想；隋煬帝固然在廣陵巡幸遊樂，而死於此，可是與開元寺相關不大，因爲好奇求異，故流於怪誕而不辭。

詩人表達情志，除了經由想像，確立主題之外，需要取材以表達之，譬如作菜，既選了辣子雞丁這一道口味，不但不可無雞，更不可無辛辣之物，否則便做不成這道菜了。詩人取材，亦以反恆常，出奇特爲著眼，例如古詩十五從軍征云：「兔從狗竇入，雉從梁上飛，中庭生旅穀，井上生旅葵。」雉野鳥也，避人唯恐不及，而竟飛於屋梁之上；兔野獸也，去竇唯恐不遠，竟由狗竇出入；穀、葵非生於中庭、生於井上者，取此素材成詩，足見兵亂之後，田園寥落干戈之甚，抵得上一篇蕪城賦矣。又唐人寫征戍之怨云：「戰餘落日黃，軍敗鼓聲死。」「赤肉痛金瘡，他人成霍衛。」「坐恐塞上土，低於沙上骨。」「鼓聲死」、「赤肉」、「金瘡」、「沙上骨」，都是奇特的素材，「赤肉痛金瘡，他人成霍衛」。不是比「一將功成萬骨枯」更生動含蓄嗎？至於李商隱的槿花詩，卻病在取材過於好奇：

燕體傷風力，雞香積露文。殷鮮一相雜，啼笑兩難分。月裡寧無姊，雲中亦有君。三清與仙島，何事亦離群。

以「燕體」的輕盈，狀槿花的搖曳，「雞香」——雞舌比槿花含芬，尚見匠心，然已傷太過雕琢；而月姊、雲君、仙島等，不過形容槿花乃天上謫降之物，既可用之槿花，則亦可用之於其他任何花，所以載酒園詩話，認爲「不徒奧僻，實亦牽強支離，有心勞日絀之憾。」實不免好奇成怪之病。

詩以立意爲主，所謂人所難言，我易言之，謂之意之新奇，出於人之意外也。質言之，即常人如此見意，我決不如此說，如王建宮詞云：

御廚不食索時新，每見花開便苦春。白日臥多嬌似病，隔簾教喚女醫人。

食御廚之食是常人之見，御廚不食方見奇特，花開樂春而竟云是苦亦奇，無病喚醫尤奇，如此形容，則宮妃嬪嬌癡寵貴之狀，便如在目前了。立意奇特者，尤在旁見側出，吸取題神，不道一著而形容曲盡，例如李太白之訪戴天山道士不遇云：

犬吠水聲中，桃花帶雨濃。樹深時見鹿，谿午不聞鐘。野竹分清靄，飛泉掛碧峰，無人知所去，愁倚兩三松。

全詩寫景抒情，無一奇特，而立意之奇，在於「無一字說道士，無一字說不遇，卻句句是不遇，句句是訪道士不遇。」賀貽孫之評，深得此詩之妙。又許渾經始皇墓云：

龍蟠虎踞樹層層，勢入浮雲亦是崩。一種青山秋草裡，路人惟拜漢昭陵。

詠秦始皇，卻以漢文帝昭陵的受崇敬作結，眞出人意想之外，卻形成仁與暴，一受崇敬，一受唾棄的對比。此外古人如此道，詩人已如此說，我偏不如此，前人認爲是翻案法，實際上亦立意好奇之一例，如「漢文有道恩猶薄，湘水無情弔豈知。」哀賈誼，憐其弔屈原也，可是後人反其意云：「長沙不久留才子，賈誼何須弔屈平。」漢惠帝因戚姬得幸，幾至不能繼位，得商山四皓之助方得爲天子，可是溫庭筠云：「但得戚姬甘定分，不應眞有採芝翁。」竟否定了商山四皓的貢獻。唐明皇天寶安史之亂，禍多源於楊貴妃，張均等則請誅玉環之人，徐寅卻云：「張均兄弟今何在？卻是楊妃死報君。」袁子才則云：「如何手把黃金鉞，不管三軍管六宮。」眞是翻案成奇，抑又強詞近情。

詩人之奇，尤見於用字鍊句，詩筏云：

鍊句鍊字，詩家小乘，然出於名手，皆臻化境。蓋名手鍊句如擲杖化龍，蛇蜒騰躍，一句之靈，能使全篇俱活，鍊字如壁龍點睛，鱗甲飛動，一字之警，能使全句皆奇。

其言甚是，如沈約的「夢中不識路，何以慰相思。」李太白的「願隨夫子天壇上，閒與仙人掃落花。」喬知之的「平生不得意，泉路復如何？」林逋的「五畝自開林下隱，一樽聊敵世間名」，因爲一聯之奇，能使全詩生色。至於鍊字求奇，更指不勝屈，如裴迪詩云：「山翠拂人衣。」若云「映人衣」、「照人衣」，恐將減色，柳宗元的「獨釣寒江雪。」若云釣魚，豈不平庸？白居易的「柳絮送人鶯勸酒」下一勸字而韻味有別；杜牧之「銅雀春深鎖二喬」，若下閉、錮等字，恐將減價了。蘇東坡的「銀漢無聲轉玉盤」若云轉月輪，則不足爲奇了。此外韓偓的哭花，「若是有情爭不哭，夜來風雨葬西施。」奇在以西施比花。故而不落凡常，形成奇趣，聳動耳目。

以上所舉，可見用奇乃詩人的手段，可是用奇仍然有很多原則可循，一是奇而近理，無理則爲亂談；二是奇而正穩，方不致因奇成怪，三是奇而近情，否則駭人聽聞，四是用奇而有據，由平常、俗舊之中出奇，方見心思之巧，如賈島的「波瀾誓不起，妾心古井水。」「君心匣中鏡，一破不復全。妾心藕中絲，雖斷猶牽連。」即山谷所云：「以俗爲雅，以故爲新，如孫吳之兵，棘端可以破鏃，此詩人之奇也。」蓋古井不波，藕斷絲連，破鏡難圓，皆故也、俗也，詩人用之成奇，乃眞能用奇者，否則不怪則誕矣。

# 求美

## 綠垂風折筍・紅綻雨肥梅

詩是韻文，更是「美文」，求美而能美，是詩人竭盡心力以赴的目標，所以典論論文有「詩賦欲麗」，文賦有「詩緣情而綺靡」的主張，雖然「麗」和「綺靡」未有明確而詳細的界定，但與美學所主張和藝術家所追求的「美」和美感，應無背違。可是自六朝的文人詩家，競相致力於雕章琢句，偏重形式美和文辭美的追求，「競一韻之奇，爭一字之巧」，忽略詩的內涵和意境，於是引起「反動」，以致詩人玉屑作詩十戒，竟有「六戒乎綺麗」的「戒律」。實係一偏之見，故而有相反的主張，同書卷十引錄云：

佑喜綺麗，知文者能輕之。後生好風花，老大即厭之。然文章論當理不當理耳，苟當於理，則綺麗風花，同入於妙；苟不當理，則一切皆為長語；上自齊梁諸公，下至劉夢得、溫飛卿輩，往往以綺麗風花，累其正氣，其過在於理不勝而詞有餘也。老杜云：綠垂風折笋，紅綻雨肥梅。岸花飛送客，檣燕語留人。亦極綺麗，其模寫景物，意自親切，所以妙絕古今。……

這是摘自黃徹的䂬溪詩話。修正了前人的偏見，爲詩的求綺麗，做了正確的詮釋，一是在「當理」的情況下，「綺麗風花，同入於妙」。二是「理不勝而詞有餘」，則綺麗風花，才形成疵累。三是杜甫的「模寫景物，意自親切」，雖綺麗風花，卻妙絕古今。雖有尊杜而加以維護之意，但所論甚爲有理，不如冰川詩式所言的簡單：

雖欲廢言尚意，而典麗不得遺。（卷九）

可見詩句的綺麗之美，正是詩之求美的條件之一，不可或廢，例如李後主的「春花秋月何時了」，如果廢除了詞藻表達之美而講求意義，譯爲「春天的花，秋天的月，何時完蛋」，詞意並無差失，擯落了詞藻之美以後，正如西施洗掉了粉澤綺羅，只粗頭亂服，豈不有損美感？詩的美，是整體的，偏於藻麗，苟無內涵，自屬偏傷，但藻麗決不可廢，謝榛之言，極爲當理！

凡作近體，誦要好、聽要好、觀要好、講要好。誦之行雲流水，聽之金聲玉振，觀之明霞散綺，講之獨繭抽絲……。（四溟詩話卷一）

謝氏雖未明言近體以此四者爲求美的原則，但依其所言，完全合乎求美的創作歷程，「誦要好」，「誦之行雲流水」，要合乎平仄押韻，五言詩的上二下三、七言詩的上四下三等句法結構，才能形成此音律之美；「聽要好」、「聽之金聲玉振」，會吟會唱，將詩的音樂美，由吟唱之中顯示出來；「觀要好」、「觀之明霞散綺」，指英辭麗藻，形成的詞句之美，令人悅目賞心；「講要好」、「講之獨繭抽絲」，謂詩有內涵之美，「義脈內注」，耐人咀嚼；好的詩篇，尤其是不朽的名作，全然合乎這四種美，不只是近體詩而已，惟近體表現極爲明確，臻於極致而已，例如王之渙的涼州詞：

黃河遠上白雲間，一片孤城萬仞山。羌笛何須怨楊柳，春風不度玉門關。

這首詩是當時梨園伶官，旗亭競唱的詩，當然具備誦、聽之美；以後王漁洋推此詩爲唐人四首七絕押卷之作，自然詞藻有壯秀之美，內容有涵蘊之美。古體詩亦然，王昌會詩話內編云：

七言歌行，靡非樂府，然至唐始暢。其發也，如千鈞之弩，一舉透革，縱之則文漪落霞，舒卷絢爛；一入促節，則淒風急雨，窈貫變化，轉折頓挫，如天驥下阪，明珠走盤。……

七言歌行與樂府詩，同係古體詩的範疇，所謂「文漪落霞，舒卷絢爛」，是指古體詩不得遺美。眞正於詩主求美，而又有簡單明確的詮釋的，仍推謝榛：

> 作詩雖貴古淡，而富麗不可無。譬如松篁之於桃李，布帛之於錦繡也。（四溟詩話卷一）

松篁固然高雅，布帛固然有用，但桃李豈非以花的華麗見賞，錦繡豈不以富貴之美爲人所寶愛嗎？總而言之，詩是「美文」，不能不求美，幾乎無人反對求美，雖有「戒綺麗」的「戒律」，乃是針對六朝徒重形式美「藻麗」「駢偶」的反響。

詩如何求美，最易著手的是詞句的綺麗，如同「明霞散綺」，其次是音律、詩句音節的美，所謂「誦之行雲流水」，「聽之金聲玉振」；進一步講意義上的涵蘊之美，所謂「講之獨繭抽絲」；再進而講求全詩的渾然天成和完整之美，江進之云：

> 凡詩析看一句，要一句渾淪，合看八句，要八句渾淪。若一句不屬一氣，一篇不如一句，便湊泊不成詩矣。（雪濤小書）

這全然是基於整首詩的完美與否而論，就每句而言，要求其渾然天成，如畫家之作畫，不能有無章法的「敗筆」，就律詩的八句而言，要渾然一體，如果有一句不能一氣呵成，或一篇的完美性不如一句，則有湊泊之失。全係由詩的整體美而論。明乎此理，則詩人玉屑的十貴，全係求美的原則：

一貴乎典重，二貴拋擲，三貴乎出塵，四貴乎瀏亮，五貴乎縝密，六貴乎雅淵，七貴乎溫蔚，八貴乎宏麗，九貴乎純粹，十貴乎瑩淨。（卷五）

十貴之中，除「貴拋擲」含義不明之外，其餘則係求美原則的宣告。尤其是「純粹」、「瑩淨」，更係指一首詩表現的完美與無瑕而言的。詩成以後，予人的美的感受如何？楊壽枏所云，最具代表性：

使篇無累句，句無累字，篇若貫珠，句皆綴玉，意貴含蓄，詞貴婉轉。鸞簫鳳笙，不足喻其音之和也，明璫翠羽，不足喻其色之妍也，煙綃霧縠，不足喻其質之輕也；荷露梅雪，不足喻其味之清也。（雲薖詩話）

雖未立「美」或「美感」之名，但所形容，全然是極美的美感。就音律而言，如鸞簫鳳笙；詞采之美，如明璫翠羽；義質內涵之美，如煙綃霧縠；韻味意境，如荷露梅雪；詩的求美意義，有高度的闡說，雖欠徵實，而「意境」以出。

詩如何求美？古人實無明確的宣示和一定的方法，其原因在於方法寓於原則之中，無一定的方法可求；詩的求美，在創作的經驗中，自可體會悟出，除多讀多作以外，這種經驗，實難於傳授；每位詩人的才情性質不同。而美的創獲殊難一致，如李調元所云：

杜牧之詩，輕倩秀艷，在唐賢中另是一種筆意，故學詩者不讀小杜詩必不韻。（雨村詩話）

是杜牧詩的輕倩秀艷之美，乃獨樹一幟，即杜牧才性不同之故。當然也有消極的規約，在去鄙穢和忌俗：

詩乃清華之府，眾妙之門，非鄙穢人可得而學，洗去名利二字，則學可得其半矣。（徐增・徐而庵詩話）

陳與義號簡齋，嘗聞詩法於崔得符。崔曰：「凡作詩巧拙所未論，大要忌俗而已。」……（單宇・菊坡叢話上）

鄙穢者，不能成爲詩人，乃就詩人之條件而言；忌俗者，乃就詩創作而論，鄙穢者而爲詩人，其詩必鄙俗。所謂俗者、意俗、事俗、語俗、格俗，則何能爲詩？縱然成詩，必無美感之可言，而入於打油的路數。此外亦有極佳的法則，合乎近代美學原理：

王維禎曰：「蜩螗不與蟋蟀齊鳴，絺裕不與貂裘並服，戚懽殊愫，泣笑別音，詩之理也。」……（周子文・藝藪談宗下）

悲喜的情感不同，自然取材不同，表達時的「色調」不同，這是較具體的求美主張，可惜這類的理論性建設太少了，因爲自劉勰以來，於詩的創作，並未鮮明地揭出美的主張，故未形成更具體、更細微、更深入的詩的美學理論。

古典詩決未忽視美的重要性，雖未標舉美的旗幟，以作創作的準則，然而於美的傳達，和美的感受與要求，並未有所忽略，古典詩的具有美感的事實，足資證明，讀每一首好詩，都會產生這種感受。詩人玉屑所舉杜甫詩的例子，只是一端而已，而且以藻麗之美爲獨多。

# 詩趣

## 迴看天際下中流・岩上無心雲相逐

構成詩的條件很多，就詩的內容而言，在讀者心領神會的時候，當然是求其有義，或者是覺其有味。有意義是詩的首要條件，有趣味是詩的重要條件，有意義的詩未必同時具有趣味，而且有義的詩易知，有味的詩難識，宋惠洪所云，可爲代表：

吾弟超然喜論詩，其為人純稚有風味，嘗曰：陳叔寶絕無肺腸，然詩語有警絕者，如曰：「午醉（睡）醒來晚，無人夢自驚。夕陽如有意，偏傍小窗明。」王維摩詰山中詩曰：「溪清白石出，天寒紅葉稀。山路元無雨，空翠濕人衣。」舒王百家衣體（詩）曰：「相看不忍發，慘淡暮潮平。欲別便攜手，明月洲渚生。」此皆得於天趣。予問之曰：句法固佳，然何以識其天趣？超然曰：能言蕭何之所以識韓信，則天趣可言，予竟不能詰。……（冷齋夜話卷四）

依超然所說，天趣可意會而不可言傳，然依其所舉的詩例，均屬天然渾成一類，合於嚴羽所說的「興趣」，嚴氏云：

盛唐諸人，惟在興趣，如羚羊掛角，無跡可求，故其妙處，透徹玲瓏，不可湊泊，如空中之音，相中之色，水中之月，鏡中之象，言有盡而意無窮。……（滄浪詩話）

一首詩經過了詩人的巧心妙手，義脈內注，文采外流，主題、題材、辭彙融合成了無縫的天衣，泯去了雕琢的痕迹，如羚羊掛角，無迹可求，如空中之聲，不知聲來何處，如水中之月，不知月來何方……，滄浪謂之興趣，超然謂之「天趣」，詞異而意同。又如孟浩然過故人莊詩云：

故人具雞黍，邀我至田家。綠樹村邊合，青山郭外斜。開軒面場圃，把酒話桑麻。待到重陽日，還來就菊花。

顧華玉云：「五六極有景，極有趣。」方虛谷亦評云：「此詩句句自然，無刻劃之跡。」合二人之言，足以見出這一有「趣」，是「句句自然，無刻劃之迹」的結果，當然也係詩文藝術上的極高境界，達到了「人巧極而天工錯」的程度，唐詩中多有此類佳妙之詩，其自然渾成之趣，令人知其妙而不知其所以妙也。

有趣之詩，不止一端，令人激賞者，復有出奇一類，蓋言出意外，事非意想，新奇刺激，令人驚絕，而奇趣以生。冷齋夜話云：

柳子厚詩云：漁翁夜傍西岩宿，曉汲清湘燃楚竹。煙銷日出不見人，欸乃一聲山水綠。迴看天際下中流，岩上無心雲相逐。東坡云：詩以奇趣為宗，反常合道為趣。熟味之，此詩有奇趣。……（亦見南溪詩話）

如果「奇趣」的界定，依東坡的「反常合道」作標準的話，則柳子厚這一首詩，不能作爲「奇趣」的代表，因爲「反常合道」的意義是：「違反常情，而合於道理。」質而言之，乃冰川詩式所云：「礙而實通曰理高妙。」如杜甫詩所云：「水流心不競，雲在意俱遲。」人心受外物的影響，見水流而心動，乃人之常情，所以子在川上曰：「逝者如斯夫，不舍晝夜。」乃見流水而心動，今杜工部云：「水流心不競。」是爲反常，然心的不動，可以用後天的修持功夫，使之不隨物事而轉移，如孟子的不動心，故見水流而心不動，甚爲合理，此之謂反常合道，如是而奇趣出。又朱受新的春鶯曲云：

千門春靜落紅香，宛轉鶯聲隱綠楊。任爾樓臺啼曉雨，美人夢已到漁陽。

美人酣睡再熟，也會吵得醒的，孟浩然的「春眠不覺曉，處處聞啼鳥」，不是人被啼鳥吵醒了嗎？朱氏的「任爾樓臺啼曉雨」，鳥啼再急而夢不醒，是爲反常，可是所夢是春曉萬里，相思甚切，征戍在漁陽的丈夫或情人，鳥聲再急，呼不醒酣睡的人，不是反常而合道嗎？又如柳宗元的江雪：「千山鳥飛絕，萬徑人踪滅，孤舟簑笠翁，獨釣寒江雪。」江雪能釣嗎？釣雪爲反常，如果此處改爲「獨釣寒江魚」，則意趣索然，所以釣雪、釣風、釣詩……均可，獨獨不可釣魚，可見反常而合理，其所以構成奇趣者，在礙而實通，如果反常而不合道，則爲亂談，不但不能由奇得趣，將失奇成怪了。奇趣的構成，有時以內容的奇特而形成，例如芝庵禪師的詩：

千峰頂上一間屋，老僧半間雲半間。昨夜雲飛隨風雨，到頭不似老僧閒。（見續傳燈錄）

人與雲爲伴侶，各佔半間屋，不是很奇特嗎？野鶴閒雲，雲已是閒極之物，而又不及老僧的閒逸，如此形成了奇特的內容和奇特的趣味。下面的詩，更因爲奇特的內容，形成奇特的趣味，竟然忘了其不合格律，不合字法了，易實甫的天臺口占云：

青山無一雲，青山無一塵，天上惟一月，山中無一人。此時聞松聲，此時聞鐘聲，此時聞澗聲，此時聞蟲聲。

可見奇趣的構成，要從內容上著手，「人人意中所無」，每個人都想像不到，而詩人想到了，自然新奇有趣，發生震撼心弦的力量。

在詩趣之中，有一類係寓理成趣者，名之曰理趣，本來詩不宜說理，可是若能藏理於事中，取形而下者，以表達形而上者，以可見可表顯的材料；表達不可見不可捉摸的道理，簡而言之，說理而不著理語，寓禪而不下禪語，便形成了理趣或禪趣，例如杜秋娘的金縷曲：

勸君莫惜金縷衣，勸君惜取少年時。好花堪折直須折，莫待無花空折枝。

勸人惜取可愛的少年時，及時行樂，及時努力之意，甚爲明顯，可是未直接說理，故有理趣，可資玩味。孟郊的「慈母手中線，遊子身上衣。臨行密密縫，意恐遲遲歸。誰言寸草心，報得三春暉。」讀此詩的人，無不感動，有的認爲可以比得上詩經小雅中的蓼莪，亦係有理趣可品味之故，理學家的好詩，多能寓理成趣，如陽明詠良知四首示諸生詩云：

人人自有定盤針，萬化根緣總在心。卻笑從前顛倒見，枝枝葉葉外頭尋。（陽明詩集卷二）

雖然質直了些，但仍覺理趣盎然。至於中峰和尚詩，則有禪趣：

一山未盡一山登，百里全無一里平。疑是老僧遙指處，只堪圖畫不堪行。（見柳亭詩話卷八・詠天目）

天童老人於此詩著語云：「至者方知。」蓋謂中峰禪師已到人所未到之境，而借此詩爲寓也。又古今詩話記宋重喜禪師詩云：

地爐無火一囊空，雪似楊花落歲窮。乞得苧麻縫敗衲，不知身在寂寥中。

悟道後禪悅之樂，至忘飢寒，可與顏子簞瓢陋巷，人不堪其憂，回也不改其樂相比擬。理趣與禪趣，內容意境有別，而道理相同，均令人悅樂激賞。此類佳章，如林如雨，作者選注之禪詩三百首（黎明文化公司出版），可見一斑。

詩以情爲主，將人人具有的喜怒哀樂之情，能透過恰當的題材、巧妙的表達，便形成獨特的情趣，如劉禹錫的秋風引云：

何處秋風起，蕭蕭送雁群。朝來入庭樹，孤客最先聞。

章燮評此詩云：「旅況不堪。」謂能將旅人愁思，能適切的表現出。趣味又特在「朝來入庭樹，孤客最先聞」二句之中，沈確士評之最妙：「君說不堪聞，便淺。」蓋如此則情趣索然。戴叔倫的題三閭大夫（屈原）廟云：「沅湘流不盡，屈子怨何深，日暮秋風起，蕭蕭楓樹林。」顧華玉云：「短詩豈盡三閭？只如此一結，便不可測。」意指戴叔倫的「屈子怨何深」，不止屈子一人，或不能盡道屈子之怨，三四二句，融入情景，趣味最佳，故云「便不可測」也。又王昌齡的春宮曲：「奉帚平明金殿開，且將團扇共徘徊。玉顏不及寒鴉色，猶帶昭陽日影來。」鍾惺云：「寒鴉日影，尤覺怨之甚。」所評固然無誤，然峴傭說詩卻道：「羨寒鴉得妙。」如此則怨而不露，別饒趣味矣。旅人之愁，屈子之怨，宮妃失寵之恨，事屬平常，其動人最深，乃在一趣字。

綜上所述，可見詩之有趣味，甚關重要，前人作品之中，有意義者甚多，有趣味者相形之下，已不多見，詩之有義，在能感人，詩之有趣，更能動人，有趣味比之有意義更勝一籌。

# 風格

## 等閒識得東風面・萬紫千紅總是春

古典詩究竟有多少首？恐怕是沒有答案的問題，以唐代詩歌爲例，全唐詩的搜羅蒐集，在編輯算是到了鉅細靡遺的程度了，總共得詩四萬八千九百餘首。可是流落在日本的全唐逸詩，仍爲數可觀；全唐逸詩經過日本上毛河世寧的纂輯，應如女媧補天，沒有遺缺的了！可是在敦煌卷子中，仍有大量的佚詩，有名的韋莊的秦婦吟而外，巴宙所輯，仍止於佛禪的部份。唐詩經過了大力的搜求，尚且如此，其他各代，沒有盡過類似的努力，恐怕連一個大略可信的概數都沒有，誠然是最大的憾事。

無窮無盡的古典詩，如無垠的花海，各具豔麗，各有清香，在我們眼目之前綻放，遊目騁懷，極力欣賞之時，可以忘憂忘倦，而且在各備姿態的詩作中，有的富艷如牡丹；有的幽雅如香蘭；有的高潔如寒梅；有的冷傲如秋菊，眞如朱子所云：

勝日尋芳泗水濱，無邊光景一時新。等閒識得東風面，萬紫千紅總是春。（春日）

如果以花比詩，把朱子的詩改作「萬紫千紅總是詩」，眞是切貼無比。使我們萬分驚訝的，詩人同係以文字爲工具，以情志爲出發，以事、物、景爲素材，以體裁爲規範，以音律爲和諧，然詩成以後，韻味不同，風格各異，眞如萬紫千紅的花朵，各有妍麗，各有撩人的風韻，但覺花光四射，眩人眼目。

談到詩的風格，前人曾試加分類，劉勰定爲八種，司空圖別爲二十四品，嚴羽歸爲九類，應繁應簡，仍是見仁見智的問題，沒有結論，也沒一致的確認。其實風格是多樣而又多變化的，區分爲幾類幾品，都不免失之粗疏，以司空圖的雄渾爲例，自應以邊塞派詩人爲代表了，可是同處邊塞派的岑參、高適、王昌齡等，韻味又各有不同，不屬於邊塞派的杜甫、李白，甚至孟浩然等，也不是無雄渾之作，所以要解決風格的不同，就應從風格的形成著手，詩文風格的形成，大致不外「內養」、「外鑠」、「詩題」、「詩材」等項的關係，以「內養」爲例，誠如劉勰所云：

> 然才有庸儁，氣有剛柔，學有淺深，習有雅鄭，並情性所鑠，陶染所凝，是以筆區雲譎，文苑波詭者矣。（文心雕龍・體性）

情性所鑠是「內養」——詩人的內在修養。陶染所凝是「外鑠」——外在的境遇影響。白居易應是淺易見長的了，實由於他的天性平易近人，惠洪冷齋夜話云：「白樂天每作詩，令老嫗解之，問曰：解否？嫗曰解，則錄之，不解則易之！」詩人肯把詩作向老嫗吟誦，進而求其解否，是何等的平易近人！而且以人人能解爲目標，自關係他作詩的風格，其暮江吟詩云：

**一道殘陽鋪水中，半江瑟瑟半江紅。可憐九月初三夜，露似真珠月似弓。**

這眞是人人能解的詩，集中之作，類此甚多，比之於不甚知名的野花，雖然不太起眼，不也搖曳可愛嗎？司空圖的自然一品：「俯拾即是，不取諸鄰。」大概是爲淺易作解釋，這是「內養」所發，不可力強而致。同理個性豪放的詩人，必不肯遮遮掩掩，半吞半吐，必以豪放爲歸，以李白爲例，安史之亂，玄宗奔蜀，肅宗即位靈武，國事危如纍卵，可是太白詩云：

**劍閣重關蜀北門，上皇歸馬若雲屯。少帝長安開紫極，雙懸日月照乾坤。**（全唐詩卷一百六十七）

何嘗有國事艱難之感，其從永王東巡歌云：

**試借君王玉馬鞭，指揮戎虜坐瓊筵。南風一掃胡塵靜，西入長安到日邊。**（同上）

把安史之亂，視同不足爲慮的跳樑小丑，隨手可滅，非不知事之難易，誠乃豪放之個性使然，李白詩云「我本楚狂人，狂歌笑孔丘。」可見他的豪放不羈，所以楊誠齋才說：「李太白之詩，列子之御風也。」即使寫平常之事物，也豪放至極，如「有時白雲起，天際自舒卷，卻顧所來徑，蒼蒼橫翠微。」純係本性使然，後人不明此理，蘇轍評太白云：

李白詩類其為人，俊發豪放，華而不實，好事喜名，而不知義之所在也。言用兵，則先登陷陣不以為難；言游俠，則白晝殺人不以為非，此豈其誠能也乎？

事實上是太白的個性豪放，不屑考慮到情理事實，故有此弊此失，然其詩正如木末芙蓉，依風而笑，可望而不可即。

個性拘謹的人，則思前慮後，頓足而後立，故發而爲詩，必委婉，必含蓄，委婉必不爲峻切激烈之詞，含蓄則必半茹半吐，如張九齡的感遇：

蘭葉春葳蕤，桂華秋皎潔。欣欣此生意，自爾為佳節。誰知林棲者，聞風坐相悅。草木有本心，何求美人折。

江南有丹橘，經冬猶綠林，豈伊地氣暖？自有歲寒心。可以薦嘉客，奈何阻重深，運命唯所遇，循環不可尋，徒言樹桃李，此木豈無陰。（全唐詩卷四十七）

前一首以蘭桂自比，且寓不求人知之意，後一首有不為時重世用之怨，可是前者委婉，後者含蓄。他的感遇十二首，相傳係受李林甫所排擠，有感而發，然讀其全集，風格亦多如此，完全是由於「風度蘊藉」之故。委婉之詩，正如花之初開，無怨發張狂之態，含蓄之篇，如花之含苞待放，清純可人。

人有境遇的不同，升沉得失，喜怒哀樂，常常影響到詩的風格，此之謂「外鑠」，故有所謂「喜而得之其辭麗」、「怒而得之其辭憤」、「哀而得之其辭傷」、「樂而得之其辭逸」之說，當然表喜悅之情，寫芳菲之景，率常流於綺麗，如王融淥山曲：

湛露改寒司，交鶯變春旭。瓊樹落晨紅，瑤塘水初淥。日霽沙溆明，風泉動華燭。遵渚泛蘭觴，乘漪弄清曲。斗酒千金輕，寸陰百年促。何用盡歡娛，王度式如玉。（王寧朔集）

歡愉之情，如上芳春之景，當然應出以綺麗的風格，如芍藥盛放了。至於哀傷之詩，不入悲慨，即為寒峭，如李白的勞勞亭詩：「天下傷心處，勞勞送別亭。春風知別苦，不遣柳條新。」哀傷而悲慨，至於孟郊的落第詩：

曉月難為光，愁人難為腸。誰言春物榮，獨見葉上霜。鵰鶚失勢病，鷦鷯假翼翔。棄置復棄置，情如刀劍傷。（全唐詩卷三百七十四）

失意蕭索，情見乎辭，孤峭寒澀，令人不歡，集中十之六七，皆意苦辭悲，良由性非達觀，而又處境困阨，以致如斯，如霜下寒花，展露可憐之態，可是在孟郊登第之時，卻欣然高賦道：「昔日齷齪不足誇，今朝放蕩恩無涯。春風得意馬蹄疾，一日看盡長安花。」兩種情懷，兩種韻味，乃由處境失意得意之不同。如果生活無憂，而情感受到挫折，愁懷難遣，又無可告愬，則往往發為沉鬱，如李商隱的無題詩云：

相見時難別亦難，東風無力百花殘。春蠶到死絲方盡，蠟炬成灰淚始乾。曉鏡但愁雲鬢改，夜吟應覺月光寒，蓬萊此去無多路，青鳥殷勤為探看。

眞如悽怨動人的「苦情花」，令人同情而神傷！又如陸放翁的沈園，亦係同調：

夢斷香銷四十年，沈園柳老不飛綿。此身行作稽山土，猶弔遺蹤一泫然。

城上斜陽畫角哀，沈園無復舊池臺。傷心橋下春波綠，曾是驚鴻照影來。

這些均係傳誦於大衆口耳的佳章，無人不感動。詩人不同的情性，不同的境遇，經過人生的歷練，或因氣質變化，或因淡薄世情，或因造道有得，於是形之詩歌，或曠達，或沖淡，或超詣，或飄逸，如東籬之菊，幽谷之蘭，江畔之蘆荻，雅姿幽花，令人激賞。如王維之「君問窮通理，漁歌入浦深。」呈現的是看破世情後的沖淡，皆外鑠內養之結果。

此外風格亦隨詩題、詩材而變化，所以說「王孟清幽，不可以施之邊塞。」王維、孟浩然乃以山水田園爲素材和題目，所形成的清幽風格，自然不能用在雄渾的邊塞派了。因爲邊塞派是以戰爭、塞上風光，征人別離情思爲素材和題目，不能捨雄渾而取清幽，以王維爲例，他的邊塞詩，同樣是以雄渾見長。可見風格的形成，尚有詩人以外的客觀因素。

百花的艷麗不同，正如詩的風格各異。詩人的性情、學養、境遇、詩材、詩題等等的關係，均影響詩的風格，詩人只能各就所長，相題行事，形成自己的風格。明人詩主盛唐而成了「瞎盛唐」，是昧於此理，棄己從人之故。

附錄

# 佛禪「法」「悟」於詩論的影響

## 一、前言

宋以後論詩者，幾無不言「法」「悟」，其名相的襲用，固繼承傳統的字義、詞義，而思想的層次，理論的形成及建立，則受佛教禪宗的影響最大，以「法」論詩時，固有取於佛禪的理論，以增益其內涵，言「悟」則更借佛禪悟道的意義，以論於詩法的悟入，佛禪開悟之後，人與道合，無往而不自在，大破我執、法執，有法皆捨，一切有爲法、無爲法皆非究竟；又能從體起用，心生則萬法生，法法皆活，於是而有死法、活法；已悟之後，回顧以前的求法歷程，執法爲眞實，由前人所示的法以求，而於陷死法或定法之中，悟後方知此定法爲死法，而知無定法之爲用，乃能大用繁興；未悟之前，依文求義，死在句下，是爲死句、死語；證悟之後，橫說豎說，無不得當，是爲活句、活語；詩家、文人，借援此理、此名相以論詩，於是而有「法」、「悟」之說，並開出死法、活法、定法、無法、死句、活句、死語、活語等理論與主張，使此後之詩論，大異於漢魏，其受佛禪之影響爲獨多。故以此爲脈絡，特加論究，以見本眞（註一）。

## 二、傳統釋「法」之意義及影響

法字的意義，在傳統的釋說及使用上，極爲紛繁，就其本義而言，乃刑罰、法律之意，說文解字水部云：

> 灋，刑也，平之如水，从水；廌所以觸，不直者去之，从廌去，今文省。

字形與本義相合，所以「法」爲「刑罰」，乃其本義；引伸乃法律之意，蓋刑罰之確定，必依法律；法律施行的結果，刑罰確定以後，必有其強制性，所以引伸而有限制的意義；社會的規約，國家的制度，必待法律而確立，所以「法」引伸有制度的意義；法律旣是限制、制度，引伸而有模範、規矩之意。以上之字義、詞義，數見於先秦典籍，無煩舉證釋說，且與以「法」論詩，關涉無多。法有法度之意，中庸云：「行而世爲天下法。」朱子中庸章句云：「法，法度也。」也有準則之意，史記倉公傳：「論藥法，定五味。」又有所謂「脈法曰」，是皆準則之意；又有方術之意，史記項羽本紀：「教籍兵法」，乃項梁教項羽用兵之方術、法則，自此之後，此一用法，大爲流行，書法、畫法之名隨之而立，謝赫有六法論畫的理論，書家有永字八法的名稱，於是以法論詩、論文、將論詩、論文之實際，名爲詩法、文法，實受此一傳統名相意義之影響，然內涵與精神，則受佛、禪之影響最大。

## 三、佛禪言「法」之內涵及其影響

佛禪言法，本於梵語(Dharma)，音譯爲「達摩」、「達磨」、「曇無」等名。在佛禪典籍中法字的意義與內涵極多，就「法」的最高意義而言，「法」有本體的意義，所謂自體爲「法」，諸法的自性，稱爲「法性」、「法體」；而且有「任持自性」的功能，是永恒的存在；就法的作用而論，則「則軌爲法」，能「軌生物解」，不但是人類行爲的軌則或法則，而且能令人依之產生對事物的理解或瞭解，因爲事事物物各有其法，法乃人據以產生認識之標準、規範、法則、道理等；就法的別異而言，有所謂「心法」—無形體跡相可求之部分，「色法」—有形體跡相之部分；由人所可致力作爲者，則稱爲有爲法，不能致力作爲者，則名無爲法；依所得法的高下而論，則可分爲「有漏法」、「染法」、「無漏法」、「淨法」；以善惡爲標準，則可區分爲「善法」、「不善法」；以世俗與超世俗分，則有「世間法」、「非世間法」；「法既是具有自性的主體，故稱之爲法體，相對的，則稱爲「法相」；佛家禪人於佛祖所說的道理教言，稱之爲佛法，亦稱「正法」或「教法」；佛所說爲通往涅槃之門，所以稱「法門」，各宗主、大師闡法，亦稱「法門」；正法的準則稱爲「法印」；佛法的集結稱「法藏」；察觀諸法，則稱之爲「法眼」等等。佛禪所謂法的意義和內涵；實非傳統所用「法」的字義詞義所能範圍，詩家比取此內涵之名相，一方面形成思想意識上的認知和依據，以建立其論詩之理，一方面掇取佛禪所使用而爲大衆所共知的這類名相，成爲論詩的名詞。因爲唐以後佛禪大盛，影響之餘，以法論詩，以佛禪的名相爲名詞，才興盛而成爲風氣。浪振於上而影響於下，非無因而突然如此。

佛禪於「法」字的釋說及內涵，最明顯而大異於傳統之處，是釋法爲「本體」，法有「自性」，於是法不是人爲的法律、刑罰或規範，而是超然永恒的存在，無待人爲的創制作爲。唐宋以後詩論中的「法」，實際上概括這一內涵，詩法有的是詩的「本體」—根本、究竟的意義。佛禪的「法」，也指事事物物的法則，也指理。傳統的釋說，顯然無此意義，和未具有如此廣大的概括性，所以唐宋以法論詩，是包括了詩理、詩的法則而言，非止於方法而已。這些內涵，均非傳統「法」的字義、詞義和內涵所可範圍，然皆垂傳其影響，詩家持以論詩。

法具有刑罰、法律，森然不可侵犯的本義，至近體詩律詩成立之後，以律詩的法律森嚴、規格嚴密，遂援法律之義，以論律詩：

> 沈宋而下，法律精切，謂之律詩。（見張表臣・珊瑚鉤詩話）
>
> 律詩起於初唐，而實胚胎於齊梁之世。南史陸厥傳所謂：五字之中，音韻悉異，兩句之中，角徵不同者，此聲病之所自始，而即律之所本也。至沈宋兩家，加以平仄相儷，聲律益嚴，遂名之曰律詩。所謂律

者，六律也。……（見王應奎・柳南隨筆）

律詩始自初唐，至沈宋其格始備。律者六律，謂其聲之協律也。如用兵之紀律，嚴不可犯也。（見錢木庵・唐音審體）

五言律、六朝陰鏗、何遜、庾信已開其體，但至沈宋，如可稱律。律為音律、法律，天下無嚴於是者。（見王世貞・藝苑卮言）

所謂音律，紀律、法律，皆取法律森嚴之意，故云「嚴不可犯」，是謂律詩的平仄、對偶、押韻、規條嚴密，不可違犯，否則謂之「失律」，其以法律之本義以論詩法，意義極為明顯，故不須多費辭說，皆能明其義蘊。

法有法度、準則之意，詩人論詩，遂取此義以爲內涵者，例如：

詩之六義，而實則三體。風、雅、頌者，詩之體；賦、比、興者，詩之法。故賦、比、興者，又所以製作乎風、雅、頌者也。凡詩中有賦起、有比起、有興起。然風中有賦、比、興，雅、頌之中，亦有賦、比、興。此詩之正源，法度之準則。凡有所作而能備盡其義，則古人不難到矣。……（見楊載・詩法家數）

是明以法度、準則，以比論賦、比、興，明白了這些法度、準則——能用賦、比、興，即古人的境界，也不難到達，可見這些法度、準則的重要了。

法有方術、方法之意，詩人援此義以立論者，繁有其人：

有明上人者，作詩甚艱，求捷法於東坡，東坡作兩頌以與之。其一云：字字覓奇險，節節累枝葉。咬嚼三十年，轉更無交涉。其一云：衝口出常言，法度法前軌。人言非妙處，妙處在於是。乃知作詩到平淡處，要似非力所能。東坡嘗有書與其侄云：大凡為文，當使氣象崢嶸，五色絢爛，漸老漸熟，乃造平淡。余以為不但為文，作詩者尤當取法於此。（見詩人玉屑）

所指之法，實乃方法、方術之意。東坡與明上人二頌，乃作詩求迅捷之法，不陷入搜奇求異的「鐵圍山」中，口出常語，法效前人的軌轍，自然無窘困的弊病，至於求平淡，乃不避絢爛、崢嶸，而漸歸於平淡，所標舉的，實是方法、方術。

以上所舉，皆係就傳統「法」的內涵以論詩。唐宋以後，受佛禪的言法影響，援以論詩，而意義大有不同，立詩法之名，並有專章專論者，厥推滄浪詩話，其全書的結構，係由詩辯、詩體、詩法、詩評、考證等章所成，而又於詩法中云：

看詩須著金剛眼睛，庶不眩於旁門小法。

「金剛眼睛」，正係禪家之說，乃「慧眼」之意，有此慧眼，然後才能希望不被旁門小法所惑，可視爲無意之中，透露了他論詩法的思想本源。又嚴氏在詩辯之中，已云詩之法有五，曰體製、曰格力、曰氣象、曰興趣、曰音節。所包涵的，已極廣泛，而在詩法之中，涵蓋所及，則詩之創作方面，幾無不包，已非法律、法度、方法之所可範圍，而有「任持自性」—詩的最高原則之意，如：

> 須是本色，須是當行。
> 下字貴響，造語貴圓。
> 須參活句，勿參死句。
> 及其透徹，則七縱八橫，信手拈來，頭頭是道矣。（見滄浪詩話・詩法）

更有「軌生物解」的作用，根據嚴氏所云，可以產生對詩法的了解，所謂「信手拈來，頭頭是道矣！」則更有不受法縛的意義了。徐增亦然，視詩法爲一種超越詩作的存在，包括了詩的創作，徐氏云：

> 余三十年論詩，祇識得一法字。詩蓋有法，離他不得，卻又即他不得。……（而庵詩話）

所謂「祇識得一法字」，「離他不得」，實視詩法爲全面的，最高而超越的存在，他又云：

五言與七言不同，律與絕句不同，字有字法，句有句法。不知連斷，則不成句法。不知解數，則不成章法。總不出頓挫與起承轉合諸法耳。即蓋代才子，不能出其範圍也。（同上）

尤足以見其論法的意義，是重要的，廣泛的，足以軌範詩的創作的，如不深入察究，不探求唐宋以後法的字義、詞義和內涵的不同，則不知何以有詩法之論？何以詩法的內涵和字義，詞義會大異於前？類似嚴、徐二氏之見解，正復不少，可見此一影響之甚了。

## 四、佛禪論「悟」之意義及其影響

悟的字義、詞義，甚為單純，不外「覺也」，引伸而有「了達」、「心解」之意，說文解字心部云：

悟覺也，从心吾聲。

雖然有其他的假借義，但是佛禪援用之時，仍以覺悟、了達、心解為基本意義，惟悟的內涵不同，佛家認為悟乃生起眞智，覺悟眞理實相，而與迷夢相反。悟與迷形成相對的指謂，而立「證悟」、「覺悟」、「開悟」等名詞；佛禪修行的目的，無不在求開悟，就開悟的目的而言，在得菩提智慧，證涅槃妙理；就悟的程度高下而論，有一分的小悟，有十分的大悟；就悟的境界作區分，則有小乘之悟——斷三界煩惱，證擇滅之理；有大乘各宗之悟，如華嚴證入十佛境界，天臺證諸法實相，禪宗之見性成佛；由悟的遲速而論，則有漸悟、頓悟之不同；悟入的方法不同，則有解知其理的理悟，修行而體會的證悟；悟的結果，是證得眞理，斷除煩惱，具無量妙德，得自在妙用。禪宗更認爲，迷則係凡夫，悟則成聖者，迷悟之間，有此天懸地隔的判別，是悟的內涵，大異於傳統對事理的「了達」之意。

唐宋以後的詩人與論詩者，見悟有如此的內涵與效果，於是援引此義以論詩，而推嚴羽爲甚，滄浪詩話云：

> 禪家者流，乘有大小，宗有南北，道有邪正，學者須從最上乘，具正法眼，悟第一義。……大抵禪道惟在妙悟，詩道亦在妙悟，且孟襄陽學下韓退之遠甚，而其詩獨出退之之上者，一味妙悟而已。惟悟乃為當行，乃為本色。然悟有淺深，有分限，有透徹之悟，有但得一知半解之悟。（詩辯）

嚴氏所云，明言援禪宗之妙悟理論以論詩，「學者須從最上乘，具正法眼，悟第一義」，不但取用禪宗名相，而且以漢魏晉盛唐之詩，比之爲「第一義」，又以孟浩然、韓愈爲例，孟詩之高出韓，全係妙悟的結果，孟的學問，遠不如韓，因爲妙悟之後，能作出「本色」、「當行」之詩。滄浪妙悟一詞之涵義，後人釋說紛如（註二），而於滄浪所云的實際，未曾深究，又於禪學未深入究明，故而有失。特就滄浪之意，禪家之義，予以說明。㈠滄浪言悟，以具「正法眼」爲前提，所謂正法眼者，能見正道之金剛隻眼—智慧之眼，於是方能悟第一義。蓋有此正見、正識，方不致陷於邪辟，復持此見以論詩，可爲明證，嚴氏云：

> 夫學詩者，以識為主，入門須正，立志須高。……行有未至，可加工力，路頭一差，愈騖愈遠，由入門之不正也。……（滄浪詩話・詩辯）

蓋以識見之正爲標的，方不致失鵠的而迷路轍，禪人之悟，以悟第一義爲目標，其所以不偏誤者，以具「正法眼」之故。㈡妙悟即透徹之悟，以佛禪而論，乃開悟成佛、悟第一義者。就「妙悟」一詞的形成而言，「悟」乃「悟入」、「開悟」之意，妙係狀詞，以形容「悟入」、或「開悟」所達之境界，猶「妙法」、「妙音」等詞例，謂絕妙之悟，眞實之悟也。無門關云：

> 參禪須透祖師關，妙悟要窮心路絕。

禪人參禪，透過祖師關，當然是最高境界，「妙悟要窮心路絕。」謂妙悟要窮極「心路斷絕」—非思惟擬議所可至的境界，然非指「直尋而妙」，因爲禪宗有「當下即是，擬向即乖。」固有直尋之意，「但當下即是」，雖然不容思惟擬議，但並非無知無識，易言之，乃慧識蘊於中，不經思惟擬議，隨緣悟達，當下即得也。香嚴擊竹的開悟公案，足可證明。

鄧州香嚴智閑禪師，……在百丈時，性識聰敏，參禪不得。洎丈遷化，遂參溈山，山問：我聞汝在百丈先師處，問一答十，問十答百，此是汝聰明靈利、意解識想。生死根本，父母未生時，試道一句看？師被一問，直得茫然，歸寮向平日看過的文字，從頭要尋一句酬對，竟不能得，乃自嘆曰：畫餅不可充饑。屢乞溈山為說破，山曰：我若說似（示）汝；汝已後罵我去；我說的是我底，終不干汝事。（五燈會元卷九）

香嚴智閑，乃禪宗溈仰宗大師，此一段悟道以前之過程，正是思惟擬議的種種與境界，不足以言妙悟，也不足語第一義。

師遂將平昔所看文字燒卻，曰此生不學佛法也。且作箇長行粥飯僧，免役心神。乃泣辭溈山，直過南陽，覩忠國師遺跡，遂憩止焉。一日芟除草木，偶拋瓦礫竹作聲，忽然省悟，遽歸，沐浴焚香，遙禮溈山，讚曰：和尚大慈，恩逾父母，當時若為我說破，何有今日之事？乃有頌曰：

一擊忘所知，更不假修持。動容揚古道，不墮悄然機。處處無蹤跡，聲色外威儀。諸方達道者，咸言上上機。（同上）

香嚴在放棄思惟擬議、尋求答案之後，反而在瓦礫擊竹聲裡，豁然開悟，當然係當下直尋之例，惟須加上隨緣悟達的時空條件，而且所得非無識無知，即以前的思惟擬議的過程，亦非無潛在的影響，蓋如阿基米德因入浴而悟得幾何定律，必時時存心，契機內蘊，然後外緣引發，產生突然的悟解，正與香嚴的開悟，同歸一揆，事無別異。香嚴悟後的頌偈，所謂「處處無踪跡，聲色外威儀。」正是頌明本體自性，處處存在——道無不在，而又超乎形體現象之外，無踪無跡，在聲色之外，雖然不可見聞，而能領受其「威儀」的存在。也解答了潙山「生死根本，父母未生時，試道一句看」的問題。香嚴的開悟所得，潙山認爲「此子徹也」——此人開悟了，可是其高弟仰山，卻未肯苟同：

潙山聞得，謂仰山曰：此子徹也！仰山曰：此是心機意識，著述得成。待某甲親自勘過。仰後見師曰：和尚諸嘆師弟，發明大事，你試說看？師舉前頌，仰山曰：此是夙昔記持而成，若有正悟，別更說看？師又成頌曰：去年貧，未是貧。今年貧，始是貧。去年貧，猶有卓錐之地，今年貧，錐也無。仰曰：如來禪許師弟會，祖師禪未夢見在！師復有頌曰：我有一機，瞬目視伊。若人不會，別喚沙彌。仰乃報潙山曰：且喜閑師弟會祖師禪也。（同上）

潙山、仰山，係僞仰宗中開宗立派人物。仰山的勘印，足以顯見香嚴的機鋒，關於如來禪和祖師禪的分別，此一公案的識解，涉及多方，惟與本文之主題關涉甚少，故不探論。（請參閱拙作「禪學與唐宋詩學」二三一至二三三頁）但可顯見香嚴未悟之前，以思惟擬議求解的窘迫情況，悟道之後，了徹無餘，於質疑答話之時，從容肆應，橫縱自如，著語皆當之妙境，前後對比，而妙悟之義以見。㈢援禪人妙悟之義以論詩理，則「詩道亦在妙悟」，妙悟之後，詩作方能「當行」、「本色」。滄浪舉孟浩然、韓愈之詩爲例，正以退之以才學文字爲詩，以議論爲詩，不是詩的「本色」、「當行」。滄浪云：

詩者吟詠情性者也，盛唐諸人，惟在興趣，羚羊掛角，無跡可求。故其妙處透徹玲瓏，不可湊泊，如空中之音，相中之色，水中之月，鏡中之象，言有盡而意無窮。近代諸公，乃作奇特解會，遂以文字為詩，以才學為詩，以議論為詩，夫豈不工，終非古人之詩也，蓋於一唱三嘆之音，有所歉焉。……（見滄浪詩話・詩辯）

原乎滄浪之意，盛唐諸人之詩，乃妙悟之後，「當行」、「本色」的作品，故「無迹可求」，故透徹玲瓏，此「當行」、「本色」，即在「言有盡而意無窮」上，孟襄陽正可爲代表；其後作「奇特」會之詩人，失去此「當行」、「本色」，故以文字、才學、議論爲詩，此宋詩之病，正始於韓退之也。以上所敍，應是「妙悟」和援「妙悟」以論詩的確解。

以禪人之悟，建立詩學理論，固然集大成於嚴羽，垂其重大之影響於後世。但滄浪之前，持此論詩者，繁有其人，乃嚴氏之先驅，亦風氣所播之故。例如：

作文必要悟入處，悟入必自功夫中來，非僥倖可得也。如老蘇之於文，魯直之於詩，蓋盡此理矣。（詩人玉屑卷五・呂氏童蒙訓）

須令有所悟入，則自然度越諸子，悟入之理，正在功夫勤惰間耳。如張長史見公孫大娘舞劍，頓悟筆法，如張者，專意此事，未嘗少忘胸中，故能遇事有得，遂告神妙。使他人觀舞劍，有何干涉？非獨作文學書而然也。（詩人玉屑卷五）

學詩如學佛，教外別有傳。室中要自悟，心地方廓然。……（李處權・崧庵集卷二・戲贈巽老詩）

山谷老人此四篇之藁，初意雖大同，觀所改定，要是點化金丹手段。又如本分衲子參禪，一旦悟入，舉止行色，頓覺有異，超凡入聖，秖在心念，不外求也。……（張元幹・蘆川歸來集卷九・跋山谷詩藁）

所以前輩有學詩渾似學參禪之語，彼參禪固有頓悟，亦須有漸修始得。頓悟如初生孩子，一旦而肢體已成，漸修如長養成人，歲長而志氣方立。……（包恢・敝帚藁略卷二・答傅當可論詩）

凡作詩如參禪，須有悟門。少從榮天和學，嘗不解其詩云：多謝喧喧雀，時來破寂寥。一日於竹亭中坐，忽有群雀飛鳴而下，頓悟前語，自爾看詩無不通者。（吳可・藏海詩話）

文以文而工，不以文而妙，然舍文無妙，勝處要自悟。（姜夔・白石道人詩說）

綜上所引，可見「悟」的主張，爲宋人的同然之見，由李處權、張元幹、包恢、吳可之言，其根源之所自，無不出自禪人，即呂居仁之言，似與禪宗無關，然其影響，亦自禪宗，蓋居仁即耽於禪悅之人。惟至滄浪，始張大其說，多方寓論，形成系統，而聳動後世，垂影響於無窮。

## 五、以「法」「悟」論詩引發之問題及影響

自宋以後，以「法論詩」，進而以活法論詩，再進而以無法論詩，其根源與影響之所自，亦可得而言，蓋均受佛禪思想的影響爲最鉅。例如徐增云：

宗家每道佛法無多子，愚謂詩法雖多，總歸於解數起承轉合，然則詩法亦無多子也。（而庵詩話）

是明言以禪人所言之佛法，以比論詩法。所謂佛法無多子，不外悟入，眞空妙有，三法印、十二因緣，故詩人比照而歸納之，是以徐增倡言起承轉合也。明．周子文云：

李夢陽曰：古人之作法雖多，前疏者後必密，半闊者半必細，一實者一必虛，疊景者意必二。（見藝藪談宗卷四）

皆係就佛法無多子之意，提要鉤玄，以得簡明重要之法。然而禪人求悟，在能去法縛而得活法，兀庵普寧云：

從上佛佛授手，祖祖相傳，只貴所得所證，正知正見，廓然蕩豁，徹見本源，方謂之正見正知，繩繩

有準，法法融通，或於十二分教明得者，或於教外明得者，或有未舉先知，未言先領者，或有無師自悟者。……（兀庵和尚語錄・示松島圓海長老書）

所謂「法法融通」，以及所舉不同之開悟情況，乃無定法、活法之意，躍然可見。佛果圜悟云：「死水裡浸殺，以實法繫綴人。」雲峰悅云：「雲門氣宇如王，甘死語下乎？澄公有法授人，死語也，死語能活人乎？」可見執著於假言之法以爲實法，乃死水浸殺之死法（死語、死句，亦即死法之意），而無定法之活法（乃活句、活語之意），方能徹悟而發明大事。詩人受此影響，而以活法論詩，呂本中云：

學詩者當識活法，所謂活法者，規矩具備，而能出於規矩之外，變化不測，而亦不背於規矩也。是道也，蓋有定法而無定法，無定法而有定法，知是者則可與言活法矣。謝元暉有言，好詩流轉圜美如彈丸，此真活法也。（劉克莊江西詩派小序引呂紫薇夏均父詩集序）

詩人的定法，即所謂的「規矩」，凡聲律、對偶、章法、句法、字法，有規矩、法則可循者，謂之定法；禪人悟道，不由一定之「理入」、「行入」，如香嚴之擊竹開悟，靈雲志勤的見明心（註三），越山師鼐睹日光悟道（註四），神照本如因四明尊者喝呼其名而領悟（註五），其他如看公案而開悟者更多，「處處逢歸路，頭頭達故鄉」。有何定法？不死守一法，而由無定法之活法以領悟。詩人亦然，規矩具於心，定法已得，卻能神而明之，不拘於法，變化不測，靈活運用，而又不背於法，而得活法，趙章泉詩云：「活法端須自結融，可知琢刻見玲瓏。」「結融」自係指於法能融會貫通而活用。詳參活法之意，乃由有法而歸於變化無定，一則不拘礙於法；二則由法出法，變化不測不已；三則文成法立，似乎無法；如徐增所云：

余三十年論詩，祇識得一法字，近來方識得一脫字。詩蓋有法，離他不得，卻又即他不得，離則傷體，即則傷氣。故作詩者，先從法入，後從法出，能以無法為法，斯之謂脫也。（徐而庵詩話）

察其所言，作詩必由法入手，然所謂「脫」者，則不爲法縛，靈活變化之謂也，所謂「離他不得，卻又即他不得」，正係此意，以「無法爲法」，有以無定法之活法爲法之意。後之論詩者，殆無不受此「法」與「活法」之影響，王夫之云：

起承轉合一法也，試取初盛唐律驗之，誰株守此法者，立此四法，則不成章矣。且道盧家少婦作何解？是何章法？又如火樹銀花合，渾然一氣；亦知戍不返，曲折無端；其他或平鋪六句，以二語概之；或六七句已無餘，末句用飛白法颺開；義趣超遠，起不必起，收不必收。（夕堂永日緒論）

船山有見於起承轉合之法，更有見於前人不受此法束縛之事實，所謂「起不必起，收不必收，乃使生氣靈通，成章而已。」正係靈活運用之意。於是以法論詩之餘，尤以活法論詩，幾成爲同然之見。沈德潛、袁枚云：

詩貴性情，亦須論法，亂雜而無章，非詩也。然所謂法者，行所不得不行，止所不得不止，而起伏照應，承接轉換，自神明變化於其中。若泥定此處應如何？彼處應如何？不以意運法，轉以意從法，則死法矣。試看天地間水流雲在，月到風來，何處著得死法？（說詩晬語）

古人文成法立，未嘗有定格也，傳人適如其人，述事適如其事，無定之中有一定焉。知其意者，旦暮遇之，不知其意，襲其神貌，神勿肖也。（小倉山房文集・覆家實堂書）

均承認有法，又注重無定法—活法之重要，而反對死守一法之死法。

由有法而倡活法，由活法更進而主張無法，亦出自佛禪。禪人未開悟之先，有修有證，必依於法；大徹大悟之後，則無待於法，而無法之主張以出：

若悟自性，亦不立菩提涅槃，亦不立解脫知見，無一法可得，方能建立萬法。（見六祖壇經）

自性自悟，頓悟頓修，所以不立一切法，諸法寂滅，有何次第？（同上）

我宗無語句，亦無一法以與人，若有一法與人，亦成斷常之法，非正法也。（兀庵和尚語錄・示松

島圓海長老書）

禪人未悟入之前，依佛求道修持，此爲「有法」之階段；徹悟之後，得大圓鏡智，非由一法而得，由體起用，萬法由此無法而生，故形成「無法」之觀念。隨禪宗之宏傳，此一觀念，進而影響詩人之論詩。詩人作詩，非無法度可尋，然成詩之後，無法度可窺，如劉夢得稱白樂天之詩云：「郢人斤斲無痕跡，仙人衣裳棄刀尺。世人方枘欲相從，行盡四維無覓處。」所謂「無痕跡」，「棄刀尺」蓋形容其作品之天然渾成，「行盡四維無覓處」，謂無法得其成詩之法也。竹莊詩話因而論之云：

> 若能如是，雖終日斲而鼻不傷，終日射而鵠必中，終日行於規矩之中，而迹未嘗滯也。山谷嘗與楊明叔論詩，謂以俗為雅，以故為新，百戰百勝，如孫吳之兵，棘端可以破鏃，如甘蠅飛衛之射，捏聚放開，在我掌握，與劉所論，殆一轍矣。（見卷一）

所謂「終日行於規矩之中，而迹未嘗滯也。」正得詩人作詩，由法而達「無法」無滯之境界，如是方可化俗爲雅，由故出新。即徐增所云之意也：

> 故作詩者，先從法入，後從法出，能以無法為法，斯之謂脫也。（徐而庵詩法）

是「無法」之意，一謂不拘於法，而能靈活運用之「活法」，一謂創作之時，雖規矩具於胸中，而無法之意念與拘限，不見有法，而成其「無法」之用，如輪扁之運斤，仙衣之棄刀尺，又王世貞云：

謝茂榛論五言絕，以少陵日出籬東水作詩法，又宋人以遲日江山麗（註六）為法，此皆學究教小兒號嗄者。若打起黃鶯兒，莫教枝上啼，啼時驚妾夢，不得到遼西。與山中何所有？嶺上多白雲。只可自怡悅，不堪持贈君一詩，不惟語意極其妙而已。其篇法圓緊，中間增一字不得，著一意不得，一結極斬絕，然中自舒緩，無餘法而有餘味。（見全唐詩說）

此一舉敘，正足以見「郢人斤斵無痕迹，仙人衣裳棄刀尺」之理證，與杜甫詩相較，顯然杜詩工於寫景，皆用對句，對偶工穩，有法可循可效，至於後舉二詩，則天然渾成，而又境界高遠，不著意而意藏句中，情餘言外，故云「篇法圓緊」，而又云「無餘法而有餘味」，對以守少陵五絕之法而言，乃「無法」矣。然而得有餘味者，賴此「無餘法」也。此「無法」之見，影響非淺，王夫之云：

若果足為法，烏容破之。非法之法，則破之不盡，終不得法。詩之有皎然、虞伯生，經義之有茅鹿門、湯賓尹、袁了凡，皆畫地成牢，以陷人者，有死法也。（夕堂永日緒論）

夫之「非法之法」，即「無法之法」之意，即六祖「無一法可得，而建立萬法」，比詩於禪，而作此主張也。蓋主一法，便囿於此法，僅能得此一法之用，惟無法而依體起用，由理出法，或不拘一法而用法，方能成其用，王夫之復推而論之云：

> 死法之立，總緣識量狹小，如演雜劇，故有花樣步地，稍移一步則錯亂。若馳騁康莊，取塗千里，用此步法，雖至愚者不為也。（同上）

乃指守一法而成死法，故不如無一法而馳奔萬里。無法者，非廢法不用，不拘泥於法，不死守一法之意，而卒成其法用，袁枚云：

> 宋史嘉祐間，朝廷頒陣圖以賜邊將，王德用諫曰：兵機無常，而陣圖一定，若泥古法以用今兵，慮有僨事者。技術傳：錢乙善醫，不守古方，時時度越之而卒與法會。此二者皆可悟作詩之道。（隨園詩話卷五）

由子才所舉，正足以見不拘泥於法，不死守一法，而成其法運之意。「活法」、「無法」論詩，略如上述，而其根源，則同出於禪人之徹悟，佛果圜倍云：

> 若能透過荊棘林，解開佛祖縛，得箇穩密田地。諸天捧花無路，外道潛窺無門，終日行而未嘗行，終

日說而未嘗說，便可自由自在，展啐啄之機，用殺活之劍。（碧巖錄卷二）

高者抑之，下者舉之，不足者與之。在孤峰者救令入荒草；荒草者救令處孤峰；汝若入鑊湯爐炭，我亦入鑊湯爐炭，其實無他，只要與汝解粘去縛，抽釘拔楔，脫卻籠頭。（碧巖錄卷八）

這是禪人徹悟的妙用妙境。是故「活法」、「無法」之理念，均由徹悟中來，周孚云：

夫前輩所謂活法，蓋讀書博，用功深，不自知其所以然而然，故活法當自悟中入。……（見蠹齋鉛刀編卷十八・寄周日新簡）

蓋徹悟之後，有法皆活，死蛇活弄，故能運用自如。夫能由無法而建立萬法，成其無法之用，亦在徹悟，吳喬云：

問曰：此說古未有也，何從得之？答曰：禪家問答，禪人未開眼，有勝負心。詩人未開眼，不知有自心自身自境，墮於聲色邊事者，皆徇末而忘本者也。（見逃禪詩話）

是以禪人之「開眼」—徹悟，以明詩人徹悟，抉發此一理念之根源。詩人悟後，方知有自心自身自境之為本，遂不外求，亦不從人之後，亦無取法用法之觀念，而以自心自身自境為本，抒發為詩，亦不待法矣，故而「無法」能成其用，茍不徹悟，則兢兢焉守法尚恐不逮，敢起無法之念乎！由上所述，可見「活法」，「無法」於論詩影響之烈，及其思想內涵淵源之所自矣。

參詩之法，自宋以來，大爲盛行，亦由禪人參禪而來，與悟更密切相關，蓋禪者悟道，幾無不由參禪參訪也。溈山警策云：

若欲參禪學道，頓悟方便之門，心契玄津，研幾精要，決擇深奥，啟悟真源，博問先知，親近師友。

這位溈仰宗的建立者，已將「參禪學道」，與「頓悟方便之門」，緊密聯結，而參禪之意，大致如丁福保所云：

凡禪門集人為坐禪說法念誦，謂之参，参者交参之義，謂眾類参會也。故詰旦升堂，謂之早参，日暮誦念，謂之晚参，非時說法，謂之小参。凡垂語之尾多用参語，言参外妙旨之意也。（佛學大辭典卷中・參禪條）

就參之形式言，乃集衆說法參請之意，因而有早參、晚參、小參之名，就內容而言，乃參求師長道侶言外之妙旨。然此外亦有參公案語錄之獨參活動，其所參者，乃前人悟道之由，冀由人之悟，以開己之悟，故錢伊庵云：

黃祖示草堂清風牕話，久不契。龍曰：子見貓捕鼠乎？目睛不瞬，四足踞地諸根順向，首尾一直，擬無不中。子誠心無異緣，六根自靜，百不失一。師擗去閑緣，歲餘忽悟。……（見宗範徹參篇）

所舉乃黃龍慧南與祖心禪師參六祖風動幡動、仁者心動之公案，因而徹悟，「此即單研一句活頭，一則公案，一悟一切悟樣式也。」（同上）在滄浪以前，以參禪比之參詩，極爲普遍：

東坡跋李端叔詩卷云：暫借好詩消永夜，每逢佳處輒參禪。蓋端叔詩用意太過，參禪之語，所以警之云。（詩人玉屑卷六・用意太過條）

要知詩客參江西，正如禪客參曹溪。（楊萬里・誠齋集卷三十八・送分寧主簿羅宏材秩滿入京）

正係借禪客參禪，以之參詩，東坡既稱端叔之詩爲好詩，自係以參禪之法求其佳處，意義甚明，實無譏警之意。參詩一如參公案、話頭，以求悟解而通徹：

凡作詩如參禪，須有悟門。少從榮天和學，嘗不解其詩云：多謝喧喧雀，時來破寂寥、一日於竹亭中坐，忽有群雀飛鳴而下，頓悟前語，自爾看詩無不通者。（吳可・藏海詩話）

打起黃鶯兒，莫教枝上啼。啼時驚妾夢，不得到遼西。人問詩法於韓公子蒼，子蒼令參此詩以為法。汴水日馳三百里，扁舟東下更開帆。旦辭杞國風微北，夜泊寧陵月正南。老樹挾霜鳴窣窣，寒花承露落毿毿。茫然不悟身何處，水色天光共蔚藍。此韓子蒼詩也，人問詩法於居仁，居仁令參此詩以為法。熟讀此二詩，思過半矣。（詩人玉屑卷六・意脈貫通條）

是皆以參禪之法，熟參一詩，以求徹悟，快人一語，快馬一鞭，一了百了，一悟一切悟也。有了徹悟，則如禪人之得正法眼藏，而起大用：「玄玄了了，非心非想，信手拈來，頭頭是道。」是以韓子蒼云：

學詩當如初學禪，未悟且遍參諸方。一朝悟罷正法眼，信手拈出皆成章。（陵陽集卷二）

詩人因參得悟之後，如禪人之得大自在、大神通，而有「信手拈出皆成章」之妙用。韓駒作倆之後，以「學詩渾似學參禪」爲題詠甚多，幾無不著眼在悟：

學詩渾似學參禪，竹榻蒲團不計年。直得自家都省得，等閒拈出便超然。（詩人玉屑卷一・南濠詩話）

學詩渾似學參禪，悟了方知歲是年。點鐵成金猶是妄，高山流水自依然。（同上）

前一首爲吳可之作，後一首乃龔相之詩，皆在滄浪之前，可見滄浪參詩之說之所本矣。參詩的目的，即在求妙悟，皆援禪理，以建立詩論，其脈絡、內涵、影響，固極分明也。

## 六、結論

前人論詩，唐宋以前與唐宋以後，截然不同，唐宋以前均著眼於六義四始，詩序詩義，詩教詁訓，唐宋以後，多言詩法、悟解，進而開出「活法」、「無法」等主張，參詩妙悟之理論，如涇渭之分流，乍視之而感詫異，細按之而知原由。蓋佛禪盛行，熏炙天下之後，其理念內涵，遂影響詩論，「禪是詩家切玉刀」，尤以禪學爲甚。詩人作詩，固待詩法以成章，尤待「活法」以成其用，「無法」以建立萬法而見其高，其關鍵在一悟字。禪人迷則滯凡，悟則成聖，迷悟之間，形成毫釐有差，天地懸隔之別異，詩家似之，故謝榛云：

栗太行曰：詩貴解悟，人以有偏全，斯作有高下。古人成家如得道，故拈來皆合，拘拘於迹者末矣。（詩家直說卷四）

是不解悟則不足以言詩，滄浪拈出「妙悟」，實深得精髓，於是方可「言法」，方可言「活法」，方可言「無法」。禪人何以能妙悟？厥推參禪，禪人參禪以求悟道，詩人參詩以求悟詩，其揆一也。其法徑直而有效，故嚴氏云：

久之自然悟入，雖學之不至，亦不失正路，此乃是功夫從頂𩕳上做來，謂之向上一路，謂之直截根源，謂之頓門，謂之單刀直入也。（滄浪詩話・詩辯）

全然依宗門之參禪頓悟立說。垂其影響於千百年後，惜乎宋元以後，禪學不振，幾乎彩散香銷，因而依禪理建立之詩論，亦隨之晦黯難明，故特爲抉發，以就教於博雅。

註一：龔鵬程氏有「論法」一文，刊見古典文學第九集（三七七—四〇二頁）惟偏於傳統的字義、詞彙與思想、內涵以立論。且於法、悟之間的重要關係，未有深入析論。蓋宋人之言法言悟，實受佛禪之影響爲獨多，以傳統的字義、思想內涵求之，非瑩澈之見也。

註二：黃景進氏著有「嚴羽及其詩論之研究」（文史哲出版社出版），總述前人言滄浪「妙悟」之義（一六七—一七七頁），共有五義，計有（甲）以「形象思維」釋「妙悟」；（乙）「妙悟」等於「悟入」，即領悟到詩歌藝術的特殊規律；（丙）「妙悟」指創作上「運用自如，豁然無礙」的境地；（丁）「妙悟」指詩境的醞釀；（戊）「妙悟」即直覺；黃氏皆一一加以案評，甚多持平見理之言。惟其言：「『妙』者因其直尋而妙，悟者覺也。」，與「嚴羽之以禪喩詩其實只是就悟的形式言，而未牽涉到悟的內容」，則有錯用名言之失，「直尋而妙」，非禪家妙悟之意，乃禪人妙悟之法，蓋禪者之求悟，以不涉思惟擬議—所謂思而知、慮而解，鬼窟裏作活計，乃「直尋而妙」也，係以此爲方法，而非究竟。

註三：見宋釋普濟五燈會元卷四。志勤爲長慶大安之弟子。

註四：見五燈會元卷七。師鼒乃雪峰義存之弟子，因於清風樓赴閩王之齋宴，覩日光而開悟。

註五：見五燈會元卷六。其法系不詳。

註六：此二詩皆杜甫之作，原詩爲「日出籬東水，雲生舍北泥。竹高鳴翡翠，沙僻舞鵾雞。」「遲日江山麗，春風花草香。泥融飛燕子，沙暖睡鴛鴦。」

# 主要參考書目

## （一）


歷代詩話　何文煥編　藝文印書館

歷代詩話續編　丁福保編　藝文印書館

清詩話　丁福保編　藝文印書館

清詩話續編　郭紹虞編　木鐸出版社

清詩話訪佚初編　杜松柏編　新文豐出版公司

古今詩話叢編　范攄等撰　廣文書局

古今詩話續編　阮閱等撰　廣文書局

詩話叢刊（本名螢雪軒叢書）　近藤元粹編　弘道文化事業公司

百種詩話類編　臺靜農主編　藝文印書館

詩論分類纂要　朱任生編　商務印書館

苕溪漁隱叢話　胡仔　中華書局

司空詩品　司空圖　中華書局

| | | |
|---|---|---|
| 詩式 | 釋皎然 | 藝文歷代詩話 |
| 六一詩話 | 歐陽修 | 藝文歷代詩話 |
| 續詩話 | 司馬光 | 藝文歷代詩話 |
| 中山詩話 | 劉攽 | 弘道詩話叢刊 |
| 藏海詩話 | 吳可 | 弘道詩話叢刊 |
| 二老堂詩話 | 周必大 | 弘道詩話叢刊 |
| 蛩溪詩話 | 黃徹 | 弘道詩話叢刊 |
| 臨漢隱居詩話 | 魏泰 | 弘道詩話叢刊 |
| 許彥周詩話 | 許顗 | 弘道詩話叢刊 |
| 冷齋夜話 | 惠洪 | 弘道詩話叢刊 |
| 後山詩話 | 陳師道 | 弘道詩話叢刊 |
| 珊瑚鉤詩話 | 張表臣 | 弘道詩話叢刊 |
| 庚溪詩話 | 陳巖肖 | 弘道詩話叢刊 |
| 石林詩話 | 葉少蘊 | 弘道詩話叢刊 |
| 白石道人詩說 | 姜夔 | 弘道詩話叢刊 |
| 滄浪詩話 | 嚴羽 | 弘道詩話叢刊 |
| 韻語陽秋 | 葛立之 | 藝文歷代詩話 |

觀林詩話　吳　聿　藝文續歷代詩話

誠齋詩話　楊萬里　藝文續歷代詩話

江西詩派小序　劉克莊　藝文續歷代詩話

詩人玉屑　魏慶之　商務人人文庫

深雪偶談　方　岳　廣文古今詩話叢編

西清詩話　無為子　廣文古今詩話叢編

詩話總龜　阮一閱　廣文古今詩話叢編

詩林廣記　蔡正孫　廣文古今詩話叢編

浩然齋雅談　周　密　商務景印四庫全書

竹莊詩話　佚　名　商務景印四庫全書

詩法源流　傅與礪等　廣文古今詩話續編

麓堂詩話　李東陽　弘道詩話叢刊

談藝錄　徐禎卿　藝文歷代詩話

餘冬詩話　何孟容　廣文古今詩話叢編

升菴詩話　楊　慎　藝文歷代詩話續編

全唐詩話　王世貞　廣文古今詩話叢編

藝苑巵言　王世貞　藝文歷代詩話續編

四溟詩話　謝榛　藝文歷代詩話續編
詩藪　胡應麟　廣文書局
歷代詩話　吳景旭　世界書局
唐音癸籤　胡震亨　世界書局
詩鏡總論　陸時雍　藝文歷代詩話續編
滄浪詩話糾謬　馮班　弘道詩話叢刊
薑齋詩話　王夫之　藝文清詩話
答萬季埜詩問　吳喬　藝文清詩話
圍爐詩話　吳喬　廣文書局
逃禪詩話　吳喬　廣文書局
師友詩傳續錄　劉大勤記　藝文清詩話
漁洋詩話　王士禎　藝文清詩話
詩學纂聞　汪師韓　藝文清詩話
漫堂詩話（說詩）　宋犖　藝文清詩話
原詩　葉燮　藝文清詩話
拜經樓詩話　吳騫　藝文清詩話
一瓢詩話　薛雪　藝文清詩話

野鴻詩的　黃子雲　藝文清詩話
說詩菅蒯　吳雷發　藝文清詩話
秋星閣詩話　李沂　藝文清詩話
蓮坡詩話　查為仁　藝文清詩話
貞一齋詩說　李重華　藝文清詩話
消寒詩話　秦朝釪　藝文清詩話
北江詩話　洪亮吉　廣文古今詩話叢編
雨村詩話　李調元　廣文古今詩話叢編
甌北詩話　趙翼　廣文古今詩話叢編
石洲詩話　翁方綱　廣文景印
說詩晬語　沈德潛　弘道詩話叢刊
西河詩話　毛奇齡　商務西河全集附
隨園詩話　袁枚　廣文書局
養一齋詩話　潘得輿　清光緒間刊本
唐才子傳　辛文房　世界書局
唐詩紀事　計有功　中華書局
宋詩紀事　厲鶚輯　中華書局

宋詩紀事補遺　陸心源輯　中華書局
遼金元詩紀事　陳　衍輯　鼎文書局
明詩紀事　陳　田輯　中華書局
清詩紀事初編　鄧文成輯　中華書局
昭昧詹言　方東樹　廣文書局
詩比興箋　陳　沆　正生書局
湘綺樓說詩　王闓運　鼎文書局
筱園詩話　朱庭珍　雲南叢書
石遺室詩話　陳　衍　商務印書館
談藝錄　錢默存　龍門書店
宋詩話輯佚　郭紹虞　燕京學報

滄浪詩話校釋　郭紹虞　鼎文景印
滄浪詩話參證　朱東潤　正生書局

（二）　武漢大學文史哲季刊

古詩源箋註　沈德潛選　王蒓父注　古亭書屋

全漢三國晉南北朝詩　丁福保編　世界書局
玉臺新詠　徐　陵編　文光書局影覆南宋本
玉臺新詠箋註　徐　陵編　吳兆宜注　廣文書局
樂府詩集　郭茂倩編　世界書局
全唐詩　清聖祖敕編　明倫出版社
唐人選唐詩　令狐楚等編　大通書局影印毛晉刻本
唐人選唐詩　唐人抄寫　大通書局影印敦煌殘卷本
唐百家詩選　王安石編　世界書局
唐詩選評釋　李攀龍選　森大來注　河洛圖書出版社
唐詩評選　王夫之　船山學會印船山遺書本
唐人萬首絕句選　王士禎編　廣文書局
唐詩別裁　沈德潛　廣文書局
唐賢三昧集箋注　黃培芳　廣文書局
唐詩集解　許文雨選注　正中書局
唐詩三百首注疏　章　燮　千秋書局
唐詩三百首詳析　喻守真　中華書局
唐宋詩舉要　高步瀛　世界書局

宋詩鈔　吳之振編　世界書局

宋百家詩存　曹庭棟編　商務四庫珍本六集本

全金詩　清聖祖敕編　新興書局

元詩選　顧嗣立編　世界書局

明詩綜　朱彝尊編　世界書局

清詩匯　徐世昌編　世界書局

紀批瀛奎律髓　方回編　紀昀批　佩文書局

評注十八家詩鈔　曾國藩選　王有宗評注　文源書局

古詩選　方東樹評　聯經出版公司

今體詩鈔　方東樹評　聯經出版公司

宋詩選註　錢鍾書注　新文豐出版公司


（三）


楊盈川集　楊　炯　商務四部叢刊

張說之文集　張　說　商務四部叢刊

王右丞集箋注　王　維　商務四部叢刊

孟浩然集　孟浩然　商務四部叢刊

李太白全集　李白　九思出版社
分類補注李太白詩　李白　商務四部叢刊
李太白集輯注　王琦注　中華書局
杜工部集　杜甫　學生書局
草堂詩箋　蔡夢弼注　廣文書局
分門集注杜工部詩　佚名編　商務四部叢刊
杜詩詳註　仇兆鰲注　廣文書局
杜詩錢注　錢謙益注　中華書局
讀杜心解　浦起龍解　中華書局
杜詩鏡銓　楊倫注　新興書局
岑嘉州集　岑參　商務四部叢刊
高常侍詩　高適　商務四部叢刊
李遐叔集　李華　商務四部叢刊
錢考功集　錢起　商務四部叢刊
劉隨州詩集　劉長卿　商務四部叢刊
韓昌黎詩繫年集釋　韓愈撰　錢仲聯注　世界書局
柳河東集　柳宗元　商務四部叢刊

張司業集　張籍　商務四部叢刊
劉夢得文集　劉禹錫　商務四部叢刊
元氏長慶集　元稹　商務四部叢刊
白氏長慶集　白居易　商務四部叢刊
白香山詩集　汪立名校　世界書局
長江集　賈島　商務四部叢刊
昌谷詩集注　李賀撰　姚文燮注　世界書局
李長吉歌詩彙解　李賀撰　王琦注　世界書局
李義山詩集　李商隱　商務四部叢刊
李義山詩集　朱鶴齡注　學生書局
玉谿生詩箋注　馮浩注　中華書局
李義山詩辨正　張爾田解　中華書局
樊川文集　杜牧之　商務四部叢刊
樊川詩集注　馮集梧注　中華書局
司空表聖集　司空圖　商務四部叢刊
王荊公詩文沈氏注　沈欽韓　古亭書屋
箋註王荊公詩文　王安石　李壁注　廣文書局

蘇詩評註彙鈔　蘇　軾　趙克宜選注　新興書局
豫章黃先生文集　黃庭堅　商務四部叢刊
黃山谷詩集注　任　淵注　世界書局
後山詩注補箋　陳師道　任　淵注　冒廣生補箋　廣文書局
欒城集　蘇　轍　商務四部叢刊
誠齋詩集　楊萬里　中華書局
陸放翁全集　陸　游　世界書局
箋註劍南詩鈔　雷瑨注　啟聖圖書公司
范石湖集　范成大　河洛圖書出版社
元遺山詩注　元好問　施國祁箋　中華書局
曝書亭集　朱彝尊　商務四部叢刊
吳梅村詩集箋註　吳偉業　顧　湄注　文光圖書公司
龔自珍全集　龔自珍　河洛圖書出版社
人境廬詩草箋註　黃遵憲　錢仲聯注　商務印書館

(四)

文心雕龍　劉　勰　開明書店

藝概　劉熙載　廣文書局
中國文學發達史　劉大杰　中華書局
中國文學批評史　羅根澤　龍泉書屋
中國文學批評史　郭紹虞　明倫出版社
中國文學批評史大綱　朱東潤　開明書店
中國詩史　陸侃如等　明倫出版社
中國文學欣賞舉隅　傅庚生　地平線出版社
中國詩學通論　范況　商務印書館
漢語詩律學　王力　文津出版社
文藝心理學　朱光潛　開明書店
詩論　朱光潛　正中書局
詩詞例話　周振甫　長安出版社
詩詞指要　謝崧　源流出版社
古典詩詞藝術探幽　艾治平　學海出版社
詩詞藝術　曾敏之　蘭亭書店
詩的藝術　敏之　木鐸出版社
中國詩學　黃永武　巨流圖書公司

近體詩發凡　張夢機　中華書局
禪學與唐宋詩學　杜松柏　黎明文化事業公司
禪詩三百首　杜松柏　黎明文化事業公司
禪與詩　杜松柏　弘道文化事業公司

隨　想

手　記

# 隨想手記

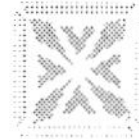

# 隨想手記

隨想

手記

# 隨想手記

隨　想

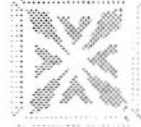

手　記

# 隨想手記

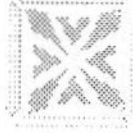

國家圖書館出版品預行編目資料

詩與詩學／杜松柏著. ——二版. ——臺北市：五南, 2015.03

面； 公分.

ISBN 978-957-11-7977-3（平裝）

1.中國詩 2.詩學

821.88 103027416

1XI3

# 詩與詩學

作　　者— 杜松柏

發 行 人— 楊榮川

總 經 理— 楊士清

副總編輯— 黃惠娟

責任編輯— 蔡佳伶

封面設計— 姚孝慈

出 版 者— 五南圖書出版股份有限公司

地　　址：106台北市大安區和平東路二段339號4樓

電　　話：(02)2705-5066　　傳　　真：(02)2706-6100

網　　址：http://www.wunan.com.tw

電子郵件：wunan@wunan.com.tw

劃撥帳號：01068953

戶　　名：五南圖書出版股份有限公司

法律顧問　林勝安律師事務所 林勝安律師

出版日期　2015年3月二版一刷

2017年7月二版二刷

定　　價　新臺幣390元

凝煉知識品味閱讀